Luz & Sombra

Luz & Sombra

ANATÉ MERGER

sarvier

Copyright © 2022 Editora Sarvier

Capa: Denis Lenzi
Revisão e Diagramação: Carla Santos

Esta obra segue as regras do Novo Acordo Ortográfico da Língua Portuguesa.

```
Dados Internacionais de Catalogação na Publicação (CIP)
        (Câmara Brasileira do Livro, SP, Brasil)

  Merger, Anaté
      Luz e sombra / Anaté Merger. -- São Paulo, SP :
  Sarvier Editora, 2022.

      ISBN 978-65-5686-023-7

      1. Romance brasileiro I. Título.

22-100480                                      CDD-B869.3
```

Índices para catálogo sistemático:

1. Romances : Literatura brasileira   B869.3

Eliete Marques da Silva - Bibliotecária - CRB-8/9380

Todos os direitos reservados.
Nenhuma parte dessa obra pode ser reproduzida ou transmitida por qualquer forma, meio eletrônico ou mecânico sem a permissão da editora.

sarvier

EDITORA SARVIER
www.sarvier.com.br

Primeira Parte

2016

Prólogo

Virgílio se mexeu inquieto na cama. Os olhos fechados se movimentavam rapidamente. O peito largo e nu ofegava. As mãos se fecharam contra o tecido acetinado e ele inspirou o perfume doce e floral que invadiu o quarto.

Agora, os seus olhos podiam ver o vestido roçar a pele clara, apenas um pouco mais dourada do que a pulseira larga que enfeitava o pulso esquerdo sobre a longa luva em cetim branco. Um leve sorriso se desenhou no rosto da jovem. O olhar dela acompanhou a mão firme e experiente levantar a saia que cobria os tornozelos com anáguas e rendas em várias camadas e a deixou seguir o seu caminho como se apenas naquele instante ela descobrisse o próprio corpo. Os dedos longos chegaram até as coxas e Virgílio sentiu a jovem tremer em seus braços ao mesmo tempo que uma nova onda de calor o consumiu. O coração dele acelerou ao retirar as finas meias em seda distribuindo aqui e ali um beijo ousado. Ele a deitou e com delicadeza acariciou o rosto arredondado. Parou por alguns segundos sobre a pinta no canto da boca antes de tocar os lábios com leveza. A jovem deixou-se beijar e as suas pernas se abandonaram em um movimento de quadril que o convidou a chegar mais perto e ir mais longe, bem mais longe dentro dela. Com a respiração entrecortada e o rosto em fogo ela levantou os olhos e mergulhou no olhar escuro e profundo de Virgílio. Nesse momento, ele soube: nada poderia separá-los.

Nem mesmo o tempo.

Virgílio acordou sobressaltado. A cabeça girava e o seu estômago parecia deslocado como se o seu espírito tivesse saído e voltado para o corpo no mesmo momento. Sentiu o gosto amargo de uma náusea e se sentou atordoado. Enxugou a testa coberta de suor e foi até a janela entreaberta. A brisa agradável lembrou a carícia de uma mulher apaixonada, mas o seu corpo continuava em chamas com um desejo que nunca sentiu antes, por mulher alguma e que nunca poderia se realizar.

Virgílio passou as mãos nos cabelos desalinhados e levantou os olhos lentamente. Eles percorreram os lençóis imaculados, o espaldar alto da cama em madeira escura e o papel de parede floral até chegarem ao quadro do século XIX. O seu corpo inteiro vacilou ao pousar os olhos sobre o rosto de porcelana protegido por um leque. O olhar azulado que faiscava em sua direção olhava para ele. Apenas para ele. Um olhar que o envolveu em uma aura de bem-estar como se braços invisíveis o envolvessem em um carinho indescritível.

Deu um novo passo em direção ao quadro e quis mais do que tudo no mundo que aquela jovem estivesse ao seu lado e não em uma tela plana formada por um emaranhado de traços e cores. Sentiu raiva, decepção, frustração e algo novo que o dominava por inteiro queimarem no seu peito.

Virgílio cobriu o rosto com as mãos e se rendeu à evidência. Ele não queria e não suportaria mais resistir à voz que gritava em alto e bom som que estava apaixonado por um fantasma.

Capítulo 1

Virgílio

Apoiada na mala, Clara se distraía em uma conversa com uma amiga com quem nunca tomou café, mas dividia segredos nas redes sociais. A saia curta do vestido acinturado e decotado em "V" em uma esvoaçante musseline bege brigava com o vento que insistia em ver mais das pernas torneadas e bronzeadas do que era mostrado. O sol tímido refletiu na tela e os olhos castanhos ganharam um tom amarelado.

Levantou o rosto anguloso e bem maquiado por um momento para observar o movimento da rua, calmo no começo dessa manhã. Viu uma casa pintada de branco com janelas azuis onde o ano da inauguração - 1873 - era anunciado com orgulho, como em todas as construções mais pitorescas de Santa Teresa, e inspirou com prazer ao sentir o cheiro de pão assado na padaria da esquina.

Ajeitou as longas mechas escuras atrás das orelhas e voltou a se concentrar no celular.

Três meninos de uniforme a caminho da escola observaram a cena do canto do olho, em um complicado exercício de discrição. Disfarçando os olhares o melhor que podiam, riram e trocaram comentários sem saber ao certo sobre o que comentar: as coxas grossas, os volumes arredondados sob a blusa quase transparente ou a boca vermelha que se mexia em gestos que para olhos imaturos se tornavam obscenos. Os dois meninos menores sorriram e voltaram à rotina chutando pedrinhas pela rua esburacada, mas o terceiro garoto precisou de um pouco mais de tempo. Ele se recusou a deixar aquela moça ali e decidiu levá-la com ele para o resto da vida.

"Agora eu sei por que prefiro as morenas", pensou antes de correr para alcançar os colegas e cruzar com um velhinho baixo e corcunda em um terno que parecia ter um número a mais.

O idoso passou em frente à jovem e os passos ficaram ainda mais lentos. Admirou o rosto por onde a pele adolescente não deixou nenhuma marca e a idade adulta ainda não teve a possibilidade de criar linhas de alegria ou de tristeza. Os lábios finos e enrugados se curvaram em um sorriso terno ao se lembrar da felicidade de amar e de ser amado e ele seguiu para a padaria onde iria encontrar um companheiro de viuvez.

Clara levantou o rosto do celular ao ouvir um guincho nos trilhos que atravessavam o bairro. Cumprimentou uma amiga da mãe dentro do transporte e deixou os olhos acompanharem o bondinho que subia pelo morro em um ritmo que permitia ao passageiro admirar as mangueiras frondosas e o casario de outro século. Voltou a mergulhar na tela do telefone e se desligou do Rio de Janeiro novamente.

Protegido pelos vidros do carro, Virgílio a viu, mas a imagem que despertou o desejo nos meninos e a saudade no velho, fez com que tivesse uma antiga e inexplicável impressão: de que Clara não era e nem poderia ser a mulher certa para ele. Nunca.

Abaixou a cabeça e comprimiu os lábios um contra o outro para calar esse sentimento incongruente. Um movimento raro no rosto quadrado do jovem. Ele aprendeu a controlar as emoções tão bem quanto os negócios da família e nada conseguia fazer com que o empresário mostrasse mais do que uma expressão de profunda indiferença a tudo o que o cercava, inclusive, por Clara. Entre todas as mulheres que Virgílio conheceu, ela foi a única que conseguiu se aproximar mais das imensas barreiras construídas por ele, mas, como todas as outras antes dela, Clara não soube o que fazer para que ele saísse da zona de conforto onde escolheu ficar: usando belas mulheres quando precisasse de sexo ou de boa companhia, não necessariamente nessa ordem. Clara entrava no primeiro grupo: ela gostava de sexo, e muito! O rosto inocente escondia gostos excêntricos e nenhum pudor. Na cama, e onde mais Virgílio quisesse, ela o satisfazia. Eles tinham feito amor em um cinema, no carro, no escritório da empresa, no tapete da sala da mãe dela, em um camarim, na coxia de um teatro e em outros lugares nos quais seria uma heresia pensar em tal ato.

Virgílio inspirou profundamente. Queria encontrar mais do que o vazio que o acompanhava dia e noite, mas a estranha sensação que o levava para um abismo escuro onde a sua energia era consumida em uma espiral de apatia e o deixava inerte ocupava cada centímetro do seu corpo. A mesma estranha sensação que parecia querer isolá-lo do mundo como uma mulher ciumenta e que o mantinha sob controle como uma marionete com fragmentos de memórias, de sonhos, de sentimentos e de olhos que pareciam ter saído de algum romance. Olhos de um azul profundo como o mar que o cercava neste momento.

Ele voltou a olhar para Clara. Virgílio desconhecia porque precisava estar com ela mesmo sabendo que o relacionamento avançava em direção à uma nova e inevitável ruptura, rotina tumultuada nos últimos quatro anos.

Acelerou e foi em direção ao abismo.

Estacionou o sedan preto, sofisticado e discreto. Apertou o botão para abrir o porta-malas. Aguardou mais alguns segundos, como se procurasse algo no porta-luvas ou nele mesmo que explicasse a insistência em manter um relacionamento que terminou há muito tempo, pelo menos para ele.

— Virgílio! Meu amor, o que houve? Faz vinte minutos que espero e você ainda demora um século para sair desse carro?! Nem parece que não nos vemos há uma semana... — Clara fez um biquinho como uma criança ansiosa pelo presente de aniversário ao mesmo tempo que o seu rosto ganhava uma tonalidade avermelhada.

Ele saiu do carro com um estranho aperto no peito, mas não era o calor abafado que o impedia de respirar direito. Virgilio se sentia preso em um lugar fechado e sem possibilidade de fuga.

— Bom dia, Clara, e desculpe-me, o trânsito... — tentou explicar com a sua elegante maneira de abaixar o rosto lateralmente.

Clara se aproximou de um jeito insinuante e cortou a frase no meio.

— Estava um horror... Eu sei. Todo mundo sabe... Mas, por que não deixou de ir à academia hoje? Você não pode ficar sem bater em alguém por um dia com aquela espada de araque?

— Não agredimos ninguém no Aikidô, Clara, e aquela espada é feita de bambu. — *Por que ainda me dou o trabalho de responder?*, pensou Virgílio ao voltar ao seu silêncio habitual.

— Não precisa ficar aborrecido, estava ansiosa para lhe ver... Preparei uma surpresa...

Clara pegou uma mão do rapaz e a fez deslizar pela sua saia na lateral do quadril. Ela se aproximou ainda mais dele, o suficiente para mordiscar um dos lábios. Virgílio sentiu o desejo esquentar a pele ao perceber que não havia nada entre as leves camadas de musseline e a sua mão, mas ele olhou para Clara com firmeza e a afastou com um sorriso.

— Obrigado pela surpresa, vou tentar não decepcioná-la quando chegar o momento, mas agora precisamos ir ou vamos pegar um engarrafamento desnecessário.

— Não custava nada ter chegado mais cedo. Teríamos tido tempo, mamãe saiu para ir ao supermercado...

— Clara, por favor, entre no carro — pediu ao guardar a mala.

— Eu tenho a impressão de que você se dedica mais a essa arte marcial do que a mim e até à sua empresa, como se preparasse para lutar contra algum ninja imaginário.

Eu tenho uma vaga ideia do combate que vou ter que enfrentar e preciso estar preparado...

— Qualquer dia desses você vai à falência ou vai perder a namorada se não prestar mais atenção ao seu trabalho... e em mim... — Clara o encarou. — Eu fiz tudo por você depois do acidente, continuo fazendo e mesmo assim parece que nunca é suficiente. Eu sei, eu sei. — Ela levantou os braços como se pedisse desculpas. — Você é carinhoso, atencioso, educado como um cavalheiro, mas... você está tão diferente, Virgílio... — Clara tocou a linha fina que atravessava a testa do rapaz com cuidado como se ela ainda pudesse estar dolorida. — Até parece que uma das suas feridas continua aberta depois de todo esse tempo e eu não sei como curá-lo... Estou quase acreditando que realmente quer que eu desista de você...

Clara fez uma pausa dramática, balançou a cabeça de um lado para o outro para reforçar o que disse e entrou no carro.

Era tudo o que eu queria, Clara, tudo.

Fechou o porta-malas com força. Entrou no carro e se dirigiu para o sul do Rio de Janeiro pela rodovia Lúcio Meira sem dizer uma palavra.

Capítulo 2

Clara

Clara alternava velhas histórias e novas ameaças de rompimento enquanto postava fotos da assinatura do contrato para uma nova novela. Virgílio dava àquela conversa a mesma atenção que a namorada, que não tirava os olhos da tela hipnótica do celular. Ela procurava as matérias que repercutiam o sucesso do trabalho anterior em que interpretava uma filha única mimada e tola.

Um personagem feito sob medida..., concluiu Virgílio ao ligar o som.

— Por favor, não coloque nenhuma daquelas suas músicas de velho!

— Não se preocupe, Clara, eu sei que você não gosta de clássicos. O que gostaria de ouvir?

— Qualquer coisa, menos aquelas chatices... Detesto ópera.

O monólogo continuou por quilômetros. Cansado das palavras monótonas e assuntos fúteis, Virgílio encontrou uma saída da autoestrada.

— O que está fazendo?

Ele não respondeu. O carro rodou por mais alguns metros até um estacionamento para caminhões cercado por árvores imensas. Virgílio escolheu um canto discreto protegido por uma parede, parou o carro, colocou o freio de mão e olhou para Clara.

— Acho que está na hora de ver de perto a surpresa que preparou...

Ele não terminou de dizer a frase e os longos dedos foram em direção à saia dela. Clara olhou em volta e segurou a mão dele com uma interrogação no olhar. Virgílio sorriu de canto. Ao tocar no cavanhaque e sentir o seu perfume — uma mistura de menta com notas amadeiradas que se tornava único ao se encontrar com o cheiro particular da pele do rapaz — ela viu a razão lhe abandonar. Ele encontrou o que procurava. Com habilidade, girou os dedos em movimentos leves e cadenciados ao mesmo tempo que a outra mão abria os pequenos botões do decote do vestido para liberarem os seios que aguardavam ansiosos. Os lábios dele se encontraram com a pele rosada e Clara deixou escapar um gemido quando ele a colocou sobre o seu colo.

— Se... nhor! Virgílio... como... você... é... — e ela desistiu do comentário.

Ele a sentiu molhada. Pronta, esperava, ansiava, se abria ainda mais. Virgílio voltou a beijá-la. Fez o peso do seu peito se encontrar com ela. Pouco depois Clara perdeu a voz e o controle sobre si mesma em um espasmo intenso que fez todos os seus músculos se contraírem e tremerem em uma onda que a atingiu da cabeça aos pés.

Virgílio a abraçou com ternura, a beijou na testa e ela se derreteu contra o peito dele.

— Agora, por que você não dorme um pouco? — sugeriu.

— E você?

— Eu posso esperar — respondeu com a habitual postura glacial.

O carro voltou para a estrada. O balançar agradável a embalou em um sono quase que imediato e tranquilo. Virgílio tirou os olhos sem brilho da estrada e os pousou por alguns segundos no rosto ao seu lado. Observou a beleza dos traços fortes, os lábios generosos, o nariz com um leve arco, herança da ascendência libanesa, e os cachos macios que acariciou com tanto prazer um dia. Quando Clara se tornou essa criatura infantilizada, ciumenta e agressiva com tendência a vasculhar o seu apartamento e os seus bolsos? Ela ligou recentemente para uma ex-namorada, fez ameaças estúpidas e quebrou objetos do quarto dele.

Quando a magia acabou?

Capítulo 3

Festa

Augusto, o irmão mais jovem de Virgílio e sócio na empresa, que se encantou com a alegria e o sorriso amplo de Clara no começo do namoro e que sempre a defendeu todas as vezes que eles rompiam, não suportava mais estar com Clara na mesma sala. O pai se afastava para cuidar das orquídeas sempre que ela chegava e a mãe dos rapazes pediu ao filho que não levasse Clara novamente à casa deles. O ultimato veio logo depois da festa de aniversário dos vinte e sete anos de Virgílio.

Como o aniversariante precisaria receber os convidados, ele pediu a Augusto para pegar a namorada. O jovem trouxe Clara como prometido, mas disse que precisava falar com o irmão em particular assim que chegou em casa.

No meio do barulho dos copos, das conversas paralelas e da música, que animava os convidados em torno da piscina oval iluminada por velas e decorada com flores amarelas, Augusto ajeitou o colarinho e se aproximou do irmão para contar que Clara saiu de casa um "pouco alta" e que talvez "sem perceber" passou a mão entre as coxas dele. Virgílio ainda se lembrava dos sentimentos contraditórios que o invadiram naquele momento: por um lado, ele ficou aliviado que Clara tivesse se interessado por outra pessoa, o que significava que ela iria romper novamente o namoro; mas por outro, era a namorada dele que estava dando em cima do irmão, mais divertido, mais alto e que a sua mãe sempre chamou de "um anjo caído do céu" por causa dos olhos azuis e cabelos loiros que Augusto herdou dela. Tão diferentes dos olhos e cabelos escuros como a noite que Virgílio recebeu do pai. O minuto em que o empresário hesitou sobre a boa conduta do irmão foi suficiente para criar uma barreira entre eles. Enquanto discutiam, Clara ficou bêbada, subiu em uma das mesas e começou a tirar a roupa em um show de gosto duvidoso. As palavras ditas por Clara ainda ressoavam nos ouvidos de Virgílio:

— *Você está vendo isso, Virgílio? Todos os homens presentes não conseguem tirar os olhos de mim, eles me acham deliciosa... Mas você...* — *Ela apontou para ele em um movimento tosco.* — *Você! É o único que não me enxerga, como se uma parte sua tivesse sido destruída naquele maldito acidente. A parte que me amava! Por que, Virgílio, por que você não consegue me amar? Por quê?*

O "show" terminou com uma blusa na mão e inúmeras reclamações da "audiência". Virgílio a pegou nos braços e a levou para a casa.

O engenheiro não dormiu naquela noite. Vagou pelo amplo apartamento com teto alto, poucos móveis em madeira escura, algumas esculturas em pedra assinadas por artistas contemporâneos de renome e vista para o mar onde morava sozinho há dois anos. Parou na varanda e apertou com força o parapeito. A resposta para a pergunta de Clara não veio, nem em trinta minutos, nem em uma hora, nem muitas horas depois.

O estranho vazio crescia no peito. Uma sensação tão misteriosa quanto a lua que iluminava a noite, mas que mantinha o seu lado sombrio longe dos olhares curiosos. Há um ano, logo depois do acidente, sentiu essa presença se apoderar dele como lembranças esparsas de outra pessoa, um navio... palmeiras... uma moldura... escravos... sombrinhas... os mais belos olhos azuis...

Ele se virou para o interior da sala e deixou os olhos passearem sem pressa pelas paredes. No lugar dos inúmeros quadros, agora no chão, estavam pregadas as representações dos olhos azuis que o assombravam. Em diversos tamanhos, ao lado de leques coloridos, das chaminés de um navio, de jovens sorrindo, de vestidos volumosos. A casa inteira estava coberta pelos pedaços de um sonho estranho que Virgílio tentava recuperar com o afinco de um arqueólogo dedicado diante de um tesouro escondido. Em vão. Um ano depois, ele tinha apenas as peças de um enorme quebra-cabeça sem nenhum sentido.

Virgílio se sentou exausto.

Deixou-se levar pelo barulho das ondas que se sucediam em um ritmo lento, quase hipnótico e que pareciam querer levá-lo para bem longe dali, como se o lugar dele não fosse esse apartamento sofisticado e frio como o mármore branco que enfeitava o chão. Porque era exatamente isso o que ele mais queria: ir para o mais longe possível de tudo, de Clara, dele mesmo.

Capítulo 4

Paixão pelas velhas fazendas

A festa aconteceu um mês antes e o gosto amargo da nova decepção permanecia na boca de Virgílio.
Passou a mão no cavanhaque bem cortado.
Talvez eu tenha visto o que queria ver e só agora constatei como Clara é de verdade.

Fez a curva com cuidado enquanto o seu pensamento vagueava desnorteado e indiferente à beleza luxuriante da paisagem da serra.

Mas quem sabe uma viagem desperte sentimentos adormecidos? Quem sabe alguns dias em um lugar calmo longe de tudo e de todos possam nos reaproximar? Quem sabe se volto a ver nela o que vi há algum tempo? Quem sabe?

Virgílio acreditava que a atração fulminante que um dia nutriu por Clara como um bem precioso não poderia simplesmente desaparecer como a curva da estrada.

Como aconteceu com todas as outras antes dela...

O peito ficou apertado e a angústia lhe impediu de respirar corretamente. Puxou o ar com força. Precisava entender a sensação que lhe consumia vivo: a certeza de que amou uma mulher. Uma mulher que nunca conheceu, uma mulher com enormes olhos azuis...

Mais uma vez, voltou a ter esperança de que ela ainda podia ser Clara e o seu coração se fechou diante dessa incerteza.

Balançou a cabeça de um lado para o outro. Trocou a programação que Clara escolheu. Deixou o som quase inaudível para não correr o risco de acordá-la. Os acordes suaves e ritmados das notas de Villa-Lobos que misturavam o clássico às tradições folclóricas brasileiras o levaram para um passado que gostava de visitar: o tempo das velhas fazendas de café do Vale do Paraíba no sul do Rio de Janeiro.

O interesse surgiu há alguns anos, quando aceitou trocar o pagamento das dívidas de um amigo por uma fazenda abandonada, a única coisa que ele não dilapidou da herança paterna. O local que mesmo em ruína mantinha a dignidade, encantou Virgílio de imediato. A restauração precisou de dois anos em uma operação arriscada para a empresa de construção que ele assumiu quando era estudante de engenharia. O pai teve um AVC, perdeu a fala, os movimentos das pernas e se tornou inapto a gerenciar as decisões diárias que envolviam milhões de reais. Virgílio precisou amadurecer muito rápido e mais cedo do que o seu irmão e os seus amigos. A visão, o talento e a dedicação incansável dele fizeram a Lopes de Macedo Empreendimentos ganhar novos clientes e mais prestígio, além de triplicar os lucros anuais. Os contratos se sucederam, novos rumos foram descobertos e com o excelente resultado da restauração da fazenda (feita com os melhores profissionais e de acordo com as regras e materiais usados na época), vendida com muito zeros de lucro, apareceram outras oportunidades como a que ia verificar nesse momento: uma pousada falida a 120 km da capital carioca.

Clara virou o rosto em direção à janela. O couro da poltrona gemeu e ela voltou a se perder em algum sonho. Virgílio retirou um cacho colado ao batom da moça e fez um leve carinho no rosto da jovem.

O empresário desligou o ar-condicionado e abriu a janela.

A brisa suave movimentou os cabelos cortados semilongos sobre as orelhas. Desabotoou o colarinho da camisa branca bem passada e o olhar tenso voltou a lhe dar a aparência de um homem de séculos passados. Respirou a liberdade e por um breve momento deixou escapar um raro sorriso. Virgílio tentou lembrar-se da última vez que sorriu de verdade, com gosto, com vontade, com vida. A imagem que surgiu em sua mente mostrou uma jovem leitora com cachos esvoaçantes diante de uma imensa janela.

Capítulo 5

Inocência

O carro atravessou o imponente portão de ferro, pintado de preto brilhante, quase tão alto quanto os jacarandás que lhe faziam sombra.

Virgílio observou as jabuticabeiras, mangueiras e outras árvores frondosas espalhadas pelo jardim. Arbustos floridos em branco eram visitados por borboletas coloridas. O local tinha um ar nostálgico e ele não resistiu ao sorriso que se formou no seu rosto acariciado por uma brisa com perfume de flor de laranjeira. Por um breve momento, ele esqueceu todos os problemas, sendo Clara o mais chato deles.

— Nossa! Não sei o que dizer... Uma casa cor-de-rosa?! — disse a jovem ao acordar.

Clara olhou pela janela do carro com um ar de desdém ao mesmo tempo que se espreguiçava.

— Você quer mesmo comprar isso?

O "isso" em questão era a fazenda Inocência. A imensa propriedade conheceu a glória durante o Brasil Império, o abandono e, depois de mudar de família algumas vezes, se tornou uma pousada gerenciada por um casal de franceses. Hervé e Marie Clément descobriram e se encantaram com o Brasil durante um mês de férias. Depois de alguns retornos sucessivos, mas rápidos, decidiram viver a aposentadoria em terras tupiniquins.

Virgílio ignorou a pergunta de Clara e terminou de fazer a manobra no estacionamento com vagas bem definidas em um caminho feito com pedrinhas. O local estava muito bem cuidado, diferente das outras fazendas que visitou, a maioria em ruínas ou precisando de uma reforma monumental.

— Meu amigo! É uma honra recebê-lo, ou melhor, recebê-los. Parece que veio muito bem acompanhando, não é, Virgílio? — George disfarçou a surpresa ao ver Clara com um amplo sorriso. O maior trunfo do melhor corretor do Vale do Café, deixava o rosto redondo e bochechudo ainda mais amável. — Sejam bem-vindos! —Ajeitou a camisa azul sobre o ventre um pouco proeminente, passou a mão nos cabelos claros penteados com cuidado e desceu as escadas com um passo rápido.

Clara se deu ao trabalho de dar um leve sorriso antes de colocar os óculos escuros e descer do carro sem agradecer a Virgílio que abriu a porta para ela.

— A viagem foi longa? — George foi buscar as malas.

— Ela dormiu quase o tempo todo. Quase...

— Menos mal... Por que a trouxe, meu amigo? Pensei que tinham terminado de novo depois do seu aniversário... — sussurrou George.

— Uma excelente pergunta que, mais uma vez, vai ficar sem resposta, George. — Virgílio ajudou o amigo a subir com a bagagem as longas escadas em mármore que formavam um "u" invertido e onde dois anjinhos barrocos decoravam as extremidades.

— Eu não sei por que continua com essa moça, mas...

— Mas? — Virgílio observou que Clara girava a maçaneta da porta como se a fazenda fosse dela.

— A minha hipótese é a seguinte... — George parou no meio da escada, levantou uma sobrancelha e abaixou ainda mais o tom de voz. — Clara tem esse jeito... vamos dizer: espontâneo, aberto, sem convenções...

— Em alguns países isso seria chamado de falta de educação — ponderou Virgílio com um misto de tristeza e resignação.

— Talvez, ela age sem pensar nas consequências, seria infantil se não tivesse mais de vinte e cinco anos. Só se interessa por si mesma e não abre concessões à sua falta absoluta de valores: ela não trocaria o Carnaval por um ano de comida para quem não tem o que comer, por exemplo.

— Isso não é nada tranquilizador... — Virgílio abaixou os olhos em direção de George. — Estou curioso para saber aonde vai chegar...

— Clara vê em você justamente o oposto. Você conhece mais alguém no Rio de Janeiro que não gosta de cerveja? Que usa terno com colete?! Que abre a porta do carro para as mulheres? Ou que liga sempre que diz que vai ligar? Também não preciso mencionar a sua respeitada retidão no mundo dos negócios e o conhecido charme irresistível que colocou os nomes mais cobiçados da sociedade carioca aos seus pés e mais impressionante ainda a sua maneira elegante, quase real, com a qual as dispensou?

— O que quer dizer com tudo isso, George?

— Que vocês se completam. Você precisa da Clara para se aproximar das pessoas que esqueceram ou não se importam mais com uma série de valores; e ela, bom, ela gostaria de poder ser respeitada, educada e cortês como você é, mas sendo ela mesma. Por isso ela fala e age de uma maneira caricatural substituindo a sua seriedade natural pela rispidez, a sua cultura pelo deboche e...

— E...

— O seu autocontrole inabalável por uma tendência a quebrar tudo. Vocês são como o fogo e o ar, sabe? Você é o ar, Clara o fogo. O ar alimenta o fogo, é isso o que o mantém vivo. Uma combinação explosiva!

— Não, George, acho que você se engana completamente, meu amigo. Eu sou a terra, firme, estável, inabalável, como você mesmo disse; Clara, bem, ela poderia ser o fogo, sempre tão exagerada em seus propósitos, mas a terra abafa o fogo, por isso estamos longe de ser um casal perfeito. — Virgílio abriu um leve e quase visível sorriso, sem esconder o vazio que brilhou em seu olhar por um instante.

— Vocês vão demorar muito? Estou louca para tomar um banho, existe água quente neste fim de mundo, não é, George? — interrompeu Clara.

— Não se preocupe, minha querida, você vai ter uma estadia muito agradável por aqui.

— Veremos. — Clara fez os saltos altos estalarem ao se encontrarem com o assoalho de madeira como se até o piso reclamasse da presença da moça.

Virgílio fez uma pausa desconcertado ao ver Clara entrar na casa.

— Não precisa se preocupar, meu amigo, eu conheço a peça — brincou George com um sorriso.

— Vocês vão VIR OU NÃO?! — gritou Clara sem colocar o rosto para fora da casa.

— Desculpe-me pelo comportamento dela e obrigado por ter me avisado sobre esse negócio, George, eu tive uma ótima impressão e uma agradável surpresa. — Virgílio apertou a mão do amigo.

Eles se conheciam há anos e, apesar dos exteriores — a diferença de altura chegava a uns bons trinta centímetros — e das personalidades diferentes, Virgílio e George tinham em comum o amor pelas velhas propriedades e a importância que davam à amizade e outros valores como a lealdade e um bom café.

— Hummm... o cheiro está nos chamando. Vamos entrar, eles nos aguardam...

— Eles? — perguntou Virgílio, intrigado. Ele contava com a presença da dona do imóvel, mas não tinha a menor ideia de quem poderia estar com ela.

Capítulo 6

Um estranho sentimento

Virgílio atravessou a porta da sala, deu um passo e parou. Os seus olhos extasiados passearam pela sala. O rosa da fachada era ainda um pouco mais claro no interior como se o tempo tivesse acariciado as paredes. O espaço era duas vezes maior do que o seu quarto, que contava com sessenta metros quadrados, e decorada com talento. Ramos e flores em gesso enfeitavam o teto e emolduravam os afrescos com inúmeras pinturas em *trompe l'oeil*[1]. Um buffet que parecia ter sido esculpido em uma única árvore, um relógio do século XIX e quadros da mesma época fizeram Virgílio voltar no século de ouro das fazendas de café.

Um calafrio percorreu a sua coluna e por um breve e estranho momento ele se sentiu em casa.

Aproximou-se de uma cadeira em madeira escura com curvas elegantes e assentos em palhinha.

---

1 *Trompe l'oeil*: técnica de pintura usada sobre muros ou portas para enganar o olho.

— Cadeiras de Thonet... — comentou ao tocar levemente na estrutura do móvel.

— Bravo!

Uma senhora pequena se aproximou com a ajuda de uma bengala com acabamento em madrepérola da mesma cor que os seus cabelos. Um homem alto e de porte imponente surgiu atrás dela.

— Dessa vez, trouxe alguém com potencial, George, *merci*!

— Permita-me apresentá-los, senhora Marie Clément, prefeito Rubens Amaral... Estes são Virgílio Lopes de Macedo e... Clara. —George sorriu.

— *Madame*, prefeito... — Virgílio apertou a mão da dama e do político com firmeza.

— O seu aperto de mão é forte e *sincerro*, como são seus olhos — elogiou Marie com um sorriso amável.

— Seja bem-vindo, meu caro! É um prazer recebê-lo novamente no Vale do Café. O seu trabalho está trazendo de volta algumas maravilhas do passado — comentou Rubens com um sorriso.

Ele usava um terno de linho claro, sapatos bem envernizados e tinha um bigode tão grande quanto o seu sorriso, mas foi nos olhos escuros e pequenos com uma expressão estranha que Virgílio se concentrou. Para o empresário experiente, o olhar sombrio, quase triste, do prefeito contradizia tudo o que os lábios abertos e calorosos mostravam.

Virgílio agradeceu com um leve balançar de cabeça e observou Marie cumprimentar Clara.

— É *semprre* bom *verr* a beleza "*invadirr*" a minha casa. Ela ainda é minha, não é, George? — ironizou Marie com um sorriso discreto.

George olhou para Virgílio, que pediu desculpas com o olhar.

Clara não percebeu a ironia da proprietária e continuou olhando para Marie como um aluno de Humanas em uma aula de Física.

— A casa é realmente... Errrr... linda, meio antiga para o meu gosto, parece um museu, mas é muito bonita mesmo. Aliás, esse colar que usa também deveria fazer parte, do como é que eles chamam...

— *Acerrvo*?

— Isso! Esse colar ficaria lindo no acervo do museu. Quem sabe se tiver outras joias...

— É uma boa ideia, minha filha. Não sei se o *comprrador* vai *aprrovar* ter que *esperrar* a minha morte para instalar as *vitrrines* com as minhas joias pela casa, mas por que não?

Clara olhava para as pérolas sem se dar conta de que estavam todos estarrecidos com o comportamento dela.

— Esse colar é mesmo lindo. As pérolas são tão grandes e redondas...

— *Obrrigada*, minha filha, foi um *prresente* de Hervé.

Marie se afastou de Clara e segurou as pérolas como se tocasse o marido. Ela controlou a saudade que apertou a garganta e voltou a se concentrar nos convidados.

— Venham, *prreparramos* um café, está tudo *prronto* no terraço. — Indicou o caminho.

Marie se apoiou no braço do prefeito para andar com mais firmeza. Virgílio a seguiu e Clara fez um muxoxo. O banho quente ficaria para depois.

Capítulo 7

Assassinato não solucionado

— Por que quer vender a fazenda, está doente?
Olhos arregalados se voltaram para Clara.
Virgílio abriu a boca para dizer alguma coisa, mas Marie levantou uma mão e respondeu com tranquilidade.

— Os clientes *prrestigiarram* o *enderreço porr* um bom tempo até que os hóspedes *mingurram*. A situação *piorrou* com a nova *crrise* econômica. A instabilidade do país é *desconcerrtante*... — Marie soltou um suspiro que parecia um lamento. — Mas o que afetou definitivamente o *futurro* da fazenda foi... a *morrte* de Hervé.

Marie serviu a taça de chá de Virgílio e, em silêncio, pareceu se lembrar de momentos difíceis. Rubens colocou uma mão sobre a mão da velha dama e assumiu a discussão sob os olhares surpresos de Virgílio e Clara.

— O meu amigo Hervé foi agredido há um ano, em uma noite de domingo durante a baixa estação. A porta da cozinha foi arrombada, mas ninguém ouviu qualquer ruído. O casal foi atacado na cama. Hervé não resistiu. Marie foi ferida gravemente, mas ela é uma mulher forte e formidável e voltou para nós.

Rubens passou uma mão carinhosa no rosto da idosa e sorriu.

— *Obrrigada*, Rubens. Eu não sei o que *terria* sido de mim sem a ajuda do nosso amigo mais fiel. Ele vem aqui todos os sábados pela manhã *parra tomarr* café comigo desde que saí do coma e voltei *parra* casa. — Sorriu ao apertar a mão do prefeito. — Mas *agorra prreciso resolverr* com quem fica a Inocência *parra poderr voltarr parra* a *Frrança*. Como não tive filhos, não há *prroblema* de *herrança*. *Prretendo sairr* daqui o mais rápido possível, assim que a venda *forr* efetivada, e *esperro sinceramente* que possa me *darr* a *honrra* de *continuarr* o nosso *trrabalho*, Virgílio.

— Não se preocupe, farei o possível para que a Inocência permaneça esplêndida como está hoje.

Clara franziu a testa e deixou o telefone de lado por um momento.

— Como assim? Não vai me dizer que vai comprar essa fazenda e, pior, se instalar aqui?

— Clara, eu não achei necessário lhe incomodar com explicações maçantes sobre a ampliação dos negócios da empresa para a área turística.

— Não me interessa! Isso é um museu e eu não me mudo para esse fim de mundo sob hipótese nenhuma! — exasperou-se.

— A fazenda foi restaurada e decorada com móveis e objetos da mesma época da construção do imóvel — explicou George orgulhoso.

Marie ofereceu a bandeja com pães de queijo à Clara.

— Depois você conversa com calma com o seu namorado.

Clara fechou a cara, hesitou, mas pegou um pãozinho.

— *Outrras prropostas aparrecerram*, Virgílio, mas apenas a sua me *interressou* depois que vi o *trrabalho* que fez em algumas fazendas da região. É remarcável! Por isso, mesmo que use a marca de uma rede de hotéis para cuidar da *estrruturra* da fazenda como comentou no último e-mail, tenho certeza de que vai ter *várrias* exigências *parra* manter a Inocência como ela é hoje.

— Outras propostas? — Virgílio olhou para George.

— Um médico ofereceu uma soma interessante e outra empresa de construção propôs um projeto imobiliário com dezenas de casas... — esclareceu George.

— Mas, o médico não *morra* aqui e não *prretende* vir com *frrequência*, ou seja, a casa vai ficar fechada a maior parte do tempo. O *prrojeto* de *trransformar* o terreno em um investimento *imobiliárrio* com casas *popularres* não me *interressou. Acrredito* que a força de um país está na sua *memórria*, no seu *patrrimônio*, um país sem respeito ao passado não pode se orgulhar do *prresente* e muito menos ser um exemplo no *futuro*. — Marie bebeu um gole de chá enquanto observava Clara, que esqueceu a conversa depois de um bip no celular. — Isso *parrece* ser muito *interressante*...

— Hã? Ah... uma amiga terminou com o namorado... Você dizia?

— Nada, meu anjo, nada... Venham, vou *mostrrar* a casa. Vamos começar pelo meu local *preferido: o quarrto* das "Gêmeas em Flor".

— "Gêmeas em Flor"? — Virgílio se levantou curioso.

— As filhas de *Honórrio* Antunes, um dos *maiorres barrões* do café da época e um dos poucos *visionárrios*: investiu em ações e terrenos quando a única *prreocupação erram* os cafezais, por isso tinha poucos *escrravos*, apenas *trrinta* quando as gêmeas *partirram parra* a *Frrança*. Venham, vou lhes contar toda a *histórria*.

Capítulo 8

Gêmeas em Flor

— No *prrimeirro* andar ficava a tulha, espaço usado *parra* o *arrmazenamento* do café; e no segundo, as salas e *quarrtos* da família, são mais de *trrinta* cômodos — explicou com o sotaque que guardava mesmo depois de anos no Brasil. — Quando chegamos aqui, os animais podiam *circularr* pela casa e havia *goteirras* por toda *parrte*. — Ela fez uma pausa e riu. — A *reforrma demorrou* alguns anos: refizemos o telhado, as *parredes* de pau a pique das senzalas e toda a *estrruturra* da capela, além de *restaurrar* o piso em *madeirra*, os *afrrescos*, os detalhes em gesso. — Continuou com o olhar esverdeado e orgulhoso direcionado para as paredes embelezadas com cuidado.

— Um trabalho esplêndido! — elogiou Rubens.

Os salões decorados com o melhor dos móveis franceses e italianos do século XIX se sucediam em um desfile de bom gosto.

Marie atravessou um longo corredor com paredes cobertas do chão até a metade com pranchas de madeira envernizadas. Três lustres com abajur arredondado em vidro iluminavam o local à noite. Continuou a explicação em frente a uma porta onde rosas foram esculpidas com delicadeza e precisão perto da maçaneta em cobre. Na parte de cima, a luz penetrava por um vitral colorido em forma de arco.

— O barrão *erra extrremamente* exigente com o acabamento da casa. Ela *mostrrava* o poder econômico da família que *morrava* aqui.

As palavras seguiam o ritmo calmo da respiração da velha senhora, mas o coração de Virgílio se embalou sem explicação assim que entrou e sentiu o perfume doce e leve. Um cheiro agradável e estranhamente familiar.

— Esse perfume? Acho que o conheço...

— Esse *arroma* é do século XIX: as *florres brrancas* do jasmim *forram misturradas* com canela e às notas mais ácidas dos *frrutos cítrricos* como a bergamota. *Encontrrei* essa receita em um velho caderno da família e mandei *recrriar* o perfume *parra* a pousada.

Virgílio inspirou profundamente. Aproximou-se da fonte do prazer: os lençóis imaculados, limpos, repassados, bem estendidos sobre a cama, e quando levantou os olhos, a viu.

A pintura, em cima do espaldar alto de madeira escura da cama, era vertical e grande o bastante para estar sozinha na parede principal do quarto. Ela mostrava duas jovens, naquele breve, precioso e quase interminável momento onde deixaram de ser crianças, mas ainda não eram mulheres. Nos olhares que pareciam refletir o azul do tecido volumoso e adamascado que cobria inteiramente as pernas estava a certeza de que o futuro seria tão brilhante quanto as joias que iluminavam os pulsos cobertos por luvas e os colos enfeitados pelo decote canoa e uma larga gola com acabamento em um bordado delicado com pequenas flores brancas que caía sobre o busto. Uma delas, a que estava sentada à sombra da irmã, usava um leque com detalhes em madrepérola e renda que escondia uma pequena parte do seu sorriso, como se a timidez ou a modéstia a privassem do prazer de se mostrar ao mundo. Qualidades que não estavam visíveis na segunda jovem que tinha uma postura mais segura e que com um pequeno gesto deixou os ombros e os seios ainda mais sedutores enquanto segurava uma das voltas do colar de pérolas.

— As "Gêmeas em Flor".

A voz de Marie ecoou no quarto. Virgílio hesitou. O seu olhar continuava preso àquelas cores pastéis que, de uma forma talentosa, deram vida às jovens. Por um momento, ele se sentiu como um barco que tinha a sua âncora naquele rosto quase escondido pelo leque, mas que deixava à mostra — como uma provocação — uma pintinha sensual no canto esquerdo da boca levemente entreaberta. Virgílio fez um esforço e voltou a se concentrar em Marie.

— Perdoe-me, Marie, você estava dizendo...

— As "Gêmeas em Flor" *erram* as filhas do *barrão* Antunes: Olympia está sentada e Olívia *segurra* o colar. Ele *contrratou* os *tutorres* mais eficientes *parra* que elas fossem educadas melhor do que qualquer rapaz da região, o que *erra rarro*. — Marie fez um gesto com a bengala. — Elas dormiam aqui em camas de *solteirro*, até o episódio delicioso com o *prrimo* Euzébio, que terminou com o casamento de Olívia. Observem — pediu a velha senhora indicando a paisagem do lado de fora com a bengala. — As janelas dão *parra* o jardim *prrivativo* da família que se liga a ala da fazenda onde ficam os quartos de hóspedes, as meninas não tinham acesso ao *exterrior* sem a *autorrização* dos pais. Eu e Hervé achamos melhor *trrazer* a cama do *barrão parra* cá e levar as duas caminhas para um quarto bem maior do que esse ideal *parra* uma família com *crrianças*, também levamos *parra* lá a coleção de bonecas em biscuit. Vamos continuar? — Marie sorriu.

— A senhora não está cansada? — inquiriu Virgílio.

— *Agorra* que falou, realmente, me sinto exausta.

— Podemos continuar a visita amanhã, quando estiver se sentindo melhor, e caso não se incomode eu gostaria de ficar com esse quarto.

— Achei meio velho, mas pelo menos o colchão deve ser novo, não? — Clara se sentou na cama.

— Tenho certeza de que o quarto ao lado vai lhe agradar, Clara, ele é mais moderno e tem uma banheira, venha, vou lhe mostrar — sugeriu George com um sorriso cúmplice para o amigo enquanto abria a pequena porta coberta com o mesmo papel de parede floral que dava para o quarto vizinho.

— Hummm... uma porta secreta... — Clara olhou lascivamente para Virgílio deixando-o sem graça.

— Parece que está tudo arranjado e não precisam mais de mim. Vou estar à disposição se necessitarem de alguma coisa. Agora se me dão licença...

— *Obrrigada*, Rubens, vou levá-lo até a porta.

Virgílio ficou sozinho no quarto atraído por aquele rosto arredondado escondido por trás do leque sem perceber a força do charme irresistível que possuía. Aproximou-se e se perdeu naqueles traços, no nariz pequeno e delicado, nos lábios entreabertos em um sorriso casto que deixavam uma pequena parte dos dentes brancos aparecer e por um momento ele teve a certeza de que ela brincava com ele. Virgílio encarou os olhos grandes e expressivos e deu um passo para trás quando sentiu uma onda de prazer e medo percorrer o seu corpo. Sentou-se na cama incrédulo. Os olhos que faziam parte dos fragmentos que o atormentavam desde o acidente, que o perseguiam até nos sonhos, agora faziam parte de um rosto e ganharam um nome.

Olympia...

Capítulo 9

Fantasma

Virgílio se sentou com as mãos na cabeça. O rosto de Olympia o acordou todas as vezes que tentou dormir e ele se sentiu um tolo perseguido por um fantasma que ele mesmo criou.

Um clique seguido de um rangido o fez olhar para a pequena porta disfarçada na parede. Ela se abriu com Clara em uma sumária camisola de renda preta que mostrava mais do que escondia. Virgílio esqueceu as dúvidas em relação à moça e foi até ela.

— É nova?

— Comprei para você...

Virgílio afastou uma mecha de cabelos que caía sedutoramente sobre a renda que cobria um dos seios. Aproveitou para passar um dos dedos sobre o mamilo que endureceu sob o toque.

— É linda... — Sentiu o seu membro enrijecer e a beijou com intensidade.

As mãos de Virgílio deslizaram pelas curvas acentuadas da falsa magra. Ele a levantou até a sua cintura, ela cruzou as pernas em volta do torso bem torneado e ele a levou para a cama. Acariciou levemente as suas coxas e, depois de retirar a calcinha, deslizou um dos dedos entre as suas pernas enquanto a sua língua passeava pelo pescoço da jovem. Virgílio sentiu os pelos dela se eriçarem e Clara abriu um pouco mais as pernas. Ele introduziu um dedo e depois outro. Lentamente. Clara deixou escapar um gemido e procurou os lábios do empresário com pressa. Ele retirou a camisola dela e sugou os mamilos. Desceu pelo ventre até encontrar o sexo úmido. Virgílio o abriu com delicadeza e começou a fazer movimentos com a experiência de quem conhecia muito bem esse terreno.

— Virgílio! Você... nunca... fez isso tão bem... — comentou entre um fôlego e outro.

Ela abriu mais as pernas e levantou o quadril em uma sugestão para que ele fosse mais fundo. Virgílio a virou sobre ele e ela o ajudou a retirar a calça do pijama. Depois de acariciá-lo longa e lentamente com a mão e depois com os lábios ela se sentou sobre ele. O movimento cada vez mais intenso sobre a cama fez o perfume dos lençóis se espalhar pelo quarto. Virgílio fechou os olhos e procurou a boca de Clara para um novo e sensual entrelaçar de línguas, mas foi o rosto de Olympia que surgiu em sua mente. Surpreso, o rapaz voltou a beijar Clara com intensidade antes de trocar de posição como se aquilo pudesse fazê-lo voltar a ter controle sobre a situação. Deixou o seu peso sobre o corpo da morena, molhou os dedos com a língua e voltou a tocar Clara entre as coxas, mas dessa vez deixou de lutar e pensou em Olympia. Os dedos hábeis e a língua sobre os seios fizeram Clara tremer em seus braços. Ela se virou para que a penetrasse por trás. Virgílio a segurou com firmeza e a amou como nunca fez antes e nem poderia, nesse momento ele estava com uma jovem de grandes olhos azuis, que o encarava de um quadro e que se chamava Olympia.

Virgílio fechou os olhos, mas não dormiu.

A noite se estendeu diante dele sem pressa, misturada aos sonhos estranhos. Ele viu um navio, o anel de formatura, uma negra com um largo turbante na cabeça e os olhos de Olympia.

Os olhos se abriram cansados. A noite acabou de ir embora e ele estava desesperado para que o novo dia terminasse o mais rápido possível. Queria sair do quarto, do país, dessa dimensão, para ficar o mais longe possível de Clara e do olhar de Olympia que parecia lhe aquecer.

Sorriu para a jovem adormecida ao seu lado e o carinho no rosto dela terminou mais cedo como se Virgílio sentisse a força de certo olhar atraí-lo para um quadro logo acima da cama. Ele não resistiu muito tempo e se levantou sem fazer barulho.

Os olhos de Olympia estavam sobre ele de novo. O sorriso permanecia inabalado como se o que aconteceu nesta noite não tivesse nenhuma importância porque ela sabia que ele era dela, inteiramente dela.

Em um esforço para ignorar o quadro, Virgílio abaixou o olhar envergonhado e foi tomar banho.

Capítulo 10

Cavalheiro

— Esse rapaz é muito estranho, não achou, Marie? — Rubens passou um pouco de geleia de jabuticaba na broa de milho.

— *Estrranho*? Não, mas achei *currioso*... Você *reparrou* que ele não sorri nunca e esse olhar... *penetrrante*, forte, *austerro*... Tive a *imprressão* de que uma parte dele não está realmente *prresente*, como se faltasse alguma coisa...

— Com certeza não é dinheiro, ouvi dizer que a empresa dele é uma das maiores do Brasil.

— A minha intuição diz que esse olhar distante não tem nada a ver com *dinheirro* — afirmou pensativa. — De qualquer *maneirra* achei Virgílio *adorável*. Ele me *lembrrou* esses *cavalheirros* calados, carrancudos e *misterriosos* de romances antigos, até o corte de cabelo meio longo e displicente e o cavanhaque ajudam a *crriar* o personagem.

— Realmente nunca poderia imaginar que alguém pudesse combinar tanto com essa casa, parece que ela foi feita para ele... — afirmou o prefeito ao abrir um mamão.

— E como ele é bonito, meu Deus! Ah... se eu tivesse *trrinta* anos... Nem a *cicatrriz* conseguiu *destrruir* esse rosto... Quando o vejo, eu tenho a *imprressão* de que ele acabou de sair de uma *armadurra brrilhante*.

— Marie! Que entusiasmo! Mas agora que mencionou acho que nem os rapazes dessa cidade poderiam resistir a esse homem! — Rubens deu uma alta gargalhada.

— Rubens! Então, o que se comenta, é verdade? Oh, meu Deus, me perdoe a *indiscrrição*... — Marie tocou na mão do prefeito com cautela.

— Não seja tola, Marie, você é minha amiga. Não acha que se eu fosse gay como dizem eu teria lhe contado?

— Mas você é um *solteirrão* convicto...

— Isso é verdade, nunca me casei, mas isso não foi por minha culpa... — Rubens olhou sem graça para o chão antes de se encontrar com o olhar de Marie e continuar: — Eu me apaixonei uma vez. Ela era a criatura mais incrível que eu conheci em toda a minha vida. Inteligente e com uma alegria e entusiasmo contagiantes, além de ser a moça mais bonita da região com os seus pequenos olhos verdes. Mas, azar o meu, ela não quis se casar e eu nunca mais encontrei ninguém que pudesse substituí-la...

— Oh... Rubens... Eu sinto tanto...

— Não se preocupe, Marie, faz tanto tempo que parece que aconteceu em outra vida e nada pode mudar isso... — Suspirou profundamente antes de reabrir um largo sorriso e se levantar da mesa para puxar uma cadeira. — Olha quem chegou! Bom dia, Virgílio...

— Muito bem, obrigado, senhor prefeito. Bom dia, Marie...

— Bom dia, Virgílio. Por favor, sente-se.

Virgílio se sentou na ponta da cadeira como se ela tivesse espinhos e observou o café da manhã reforçado espalhado em bandejas e cestas na mesa com extraordinários doze metros.

— Serviço digno de um cinco estrelas.

Marie sorriu orgulhosa.

— Qual é a sua *prrogrramação parra* hoje? — Marie se levantou para lhe servir o café.

Ele agradeceu e bebeu em um gole.

— Gostaria de visitar a fazenda, se não se incomoda, e de cavalgar um pouco...

— Vi que calçou as botas... Sabe andar a cavalo, imagino?

— Faço equitação desde os cinco anos...

— Ele foi um dos melhores cavaleiros do Rio. Venceu campeonatos nacionais e internacionais até começar a se dedicar à engenharia — Clara explicou ao entrar na sala e se sentar.

— Bom dia, Clara. Gostaria de cavalgar?

— Deus me livre, Virgílio, sabe que tenho horror ao cheiro de cavalo... — Ela fez uma careta como se o odor dos animais chegasse à sala, pegou um pão e espalhou uma boa camada de manteiga.

Marie olhou para Virgílio.

— Vá até o estábulo, Rodolfo vai lhe ajudar.

— Rodolfo?

— Um homem baixo e robusto com um bigode *brranco* e um chapéu. Você não vai ter dificuldade em achá-lo. E não deixe de visitar a capela, ela é uma belezinha, *inteirramente redecorrada* por artistas locais que não *medirram* esforços. Quase todos os anjos e santos são recentes, mas mesmo assim são *obrras* excepcionais.

— Não se preocupe, agora se me dão licença.

— *Clarro*, tenha um bom-dia. Nos vemos mais tarde. — Marie acenou.

Virgílio fez um leve movimento com a cabeça e deixou a casa principal da fazenda.

Capítulo 11

Anjos

Inocência ficava em uma colina cercada por um parque com árvores variadas e altíssimas palmeiras imperiais. Observou por um momento e imaginou a beleza do local quando era cercado por milhares de pés de café. Sorriu e levantou o rosto para sentir a agradável brisa que vinha do lago.

Caminhou sem pressa. Parou para ver o velho carro de boi cheio de potes de flores amarelas e continuou até os dois prédios onde funcionaram as antigas senzalas.

Rodolfo retirou o chapéu e se aproximou com um sorriso amplo.

— Bom dia, "seu" Virgílio, dona Marie me avisou que o senhor é o novo comprador da fazenda. Venha, vou lhe mostrar o local.

Virgílio entrou no primeiro prédio. Ele foi transformado em um moderno e elegante salão para eventos com espaço para TV e jogos com uma decoração minimalista e sóbria.

— A dona Marie não queria ofender a memória de quem morou e sofreu entre essas paredes com uma decoração exagerada.

Foram até o segundo prédio, onde ficavam as baias dos cavalos. Virgílio escolheu Canela, uma fêmea com uma longa crina e pelos castanhos e trotou para a capela.

Desceu do cavalo, amarrou-o a uma pilastra e entrou com respeito. O local era pequeno, com espaço para pouco mais de sete bancos de cada lado, com um altar de madeira decorado com folhas de ouro. Virgílio se concentrou nos dois anjos esculpidos na parede onde ficava o altar. Ele se aproximou e sentiu um estranho calafrio percorrer a sua coluna. Eles tinham os traços das filhas do barão. Ali estavam novamente os olhos grandes e expressivos, o nariz pequeno e o sorriso misterioso. Tocou na madeira. Deixou os dedos deslizarem pelo formato do rosto, dos olhos até a delicada pinta ao lado da boca. Afastou-se bruscamente, passou as mãos nos cabelos e trincou os dentes com raiva dele mesmo.

Montou e seguiu a galope para o lago.

Atravessou a fazenda e viu a piscina retangular e extremamente moderna, o solário onde espreguiçadeiras brancas convidavam para um banho de sol, o jardim à *la française* com desenhos simétricos com plantas coloridas em círculos e quadrados bem definidos e as diversas orquídeas amarradas nas árvores.

Virgílio chegou ao lago onde patos e cisnes mergulhavam e brincavam tranquilos e desmontou.

Caminhou por um momento com o coração acelerado.

Ele precisava fazer com que o seu coração acostumado com os negócios mais complicados e normalmente indiferente a emoções mais mundanas voltasse a bater em um ritmo normal.

Não conseguiu.

Levou Canela de volta para a sua baia e entrou na casa-mãe da fazenda de mau humor.

— Meu amor! Por onde andava? Lhe esperava ansiosa, ainda bem que Rubens decidiu me fazer companhia. — Clara sorriu para o prefeito antes de beijar Virgílio nos lábios.

Ele fez um carinho em seus cabelos e se distanciou.

— O que gostaria de fazer? Aproveitar a piscina? O lago também é muito bonito, ainda temos tempo antes de fechar o negócio.

— Você está falando sério, Virgílio?

— Por que não? A fazenda é linda e ainda não visitamos nada...

— Não acredito no que estou ouvindo... Visitar a fazenda?

Marie se levantou em silêncio, fez um leve cumprimento para um Virgílio embaraçado e deixou a sala.

— O que acha que viemos fazer aqui, Clara? — Virgílio abaixou o tom de voz. — Estamos em uma das mais belas regiões do Rio de Janeiro, se não quer fazer nada disso, qual seria a sua sugestão?

— Não tem nenhum shopping por aqui?

Capítulo 12

Estopim

— Eu não sei se existe um centro comercial por aqui e se for o caso ele não me interessa. — Virgílio cruzou as mãos sobre o peito.

— Eu não vim para esse fim de mundo para perder o meu tempo em passeios pelo campo. — Colocou as mãos na cintura em frente a Virgílio.

— Pensei que quisesse fazer algumas fotos para as redes sociais, você acha tudo isso tão importante — desdenhou.

Se Clara tivesse bom senso, ela teria acabado com a discussão, mas ela tinha tanto bom senso quanto uma criança de cinco anos.

— O que acha que as minhas amigas vão dizer se aparecer em um local como este? Que vim parar em um museu mofado. Você vai descobrir onde fica o shopping mais próximo e vai me levar lá! —Apontou para a porta.

— Desculpe-me interrompê-los. — Rubens abaixou o jornal. — Existem vários "shoppings" muito bons na região, posso passar os endereços.

— Viu, Virgílio, existem shoppings! Enfim, esse fim de mundo não é tão fim de mundo quanto pensei...

Virgílio olhou para o prefeito como quem acabou de fazer um inimigo.

— O senhor prefeito poderia me dar licença? Preciso tomar um banho...

— Pois não, Virgílio. — Rubens suspirou.

Virgílio se dirigiu em silêncio para o quarto.

Clara o seguiu com um passo acelerado.

— Você me deixou falando sozinha e pensa que vai se safar dessa? — O rosto da jovem parecia estar em fogo. — Vou ligar agora para o George. — Ignorou o fato de que eram hóspedes na casa de alguém e gritou: — Eu não fico mais um dia nesse buraco!

— Não, Clara, não vai. Acabamos de chegar e viemos passar o fim de semana. Sair agora seria uma desfeita com Marie, lembre-se de que estou aqui para fechar um negócio.

— Pois eu não estou nem aí para o seu negócio e muito menos para essa velha manca.

Virgílio se aproximou de Clara e as faíscas dos seus olhos poderiam feri-la se ele chegasse mais perto.

— Eu não vou admitir que fale assim de Marie, ela nos recebeu com muito respeito e atenção, não vou deixar você destratá-la.

— Eu não me importo, eu só quero sair daqui o mais rápido possível.

— Eu lhe peço, Clara, não é o momento...

— Sou eu quem decide quando é o momento. Eu não gostei desse lugar desde que cheguei. Tudo aqui é velho, antigo e fora de moda! Olha esse quadro ridículo, com essas burguesas babacas, quem mais poderia ter algo assim na parede? Só mesmo uma velha francesa idiota!

Pela primeira vez em sua vida, Virgílio soube o que significava a expressão "sentir o sangue subir à cabeça". As suas mãos tremiam e o seu coração batia com tanta força que ele teve a impressão de que o órgão atravessaria o peito a qualquer momento. Clara o feriu profundamente quando ultrapassou um limite perigoso: o quadro de Olympia.

— Eu não quero vê-la nunca mais. — Virgílio disse cada palavra, com firmeza e lentidão para que Clara não ficasse com nenhuma dúvida.

Ela parou por um momento, olhou para Virgílio e disparou com uma voz mais alta e esganiçada:

— Você está terminando só porque eu disse que esse quadro é ridículo? Sério? Pois veja o que faço com ele!

Virgílio não teve tempo de agir; quando entendeu o que ela pensava em fazer, ela fez.

Clara subiu na cama, retirou o quadro do gancho e o arremessou com força. A madeira pintada de dourado se espatifou contra a parede e estalou em vários lugares. A tela se rasgou ao tocar o chão e o coração de Virgílio parou por um instante. Sentiu a dor lhe invadir como se fosse um músculo dele que sangrasse. Permaneceu imóvel estarrecido pela atitude e pelo prejuízo que seria muito mais do que material.

Marie entrou pela porta aberta, assustada, seguida por Rodolfo que empunhava uma arma, e por Rubens tão escandalizado quanto ela. Os olhares estupefatos foram de Clara para Virgílio, de Virgílio para Clara e de novo para o quadro.

— Pode guardar a arma, Rodolfo. O que temos aqui não são *ladrrões*, mas *outrro* tipo de *malfeitorres* — pediu antes de continuar: — O que aconteceu? Essa *obrra erra* valiosíssima... Quem fez isso?

— Um quadro cafona desses não deve valer muita coisa, mande a conta para o meu agente no Rio, agora se me dão licença, eu não fico um dia a mais nessa birosca.

— É o que todos nós *esperramos*. — Marie deu as costas para Clara e se abaixou para ver de perto o estrago no quadro.

Clara hesitou por alguns segundos e olhou para Virgílio:

— Se você pensa que vai sair ileso do nosso relacionamento pode se preparar, você vai me pagar cada centavo pelo tempo que passei com você!

Marie se virou em direção à Clara e disse sem alterar o tom de voz:

— Eu não sabia que putas podiam *entrrar* na justiça e, antes que ela reclame do nosso estabelecimento, é melhor que ela parta, não é, Rodolfo?

— Você me chamou de puta?!

— Uma dama com certeza você não é...

— Você não tem o direito de me ofender. Você não sabe nada a meu respeito e muito menos do meu relacionamento com ele. — Apontou para Virgílio como se segurasse uma arma de fogo. — Depois do acidente, eu fiquei ao lado dele quando a maioria dos amigos desapareceu. A mãe dele é uma advogada famosa e não tem tempo nem para respirar, imagina para passar os dias com o filho e o irmão, bom, Augusto veio vê-lo algumas vezes... — Cruzou o olhar com o de Virgílio. — Mas eu cuidei da cicatriz no rosto e da outra ainda mais feia que ele tem no ombro. Durante o último ano, eu me dediquei ao tratamento dele e é assim que ele me agradece?

— Isso se chama, amor, filha, e nunca pode ser *cobrrado*. Não é o que acha, Virgílio?

Virgílio se aproximou e tentou pegar nas mãos de Clara, mas ela se esquivou.

— Clara, eu sinto muito, mas... — Procurou os olhos da moça para ter certeza de que ela iria entender cada uma das palavras. — Eu não amo você. Nunca amei. Por um momento, sim, tive a impressão de que você chegou realmente perto e que poderia quebrar a minha couraça, mas isso não aconteceu. Eu tentei de tudo, tudo mesmo, até esse fim de semana tinha esse objetivo... Infelizmente não é possível continuar. Por favor, Clara, me perdoe por não lhe amar como você merece.

Os olhos de Clara estavam avermelhados e as lágrimas corriam livremente deixando traços claros na maquiagem. Ela inspirou e balançou a mão sobre o rosto de Virgílio com toda a frustração que encontrou no peito.

— Quatro anos perdidos, jogados fora! QUATRO ANOS! Como eu pude perder o meu tempo com você?!

— Eu realmente sinto muito, Clara.

Virgílio colocou uma mão no bolso da calça e abriu a porta.

— A nossa conversa terminou.

— Eu levo a jovem para onde, dona Marie? — Rodolfo se colocou entre Clara e a dona da fazenda, que se olhavam como lutadores de boxe antes de entrarem no ringue.

Clara fuzilou Virgílio com o olhar e foi em direção ao seu quarto.

— *Parra* o mais longe que puder, Rodolfo, mas antes disso *parre* no *antiquárrio* do seu Tito e o *trraga* aqui sem demora, vamos *prrecisar* dele. Depois, você leva a moça *parra* onde ela quiser, desde que seja *forra* dos *perrímetrros* da cidade.

— Pois não, dona Marie. — Rodolfo saiu do quarto.

— Espere, Marie, eu tenho uma ideia melhor. Rodolfo vai buscar o Tito e eu me responsabilizo pelo retorno de Clara ao Rio.

— Você tem certeza, Rubens? Isso vai *estrragar* o seu sábado...

— Fique tranquila, minha querida, vou aproveitar para ver um deputado amigo meu. Não se preocupe, vou me sentir melhor se estiver certo de que ela chegou em casa antes de nos causar mais problemas. — Piscou um olho para Marie e foi pegar o carro.

Virgílio permaneceu estático sem tirar os olhos do quadro.

Ouviu os passos rápidos dos saltos de Clara afligirem uma agonia ao chão de madeira até se tornarem apenas uma lembrança e respirou aliviado como não fazia há anos.

Capítulo 13

A caixa misteriosa

O empresário encarou o olhar penalizado e em lágrimas de Marie.
— O que essa moça fez foi mesmo um *crrime*...
— Eu sinto muito, Marie, vou me responsabilizar totalmente pela restauração.
— Se isso for possível, meu gentil Virgílio, vamos ver o que o seu Tito nos diz.
— Seu Tito?
— É o nosso *antiquárrio* mais competente. Ele tem uma loja no *centrro* da cidade, a "Caprichos do Tempo".
Virgílio olhou de novo para a obra sem esconder a expressão contrariada e pegou nas mãos de Marie.
— Muito obrigado pela sua presteza e mais uma vez me perdoe pela imensa tolice de ter trazido alguém como Clara para essa casa.
— Não se culpe, não é possível exigir das pessoas mais do que elas podem nos dar. *Clarra* é uma moça linda, mas vazia, superficial... Quem sabe

quando a beleza a deixar ela vai se *concentrrar* no que realmente importa?

— Mas se fosse você, eu não me *prreocuparria*, esse *prroblema serrá* com certeza de *outrro* homem, *agorra* vamos tentar colocar o *quadrro* em cima da cama — sugeriu.

Virgílio voltou a prestar atenção na pintura como se ela fosse um imã e ele um simples e ordinário pedaço de metal. Levantou o quadro e o colocou com cuidado sobre a cama, mas o movimento fez um dos cantos rachados se abrir ainda mais.

— Marie, veja, tem algo lá dentro...

A dama se abaixou e observou o que parecia ser outro tipo de madeira incrustada na moldura original.

— *Estrranho*, o que pode ser?

— Se levantarmos um pouco mais a tela...

Virgílio fez um novo movimento e uma caixinha estreita e do tamanho de um envelope simples caiu sobre o seu colo. Abaixou o quadro sobre o colchão e pegou a caixa. Ela era decorada com um delicado trabalho em marchetaria com dois anjos cercados por rosas. Ao sentir o objeto liso e delicado nas mãos, Virgílio teve a certeza de que suportou as crises de ciúmes com cenas estúpidas de coisas quebradas para chegar até aquele momento. Clara precisava estar naquela fazenda para quebrar o quadro ou nunca ele teria descoberto a caixa.

Virgílio olhou para Marie e lhe entregou o objeto.

— A casa ainda é sua...

Marie agradeceu com um leve balançar de cabeça e observou a caixinha com uma viva curiosidade.

— O que pode ser isso?

— Acredito que a pergunta mais adequada seria: o que uma caixa teria de importante a esconder para ser guardada como se fosse um segredo?

Um senhor de aproximadamente setenta anos entrou em cena. Baixo e magro, usava uma gravata borboleta verde-maçã que combinava com os sapatos brilhantes da mesma cor. Um toque divertido na austeridade do bem cortado terno cinza.

— Tito! Que *prrazer* recebê-lo em minha casa!

— Lamento que seja nessas condições. — Tito olhou de soslaio para Virgílio ao ver o quadro sobre a cama.

— Tito, este é Virgílio, é com ele que estou negociando a venda da Inocência.

— É um prazer, meu jovem. Mas estou curioso para saber o que houve. Você hospedou um ogro, Marie?

— Não, meu amigo, infelizmente foi uma boneca, linda e oca — Marie suspirou —, que *quebrrou* o *quadrro*. Chamei-o aqui *parra* vermos o que *poderria* ser feito e acabamos de ter uma *surpresa*. — Mostrou a caixa ao antiquário.

Tito se aproximou, pegou a caixa e a levou para a luz de uma das janelas. A brisa movimentou as cortinas mais rapidamente como se até ela estivesse curiosa para saber um pouco mais sobre esse mistério.

— Interessante... Onde a encontrou?

— Exatamente aqui, nesse espaço, dentro da moldura. — Apontou Virgílio.

— Hummm... essa caixa é mais recente do que o quadro. Ela foi colocada lá depois que a primeira moldura estava pronta. Se eu não me engano, e eu não me engano nunca. — Ele piscou para Marie com um sorriso safado. — Alguém solicitou que uma segunda moldura fosse feita apenas para que essa caixa fosse escondida nela. — Ele aproximou a caixa dos olhos. — E isso aconteceu cerca de dez anos depois da tela original ser pintada.

Virgílio sentiu o corpo ser atravessado por um estranho calafrio, mas manteve o controle sem alterar o olhar glacial.

— Agora precisamos descobrir o porquê. — O profissional olhou curioso de novo para a caixa. — Vejam, as fitas que os anjos seguram formam um monograma...

— A letra "B"... — afirmou Virgílio.

— Isso mesmo, só falta descobrirmos a chave.

— Mas ela não tem nenhuma *fechadurra* — reparou Marie.

— Você tem absoluta razão, Marie, esse é um antigo modelo usado para guardar segredos. A caixa só pode ser aberta apertando a sequência certa dos pedaços em madeira que aparecem em baixo-relevo. Você vai me vendê-la, não é, Marie?

— De forma alguma! — Marie recuperou a caixa e a protegeu contra o peito.

— Eu estava brincando, sua velha boba! — E Tito caiu na risada antes de se sentar na cama, colocar luvas de algodão branco e pegar uma lupa. — O que me interessa aqui é o quadro e não essa bugiganga.

Tito avaliou os estragos e afirmou que poderia restaurá-lo, mas que precisaria de tempo e que não seria barato.

O alívio de Marie e de Virgílio pôde ser sentido em todo o quarto.

— Leve o tempo necessário, dinheiro não é problema. Eu faço questão de que o quadro volte a ser o que era — pediu Virgílio. — Só tenho uma exigência: a obra não deve sair da fazenda.

— Eu posso instalar um pequeno ateliê aqui, acho que não falta espaço para isso, apenas vai demorar mais. Não vou poder vir da cidade todos os dias.

— Eu gosto da ideia. Rodolfo pode buscá-lo nos dias e *horrárrios* combinados.

— Isso não vai ser necessário, ainda posso dirigir, montar a cavalo, correr os meus dez quilômetros todos os dias, subir a colina de bicicleta, além de muitas outras travessuras... — Tito piscou um olho para Marie, que ficou vermelha até as orelhas.

— Tito! Seu velho safado...

— Você que é que uma viúva boba! — E depois de uma sonora risada, ele continuou: — Vou dar uma olhada na minha agenda para ver quando podemos começar...

— E quanto ao segredo da caixa? — Virgílio manteve a curiosidade protegida sob um olhar frio e distante.

— Oh... boa pergunta! E a resposta não é tão simples, mas eu começaria a procurá-la no lugar onde estão todas as outras... — Sorriu.

— Na biblioteca! — Marie levou Tito até a porta e, com passos apressados, indicou a Virgílio o caminho para o acervo literário da família.

Capítulo 14

Biografia

Da imensa janela do escritório espaçoso no centro da capital, Virgílio observava o vai e vem violento das ondas. O tempo ruim parecia um reflexo dele mesmo. O empresário estava inquieto quanto o mar lá fora. Voltou da Inocência certo de que poderia continuar a vida de onde parou, mas algo mudou. Ele não sabia exatamente o quê e muito menos o porquê.

Um avião atravessou o céu e deixou um rastro fugaz entre as nuvens. O olhar de Virgílio o seguiu com uma ponta de inveja, um suspiro resignado e um lampejo no olhar que para um observador mais experiente poderia passar por... amor.

Com certeza todos dentro dessa aeronave conhecem o seu destino...

Cruzou os braços sobre o peito e se fechou dentro do seu muro privativo.

— Virgílio, acho que seria melhor voltar mais tarde. — Augusto dobrou mais um pouco as mangas da camisa azul com certa impaciência. — Você não está me ouvindo...

Virgílio virou a cabeça, tirou o paletó, o colocou sobre o espaldar alto da cadeira em couro, pegou um livro em uma gaveta e sentou-se na ponta da escrivaninha de madeira.

— Preciso conversar com você. — Mostrou o livro.

Os olhos do irmão ficaram esbugalhados.

Cara! Eu nunca poderia ter desconfiado... Então, era isso? Que por trás dessa aparência séria como se estivesse sempre constipado... O meu irmão é... GAY! E só agora saiu do armário! Como conseguiu esconder isso por tanto tempo? Como conseguiu esconder de mim?, pensou Augusto.

— Diga...

A voz grave de Virgílio trouxe Augusto de volta à realidade e ele abriu a boca em um sorriso cínico.

— "Gêmeas em Flor"?! Jura?! Meu irmão, agora eu estou preocupado de verdade com você... — Augusto coçou a cabeça, se aproximou e colocou as mãos sobre a escrivaninha. — Então, você é... o que estou pensando...

Virgílio fez um gesto de impaciência com a boca e começou a guardar o livro na gaveta.

Augusto se jogou contra Virgílio e recuperou o volume.

— Não, senhor, eu preciso dar uma olhada nisso aqui. Nunca poderia imaginar que o meu ilustríssimo irmão, faixa preta em artes marciais, número um da classe de mestrado, mesmo que esses atributos não sejam exclusivos de um hétero — comentou Augusto antes de se concentrar em Virgílio com um olhar esperto —, e um dos maiores conquistadores do Rio de Janeiro, leria um livro com uma capa cor-de-rosa e um título tão...

— Feminino? — Virgílio abriu um raro sorriso brincalhão.

— Gay! "Gêmeas em Flor"?! Sério? Vai sair do armário?

— Esse é o nome do quadro que ilustra a capa, senhor sabe-tudo — Virgílio recuperou o livro. — E, não, eu não sou gay.

— Hum... sei... — Augusto olhou para o irmão como se tentasse decifrar um dos mistérios do universo. Passou pela mesa de reuniões em mogno com oito lugares e foi até o canto com poltronas confortáveis de design contemporâneo. Jogou-se displicentemente no sofá. — E qual é o seu interesse nesse livro?

— Uma pesquisa. Preciso descobrir como abrir uma velha caixa e acho que as moças do quadro são a pista...

— Para quê? Por quê?

As perguntas de Augusto eram as mesmas que Virgílio se fazia há dias. Para quê pesquisar sobre alguém morto há dois séculos e que não tinha nenhuma relação com a família? Por que esse súbito interesse o impedia de dormir? Por que sonhos estranhos o acordavam todas as noites? Por que o acidente era uma página em branco na sua vida? O que havia dentro da caixa?

Virgílio começava a duvidar da sua sanidade.

— Para usar na Inocência. — Foi o que conseguiu responder sem olhar nos olhos do irmão. — Quero redecorar a fazenda com as jovens como tema.

Augusto se recostou no sofá, cruzou as pernas e olhou Virgílio fazendo um bico com a boca.

— Essa seria uma ótima ideia se fôssemos um escritório de decoração e não uma empresa de engenharia especializada na construção de mansões e na restauração de casas antigas. O que está acontecendo, Virgílio?

— Eu sinceramente não sei.

— Uau! Isso me preocupa ainda mais... O seguro e autossuficiente Virgílio Lopes de Macedo sem saber o que fazer é inédito!

— Se continuar brincando não vamos muito longe com essa conversa...

— Desculpe-me...

Augusto se levantou e se aproximou do irmão com os olhos apertados e um sorriso lateral que lhe deixava com cara de menino safado.

— Quem são?

— Jovens que viveram no século XIX. — Virgílio olhou o irmão nos olhos para captar a mais insignificante reação dele.

— Mais alguma pista? — ironizou.

— Elas eram filhas do barão Honório Antunes. Olívia e Olympia são o fio condutor da história. A historiadora usou cartas expostas na fazenda e documentos do cartório local para descrever Olympia e a irmã de uma maneira primorosa. — Virgílio foi até a janela e continuou: — O rosto de uma era a cópia fiel da outra, o mesmo brilho azulado no olhar, o mesmo sorriso delicado, a mesma pinta insolente no canto da boca e até as vozes podiam enganar qualquer pessoa. Até o pai delas caiu em várias brincadeiras feitas pelas meninas e que faziam toda a família rir nos jantares. — Virou-se para Augusto e se apoiou na escrivaninha. — Mas as semelhanças entre as gêmeas paravam por aí. Pelo que Helena pôde recuperar com depoimentos dos descendentes dos antigos escravos, dos parentes e de outras pessoas que circularam pela Inocência, as jovens tinham personalidades completamente diferentes que contavam apenas com um ponto de convergência além da aparência: a educação excepcional que receberam do barão. Aos 15 anos, falavam o francês e o alemão fluentemente, tocavam piano e conheciam os segredos mais complexos dos negócios do pai.

— Ele fazia outras coisas além de cultivar o café?

— Honório foi um dos pioneiros na diversificação e no uso de trabalhadores pagos. Era um hábil negociante. Pelo que entendi, Olympia era a preferida do pai, que se divertia com as suas opiniões audazes para a época.

— Como assim?

— Ela era favorável à libertação dos escravos e a igualdade dos sexos.

— Ah, bom?

— Ela recusou os pretendentes mais ilustres da corte do imperador, entre eles, o marquês de Belavista, Luiz Batista Alberto de Bragança Menezes e Castro.

— Nossa!

— Aparentemente, a mãe ficou de cama, porque Lívia tinha três únicas preocupações: achar um bom partido para as filhas, a casa e as festas suntuosas que organizava uma vez por mês.

Virgílio fez uma pausa e sorriu. Imaginou a birra de Olympia diante da mãe para oficializar as uniões que teriam como objetivo aumentar as propriedades e o dinheiro da família.

O barulho de sininhos invadiu o escritório antes de se tornar uma sonora gargalhada. Augusto rolava de rir no sofá.

— Cara! Você está apaixonado por essa moça, só pode!

Virgílio sentiu o sangue colorir o rosto e fechou os punhos. Adoraria apagar o riso do irmão com um soco bem dado. Augusto entendeu o recado e pulou para atrás do sofá.

— Você é um cretino... — Virgílio riu da careta do irmão mais novo.

Augusto aproveitou para verificar a data da edição e o nome da editora. Pegou o telefone e fez uma ligação.

— O que está fazendo?

Augusto colocou o indicador sobre os lábios e acionou o viva-voz do telefone. Do outro lado da linha, uma voz feminina respondeu. Em poucos minutos, Virgílio tinha um novo motivo para voltar à Inocência e rever as "Gêmeas em Flor": Augusto marcou uma entrevista com a autora.

— Agora sim, você vai fazer uma pesquisa decente sobre seja lá o que queira realmente saber, porque eu acho que todas as respostas que procura estão com a baronesa Helena. — Augusto bateu amigavelmente no ombro do irmão. — Agora esconda esse livro ou a sua fama vai para o brejo antes de chegar à fazenda! — Ele gargalhou.

— *Piada infame...* — Virgílio sentiu uma emoção estranha, inesperada e desconhecida. A possibilidade de voltar à Inocência mais cedo do que o previsto e de rever as "Gêmeas em Flor" o deixou feliz.

Capítulo 15

Proprietário

— Seja bem-vindo, *mon cheri*. — Marie estalou dois beijinhos na bochecha de Virgílio e apontou para a mesa. — Está tudo *prronto*.

Virgílio ofereceu o braço à Marie e ela o pegou com orgulho.

Minutos e inúmeras assinaturas depois, Virgílio deu o primeiro passo como o novo proprietário da Inocência. Marie não conseguiu segurar as lágrimas e elas desenharam finos traços brilhantes pelo rosto claro e enrugado. Virgílio enxugou o rosto da senhora com a mão.

— Espero que volte...

— Não conte com isso, meu amigo. — Marie soltou um suspiro que lembrou um pássaro aprisionado ao encontrar a liberdade. — Mas não se *prreocupe*, eu vou deixar mais do que o tempo e o *dinheirro* investidos aqui, Hervé e o meu *corração* vão permanecer no *Brrasil*. — Marie deixou as lágrimas deslizarem sem vergonha. — Eu acho que todos esses anos aqui me *tornarram* sentimental. — Ela riu e se levantou da mesa.

George terminou de verificar os papéis e, depois de guardá-los em uma pasta de couro, voltou a se concentrar em Virgílio e Marie.

— Vou levar os papéis para o cartório. Não se preocupem com os detalhes, a escritura vai estar pronta em alguns dias.

— Vou poder partir sem *prroblema*, George?

— Claro, Marie, a procuração que me dá os poderes necessários vai ser usada caso haja algum imprevisto... — George abriu o grande e amável sorriso.

— *Agrradeço* em nome dos funcionários: Manu, Cássia, Cinthia e Rodolfo...

— Como lhe informei por e-mail, vou mantê-los aqui e com um aumento de salário, mas provavelmente vamos precisar de muitas outras pessoas.

— Pode contar comigo. Posso indicar alguns talentos...

Virgílio agradeceu ao amigo com um sorriso silencioso e voltou a sua atenção à Marie.

— Manu é uma chef com talento e diploma. Quanto à Cinthia, ela me parece eficaz e feliz como arrumadeira, mas acredito que vá ficar ainda mais contente se receber uma promoção à governanta e mais alguma ajuda, e Cássia, bem, o seu sorriso e o seu bom humor são contagiantes e isso é importante em um hotel. Ela continua na recepção além de se tornar a responsável pelos eventos.

— Oh! Virgílio, eles vão ficar tão *grratos*... Eu não sei o que dizer... Estava com tanto medo de que fosse mandar o pessoal *emborra*.

— Vamos apenas dar um mês de férias à equipe, eu posso me virar sozinho por algumas semanas.

— Vai precisar do carro?

— Não.

— Vou levá-lo para lavar, está imundo.

— Não precisa se preocupar, George...

— Eu faço questão, meu amigo...

— Obrigado.

George acenou e Virgílio voltou a se concentrar em Marie. O sorriso educado desapareceu por trás da máscara de frieza habitual. Apenas o seu olhar refletia uma ansiedade incontida.

— E a caixa? Tito conseguiu abri-la?

— Não...

— Eu acho que isso pode mudar amanhã...
— Por quê?
— Vou visitar Helena Antunes.
— A *barronesa* vai recebê-lo?! *Extraordinárrio*!

Virgílio baixou levemente a cabeça em direção a Marie.

— Helena não sai muito e recebe ainda menos. Não tinha notícia dela há meses. Como conseguiu que o recebesse?

— Foi o meu irmão quem falou com ela... ele mencionou a pesquisa sobre a fazenda e as "Gêmeas em Flor".

— Helena é apaixonada pela tela. Vendê-la doeu mais do que se *separrar* da *prróprria* fazenda. O *quadrro* "Gêmeas em Flor" foi o último bem da família que vendeu. Eu acho que se ela pudesse vender um rim *parra* salvar a *obrra terria* feito. Venha, pedi a Manu *parra prreparrar* um lanchinho.

Virgílio levou Marie até o sofá e se sentou ao lado dela. Abriu o paletó e se inclinou na direção dela.

O cheiro forte do café chegou antes de Manu. Ela colocou a grande bandeja de madeira com as xícaras, algumas cestinhas com pão de queijo, bolos, pequenos pães doces e outras guloseimas, potinhos de geleia, queijos diversos e uma jarra de suco de laranja sobre a mesa de centro.

— Obrigado, Manu.

— Sou eu que agradeço, seu Virgílio. — Manu sorriu encabulada e saiu.

— Suco de *larranja*?

— Café, obrigado. — Virgílio se remexeu inquieto. — Marie, eu poderia rever a caixa?

— Está aqui... — Retirou o objeto do bolso do vestido largo com um sorriso matreiro.

Virgílio o pegou com cuidado. Virou-o em todos os sentidos sem tirar os olhos de cada detalhe da marchetaria em quatro tons diferentes e do grande "B" no centro do desenho cercado por rosas e anjos.

— Esse "B" com certeza é um nome... O nome do dono ou da dona da caixa... — afirmou sem tirar os olhos do objeto.

— Não *lembrro* de ninguém da família com um nome começado em "B". — Marie colocou mais um pouco de café na xícara sem dar muita atenção à caixa.

Virgílio se levantou com a caixa entre as mãos e deu alguns passos na sala. Depois de um momento em silêncio ele se virou para Marie.

— Quando fez a reforma e a restauração dos móveis não viu ou ouviu falar de nenhum nome com "B"?

— Não, o *barrão* só teve duas filhas e a mulher dele se chamava Lívia.

— A mucama que cuidava das meninas, como ela se chamava mesmo?

— *Severra*? A mucama não *poderria* ter uma caixa como essa como objeto pessoal. — Marie enrolou uma tapioca que exalava um cheiro doce de leite condensado. — Mas por que tanto *interresse* nessa caixa?

Um anjo passou.

— Nada de importante — desconversou Virgílio ao tomar um gole de café. — Acho que vou precisar esperar pela visita de amanhã... — Entregou a caixa a Marie.

— Fique com ela, você vai *prrecisar mostrrá-la* à Helena. — Marie pegou um pão de queijo. — Posso lhe ajudar em mais alguma coisa? Eu tenho que me arrumar. Rodolfo vai me levar até a cidade *parra* um check-up.

— Está tudo bem?

— Exame de rotina, eu *prreciso* me *prreparrar parra* a viagem.

— Será uma pena...

— É o que devo fazer... — Marie deu uns tapinhas na mão de Virgílio. — Vou ficar com a minha irmã, ela também é viúva. Vamos nos divertir, tomar chá juntas... — interrompeu a frase para disfarçar a tristeza que invadiu o olhar.

Virgílio beijou a mão de Marie e fechou a porta da sala com um pensamento: as "Gêmeas em Flor". Avançou com passos rápidos pelo corredor para o quarto transformado em ateliê. Respirou aliviado: Tito não estava.

Virgílio se aproximou do quadro em cima de um cavalete e observou Olympia com calma. Os olhos passearam pela tela como um amante apaixonado que ficou longe do objeto do seu amor por anos. Voltou a sentir uma estranha sensação assim que se encontrou com o olhar azulado e doce no rosto arredondado. Os olhos azuis pareceram se iluminar ao ver o rapaz. Brilhavam como fogos de artifício, em uma expressão determinada como se de alguma forma ela também ansiasse por reencontrá-lo.

Capítulo 16

Sonho

— Eu amo você... — Virgílio disse em alto e bom som o que o seu coração e a sua alma não podiam mais esconder ou negar. — Eu amo você... — repetiu a frase com a mesma força, o mesmo impacto, o mesmo alívio ao assumir o sentimento evidente, mas algo ainda o incomodava. Uma parte do seu corpo parecia lutar contra o fato de estar apaixonado como se por alguma razão esse amor estivesse condenado.

Agora, isso não importava. Amava Olympia e isso bastava. Inclinou-se e a beijou com delicadeza, como se fosse a última vez. Mordiscou os lábios dela e deixou as mãos deslizarem pelas camadas de tecidos nobres. Abraçou-a como um náufrago que encontra uma boia. Ela ficou na ponta dos pés para poder alcançar o seu rosto. Virgílio a olhou mais uma vez como se pedisse autorização. Ela se afastou alguns centímetros, olhou para os seus olhos apreensivos e disse em um sussurro:

— Eu amo você, eu quero você, eu preciso de você. Agora.

Virgílio soltou um suspiro e sorriu. Ela abriu os laços que fechavam o vestido. A respiração dele ficou mais ofegante e o membro apertado nas calças ao ver os seios pequenos e firmes protegidos pela fina camisola. Ele os acariciou e a deitou-a na areia. Virgílio pegou na mão de Olympia e a fez tocar o seu membro. Deitou-se sobre ela e abriu uma das pernas com um dos seus joelhos. Virgílio voltou a saborear os seus seios enquanto um dos seus dedos descobria o seu mais bem protegido segredo. Olympia se contorceu de prazer. Abriu-se ainda mais e levantou o quadril. Ele fez movimentos delicados e circulares até sentir o corpo dela tremer em espasmos. Olympia deixou escapar um gemido de prazer. Sem poder mais esperar ele a penetrou, primeiro com delicadeza, e depois, com mais firmeza ao sentir as unhas dela arranharem a sua pele. Movimentou-se suavemente sem tirar os olhos do rosto em chamas. Ao se encontrar com os lábios generosos não pôde mais resistir e se jogou dentro dela, inteiro. As respirações entraram no mesmo ritmo embalado pelas ondas que se encontravam suavemente com a areia. As mãos ficaram entrelaçadas e o peso de uma das pernas da moça estava sobre o ventre bem desenhado do rapaz. Seminus, em uma praia aparentemente longe de tudo, adormeceram.

No céu, a tarde que ganhava tons de vermelho e uma brisa suave balançava as palmeiras. O ruído leve das folhas foi substituído por remos que batiam nas ondas. Um bote se aproximou fazendo marolas chegarem na areia.

Virgílio acordou sobressaltado e Olympia se levantou assustada. Tentava fechar os laços do vestido como podia. Ele mal teve tempo de vestir as calças e quatro homens o atacaram com violência. Revidou. Alternou socos, rasteiras e outros golpes aprendidos nas aulas de artes marciais, mas o número de homens e as armas brancas empunhadas o deixaram em desvantagem apesar da extraordinária altura e força física. A agressão continuou enquanto gritava desesperado ao perceber que Olympia era levada para longe dele, de volta para o bote.

— Olympia!

Ela gritava, se debatia e tentava se soltar, mas a força dos braços que a seguravam a colocaram facilmente na frágil embarcação. Quando ela embarcou, uma silhueta escondida por um capuz a cobriu com uma capa e a abraçou. Virgílio não teve tempo de ver o rosto da pessoa que os separava. O bote foi em direção ao navio. A luz que criava uma faixa no céu ao iluminar a rota que o transatlântico iria seguir também era a responsável pelas sombras assustadoras que dançavam com as ondas. Olympia desapareceu sob os seus olhos antes que um novo golpe o fizesse desmoronar inconsciente.

Virgílio virou a cabeça violentamente para o lado esquerdo e acordou em seguida num impulso. Passou a mão sobre a testa suada e se sentou na beira da cama desorientado. A respiração acelerada fazia o peito subir e descer em um ritmo descontrolado. Colocou a mão sobre o peito. O coração batia tão forte que ele sentiu a cicatriz no ombro queimar.

Levantou-se, abriu a janela e olhou para o lado de fora sem ver absolutamente nada.

O quarto ficou sem ar ou sou apenas eu? O que vivi foi um sonho ou algo mais? Eu estou mesmo apaixonado por um fantasma? Posso ser estúpido a esse ponto?

A noite estava como no sonho: repleta de estrelas. Apenas os sons eram distintos. Em vez do mar, um coro de sapos, pássaros e outros animais noturnos. Apoiou-se contra a janela. Respirou profundamente. Esperava que o ar fresco lhe acordasse definitivamente do que começou como sonho e terminou em um pesadelo.

Como eu posso sonhar com Olympia todas as noites?

Virgílio voltou a cabeça para dentro do quarto. Acendeu uma luminária em bronze com um delicado abajur arredondado de vidro colorido em cima da escrivaninha. A luz amarela e diáfana deixou o local ainda mais antigo do que parecia.

Depois de hesitar por alguns segundos, se dirigiu para uma das malas em couro marrom. Retirou alguns livros que emprestou da biblioteca. Ler era um dos seus passatempos preferidos. Sempre terminava o dia com um livro nas mãos: ficção científica, romances épicos, fantasia, horror e muitos clássicos da literatura tiveram o seu momento em cima da mesa de cabeceira, alguns privilegiados, mais de uma vez.

Pela primeira vez, estava interessado por biografias, uma em especial.

Virgílio leu todos os volumes que encontrou sobre a família Antunes, mas foi o exemplar assinado por Helena que se tornou presente e não apenas ao lado da cama. Ele não poderia mais se desfazer do livro e foi pessoalmente comprar a mais nova edição. Releu tantas vezes que as bordas das páginas começavam a se dobrar. Ainda assim, cada vez que abria a capa, sentia o mesmo aperto no peito, a mesma ansiedade e o mesmo galope acelerado do coração.

Virgílio fez os dedos deslizarem pelo verniz da capa. Por um momento sentiu os pelos do braço se eriçarem como se em vez de um objeto inanimado tocasse a pele clara, aveludada e quente de Olympia.

Abriu o livro e voltou para o ano de 1855, data do nascimento das "meninas mais bonitas do Rio de Janeiro". Deixou-se guiar pelo fio condutor da biografia como se de alguma forma estivesse amarrado a Olympia e a Olívia.

Virgílio começava a se sentir em casa na Inocência. Acompanhava as garotas correrem pelo assoalho da fazenda, ouvia os risos sonoros ao imaginá-las sobre as mangueiras, ao comer jabuticabas no pé e nas longas cavalgadas. Podia até escutar os protestos de Olympia diante do capataz que iria começar a dar chicotadas em um escravo: o pai desistiu do castigo e ela ganhou a estima de todos os negros da senzala.

Virgílio passou a mão sobre as linhas escritas com zelo. Por um momento ficou sem saber se o calafrio que sentiu vinha das letras ou do vento que fazia a cortina em renda criar sombras estranhas no quarto. Leu certas frases tantas vezes que algumas delas faziam parte da sua memória como se de alguma forma aquela história contada por Helena também tivesse sido vivida por ele. Sentiu a delicadeza da seda do vestido de Olympia roçar a sua pele e a ponta do chapéu da moça lhe fazer cosquinha no nariz ao imaginar um beijo. Ouviu as risadas das moças atrás das galinhas e da voz grave do barão repreendendo-as firmemente sob o olhar rígido da mãe das moças para depois sorrir discretamente em seu escritório, orgulhoso com a felicidade das filhas. Ele também pôde sentir o cheiro do bolo de fubá sobre a mesa e de Olívia, com o seu jeito autoritário, exigir de Severa — a escrava responsável pelas gêmeas — o maior pedaço.

Virgílio cruzou as pernas, passou a página e mergulhou no lago junto com as moças em uma tarde quente de verão. A mucama vigiava para que ninguém se aproximasse enquanto as moças jogavam água uma contra a outra apenas com as peças de baixo: longas calças bufantes e uma camiseta de linho sem mangas.

Virgílio não percebeu, mas a sua língua passou sobre os seus lábios. Sentiu a ereção apertar o pijama quando pensou em tocar aquele corpo molhado. Virou a página rapidamente para se afastar do desejo que o atingia como um punhal frio. Avançou e descobriu as moças diante de Lívia, uma mãe fútil, controladora, inculta, autoritária e que tinha como único objetivo casar as filhas da melhor maneira possível.

O empresário fechou os olhos por um momento. O seu peito ficou apertado por um ciúme absurdo quando Lívia apresentou Olympia ao filho do Conde Thomás de Alcântara, o melhor partido da região, tão rico como o pai das gêmeas, mas estúpido o suficiente para não a apoiar na luta contra a escravidão e assim perder qualquer oportunidade de conquistá-la.

Voltou a abrir os olhos ao ouvir o galo anunciar o novo dia. Fechou o livro e sorriu ao se lembrar do encontro com Helena, em poucas horas abriria a caixa misteriosa.

Capítulo 17

Pista

Helena levantou a cortina de renda e observou o carro atravessar o portão automático da casa.

O veículo estacionou sob uma jaqueira. Virgílio desceu, subiu a escadaria e tocou a campainha. Esperou, mas a porta não se abriu. Voltou a pressionar o botão, se virou para o jardim e começou a andar de um lado para o outro.

Com apenas um piso térreo, a construção era cercada por uma varanda ampla com redes coloridas amarradas às várias colunas em pedra e por um jardim luxuriante.

O contraste entre a sobriedade das paredes brancas com janelas e portas marrons com a exuberância das plantas com cores, formas e alturas diferentes era extraordinária, mas ainda completamente indiferente à Virgílio.

Fez o som da campainha atravessar novamente as salas da casa. Olhou para o relógio com receio de ter chegado mais cedo do que o previsto. Ou pior: mais tarde. Mas o horário da entrevista estava correto. Sentou-se em um balanço feito de palhinha para duas pessoas colocado estrategicamente à esquerda da entrada, atrás de rosas grandes como laranjas. Virgílio não resistiu e respirou profundamente. O perfume o envolveu e o tempo parou nesse momento. O empresário finalmente viu o jardim pela primeira vez e deixou-se encantar por cada um dos arbustos, árvores e flores plantados com amor. Não havia flores mortas nos talos, nem folhas espalhadas pelo chão coberto por pedrinhas.

Virgílio escutou o estalar de saltos se aproximar da porta, sorriu ao entender o motivo da espera: Helena lhe mostrava o que considerava importante. Imediatamente ela ganhou o seu respeito.

Virgílio se levantou e a porta se abriu.

Uma negra alta, magra e elegantemente vestida com uma saia plissada, marcada com um cinto fino de couro olhou-o com curiosidade. Estendeu a mão e o detalhe do laço de seda que enfeitava o pescoço delgado balançou por um momento.

— Bem-vindo Virgílio...

— É um prazer... E a senhora?

— Lúcia, entre, por favor, Helena lhe espera. — Levantou uma mão e sussurrou: — Não a trate de baronesa, ela tem horror.

Virgílio entrou com passos firmes em uma sala ampla e bem iluminada por várias janelas. Poucos móveis, entre eles um sofá e uma poltrona forrados com um tecido florido, uma vitrine que mostrava um conjunto de louça antigo e muitas estantes com livros.

Do corredor, surgiu um barulho de borracha sobre as pranchas de madeira do assoalho, um perfume com notas cítricas e, em seguida, Helena. Em uma das mãos segurava o controle remoto da moderna cadeira de rodas. Sobre o colo se encontrava uma pasta de couro vermelho grossa como a Bíblia.

Helena estendeu a mão e abriu um sorriso.

— É um prazer conhecer quem vai garantir o futuro da fazenda que foi da minha família.

Virgílio tentou controlar a surpresa ao ver a velha dama ao mesmo tempo que a cumprimentou com um aperto de mão firme.

— Não me olhe assim, meu jovem. Essa cadeira não me impede de fazer nada que queira, não é, Lúcia?

— Ela visitou quinze países, a França duas vezes só para ver os campos de lavanda da *Provence*.

Helena suspirou e Lúcia continuou:

— Ela também mergulha sempre que vai ao Rio e saltou de paraquedas quatro vezes... — Lúcia sorriu.

— Eu tenho mais aventuras desse tipo no meu currículo do que ela. — Helena fez uma curva para desviar da poltrona e se aproximou de Virgílio. — Parece interessado nas "Gêmeas em Flor"? — Pegou o braço do rapaz para que se abaixasse em sua direção. — Você deve ter consciência da beleza selvagem e avassaladora que possui. — Piscou um olho, soltou a mão de Virgílio e se virou para Lúcia. — Ele me lembra um ator...

— Clark Gable?

— *Clarrk* Gable?! Lúcia! De "...E o vento levou"?! Eu sou uma historiadora, não uma relíquia! — Helena gargalhou. — Não ligue para ela, deve estar com ciúmes, o namorado é horroroso — Helena sussurrou com um sorriso antes de continuar: — Com esses cabelos cortados de forma irregular sobre as orelhas pensei em Robert Downey Jr. na pele do Sherlock Holmes, mas esses olhos escuros, estreitos e amendoados me lembram o Hugh Jackman do sofrido Wolverine, ainda não decidi... — Helena avaliava Virgílio da cabeça aos pés.

Virgílio abriu um leve sorriso meio de lado e baixou levemente os olhos.

— E agora com esse sorriso, não vale mais a pena tentar me lembrar de ator nenhum. Rapaz, você é um perigo para o coração de uma viúva, não acha, Lúcia?! — Helena começou a se abanar.

— Helena, desse jeito Virgílio não vai nos levar a sério — Venha, Virgílio, por favor, preparamos um café para você.

O empresário olhou para a mesa arrumada com elegância com pratos de porcelana branca e xícaras coloridas com muitas. Os aromas dos bolos e pães caseiros, da geleia de goiaba, dos queijos e do suco de laranja sobre a mesa colocada perto de uma das janelas, quase do lado de fora do jardim, brigavam com os das flores que pareciam enciumadas.

— Por favor, não faça cerimônia, sirva-se, Virgílio. É muito cedo e provavelmente não teve tempo para tomar café.

— Obrigado, Helena. — Virgílio preparou um prato com as delícias colocadas à disposição.

— Agora me diga por que um jovem tão alto, bonito e charmoso perderia o seu tempo com uma velha mulher. Não que eu seja tão velha assim... — Piscou de novo.

Virgílio olhou para Lúcia e encarou a historiadora, que compreendeu imediatamente a hesitação do empresário.

— Lúcia foi a minha melhor aluna nos anos que trabalhei como professora da faculdade da região e hoje, além de ser a minha sucessora no campus, é a minha auxiliar na realização dos livros e, mais do que isso, uma amiga.

— Eu divido com Helena a responsabilidade da pesquisa histórica. — Lúcia passou um pouco de geleia em um pedaço de bolo.

— Imagine, ela é a única responsável pela pesquisa. Eu fico com a parte mais lúdica e divertida: a de alinhavar os fatos. — Helena ajeitou os cabelos prateados presos em um coque irreverente. Agora, nos diga: por que veio até aqui?

— Gostei muito do seu livro e gostaria de saber mais sobre a família...

Helena bebeu um gole de café, olhou enviesado para Lúcia e voltou a olhar para Virgílio, mas desta vez com cara de poucos amigos.

— Lúcia, acho que perdemos o nosso tempo. O rapaz não quer ser honesto conosco.

Virgílio baixou os olhos e sorriu sem graça. Retirou a caixa do bolso da jaqueta e a colocou sobre a mesa. Helena trocou um olhar com Virgílio e pegou o objeto. Pela surpresa que surgiu no rosto em forma de coração de Helena, ela entendeu muita coisa ou pelo menos uma parte do mistério. Depois de observá-la em todos os ângulos passou para Lúcia que retornou no mesmo momento.

— Eu ouvi falar de uma caixa misteriosa feita em marchetaria que guardaria o maior segredo da família, mas achava que era um dos delírios do meu avô. Onde achou?

— Estava dentro da moldura do quadro.

Helena parou o movimento e não bebeu o gole de café, mas permaneceu com a boca aberta e o olhos escancarados.

— Como essa caixa poderia estar dentro do quadro e como a descobriu? Não está nos dizendo tudo...

— Houve um... acidente. A tela caiu do suporte e dois dos cantos racharam.

Helena mordeu o lábio inferior ao imaginar a cena e ver de uma maneira mais dramática o estrago no quadro, enquanto Lúcia analisava mais friamente o objeto.

— É uma caixa de segredos. Veja, Helena: ela não tem fechadura. Temos que tocar nas peças certas para desbloquear o fecho. O que essa letra "B" pode significar?

— Baronesa? — Virgílio se arrependeu em seguida ao sugerir algo tão óbvio.

— Poderia ser uma boa ideia, mas não acho que seja isso. As peças diferentes da marchetaria são menores como se a palavra-chave precisasse de menos sílabas.

Helena tomou um gole de café lentamente. Observou o jardim por um instante apenas para se certificar de que estava mesmo em casa e não em algum lugar perdido do passado e voltou a olhar para a caixa.

— No fim da vida, o meu avô me contou que fez uma promessa e que eu também deveria prometer que permaneceria com as "Gêmeas em Flor" até o dia da minha morte. Por isso tentei de tudo para que esse quadro ficasse na família. — Helena apertou as mãos de Lúcia como se procurasse o seu apoio. — Apesar de ser totalmente irresponsável em relação aos outros bens — Helena balançou a cabeça —, ele se recusou a vendê-lo todas as vezes que recebeu uma proposta. Infelizmente ele e o meu pai não cuidaram do resto da herança com a mesma dedicação.

Helena fez uma pausa, tomou um gole de suco de laranja e continuou:

— Aos poucos, o meu avô e o meu pai dilapidaram o que o barão Antunes construiu. — Helena se aproximou de Virgílio. — Eram viciados nas mesas de Monte Carlo. Eu salvei um apartamento no Rio onde morei com a mamãe e essa casa, mas infelizmente perdi vários terrenos, propriedades em São Paulo e a Inocência. A proprietária para quem a vendi se apaixonou pela tela. Ela tinha gêmeas, e só compraria a fazenda com a condição de que a tela estivesse entre os bens. Agora eu entendo o motivo da promessa e acho que tenho uma ideia do que pode abrir a caixa...

Capítulo 18

Bilga

Helena tocou cinco pedaços de madeira em uma sequência: primeiro o "B" do monograma, o talo de uma rosa que formava um "I", o laço que era um "L", a barriguinha de um anjo que se ligava a uma das pernas criando um "G" e o "A" criado pelas pernas do segundo anjo. Todos ouviram um "clique", a tampa se levantou e o coração de Virgílio saltou no peito.

— Uau! — exclamou Lúcia com um sorriso largo em direção de Virgílio.
— Como?! — perguntou o empresário.
— Bilga era o nome da filha bastarda do barão com uma escrava da fazenda.
— As gêmeas tinham uma irmã?!
— Tinham, Lúcia, uma meia-irmã... Severa cuidava das gêmeas. Diferente da esposa fútil e tola, Severa era uma mulher inteligente. Interessava-se por literatura, arte e política, além de ser extremamente bela com o seu rosto de traços fortes e porte elegante. O barão fez questão que ela aprendesse a ler e a escrever com as filhas e isso abriu o caminho para uma relação mais profunda entre eles. Quando soube que estava grávida,

o barão enviou Severa para a fazenda de um amigo antes que a barriga aparecesse. Ela teve a criança em segredo e dois anos depois, voltou para a Inocência com a menina, que para todos era filha do capataz da fazenda Belavista, com quem se casou.

— Como sabe de tudo isso? Nunca ouvi falar dessa história...

— A história de Severa nunca teve nenhuma importância, ninguém olha para uma mulher e muito menos para uma escrava, lembra Lúcia?

— Claro... — afirmou com uma certa tristeza. — Ela só foi citada como mucama das meninas e os registros sobre a sua ida para a fazenda Belavista e o casamento com o capataz nunca foram relevantes...

— Isso mesmo.

— Então, como você soube?

— Eu fui casada com um descendente do capataz e a história de Severa era conhecida na família dele, apesar de ninguém gostar de tocar no assunto. Eles preferiram deixar o tempo da senzala e a filha bastarda do barão atrás deles...

— Entendo... — Virgílio empurrou a caixa em direção à Helena como se pedisse para que ela terminasse a história.

Helena olhou novamente para o objeto intrigada e continuou:

— Bilga era dez anos mais jovem do que as gêmeas, e para desespero de Lívia, foi criada com todo o conforto e carinho dentro de casa. Bilga tinha direito às mesmas roupas e objetos usados pelas meninas, que a amavam como uma irmã caçula sem desconfiarem que fosse isso o que Bilga era de verdade. — Helena virou o rosto para o jardim e fechou os olhos por um momento. — Espero que Bilga me perdoe por descumprir a promessa de levar esse segredo para o túmulo, mas acho que se a caixa dela conseguiu chegar até nós talvez haja algo que ela queira nos contar. Como dizia o meu avô: "Tudo o que nos pertence sempre nos encontra".

Helena entregou a caixa a Virgílio.

— Você é o dono da Inocência e de todo o patrimônio da fazenda, cabe a você nos dar o prazer de descobrir qual é o segredo de Bilga.

Virgílio abriu a tampa com cuidado. Retirou uma carta amarelada com várias folhas de papel dobradas em quatro e amarradas por uma fita rosa. O rapaz cruzou o olhar com o de Helena, que o incentivou com um balançar de cabeça, e desatou o laço. Ao abrir o papel, mesmo com toda a delicadeza, fez um objeto cair sobre a mesa: um saquinho de veludo preto.

— Isso está ficando cada vez mais interessante... — Helena se aproximou.

Virgílio franziu a testa, deixou a carta de lado, abriu o saquinho e deixou o conteúdo cair sobre a palma da mão. Piscou várias vezes e olhou para Helena sem esconder a surpresa que fez a sua boca se abrir em uma vã tentativa de dizer alguma coisa. Observou os objetos por um instante e os entregou à historiadora com pressa como se estivessem em chamas.

— Ora, ora, mas o que temos aqui? — Helena levantou a corrente de ouro.

Virgílio sentiu o mundo girar ao seu redor. Levantou-se e foi para a janela onde tentou esconder o suor que brilhava na testa e o tremor que abalava as mãos.

Helena deslizou os dedos pelos dois anjos em ouro e prata que brilhavam suavemente.

— Uma medalha de batismo...

— É... um belo objeto, mas me parece tão... — Lúcia tocou na joia.

— O quê, Lúcia?

— Não sei... apenas achei... estranho... ele me parece antigo, mas o design não bate com uma joia do século XIX... Essa medalha é mais recente.

Helena deixou a corrente sobre o saquinho e pegou o anel largo com uma safira azul quadrada. Lúcia correu para pegar o celular na bolsa.

— O que está fazendo?

— Quero saber se os anéis de formatura existiam no século XIX... — Lúcia digitou algumas palavras.

— Os anéis de formatura foram inventados na academia de West Point, nos Estados Unidos em 1835, por alunos que desejavam mais do que um diploma para se lembrarem dos amigos — explicou Helena. — Por que acha que é um anel de formatura?

— É o que indicam a safira e os símbolos de cada lado da pedra, que não sei exatamente quais são...

Virgílio olhava para o jardim como se fosse uma das estátuas em pedra que ornavam as plantas. Soltou um suspiro e disse em um tom tão baixo que lembrou um sussurro:

— Não precisa procurar, Lúcia, esses são os símbolos da engenharia. — Virgílio não tirou os olhos da janela para que elas não percebessem o turbilhão que mexia com as suas entranhas.

— Eu não ouvi falar de nenhum engenheiro na família... Por que esse anel estaria dentro do quadro?! — Helena olhava para Lúcia tão estupefata quanto ela.

Virgílio colocou as mãos trêmulas nos bolsos e retornou para o centro da sala. Olhou Helena nos olhos e disse algo que até ele teve dificuldade de acreditar:

— O anel e a corrente são meus.

Capítulo 19

As joias de Virgílio

— Como assim, "o anel e a corrente são meus"?! As joias estavam dentro da caixa... do quadro?! Foi você quem os colocou lá dentro? — Helena franziu a testa. — Isso é uma brincadeira, Virgílio? Se for, eu vou pedir para que se retire imediatamente. —Apontou para a porta. — Eu não tenho tempo para tolices, meu jovem!

— Eu não faço a menor ideia de como esses objetos foram parar dentro do quadro. Marie estava comigo quando descobri a caixa e, como sabem muito bem, ela estava fechada. Foi você quem nos deu o código para abri-la, Helena...

— Mas isso é um absurdo, Virgílio! Se essas joias estavam dentro da caixa elas não podem ser suas, elas estavam lá há séculos! Como você explica isso? — Lúcia se levantou e deu alguns passos sem sair do lugar.

— Eu não sei, Lúcia. O que posso lhes dizer é que essa medalha é minha. Usei diariamente desde os seis anos de idade até o ano passado quando a perdi. O meu irmão Augusto tem a mesma e esse foi o anel de formatura do meu pai...

Virgílio pegou novamente a corrente com a medalha e mostrou à Helena.

— Veja, aqui atrás estão as minhas iniciais VLM com o local e a data do batizado... — Virgílio fez uma pausa. — Estranho...

— O quê?

— Não me lembrava dessa outra gravação na medalha...

— Helena, a sua lupa continua em cima do dicionário na sua escrivaninha?

— Como diria o professor Snape, de Harry Potter: "Sempre".

Lúcia voltou e estendeu a mão para Virgílio. Ela ajeitou a medalha entre os dedos e aproximou a lupa.

— Vejam, como Virgílio disse, a primeira inscrição mostra as iniciais do nome dele: VLM, Rio, 25 de setembro de 1990.

— Isso mesmo, eu tinha um ano.

— E na linha de baixo, uma inscrição em meia-lua muito menor e mais delicada como se não houvesse muito espaço para trabalhar ou a gravação fosse posterior: OA, Chimborazo, 12 de abril de 1873.

— OA? Chimborazo? Esse nome me diz alguma coisa... —Bateu uma mão contra a outra. — Claro! Eu pesquisei muito sobre o Chimborazo, foi nele que Olympia e a irmã embarcaram para a Europa — afirmou Helena.

— Esse navio fazia cruzeiros entre o Brasil e a França no século XIX e eu poderia apostar duas coisas: que OA significa Olympia Antunes e que você caiu do veleiro na noite do dia 12 de abril.

Virgílio permaneceu calado. O olhar vagou entre o rosto em chamas de Lúcia e a medalha que ela balançava entre os dedos.

— Tudo isso é ridículo... Não havia nenhuma segunda gravação nessa joia quando as perdi...

— Quando foi isso e onde? — questionou Lúcia.

— Em um cruzeiro, entre Miami e a França, em abril de 2015.

— Qual dia exatamente? — Os olhos de Lúcia brilhavam como constelações.

Virgílio se levantou e olhou desconfiado para Lúcia.

— No dia 12... — Ele levantou uma mão para interromper o comentário de Lúcia, que fechou a boca ao mesmo tempo que cruzou os braços sobre o peito. — Discutimos o impossível, mas eu concordo com uma coisa: eu não posso explicar como essa segunda gravação apareceu na medalha...

Helena pegou a lupa e levantou o anel.

— E essa gravação? Você reconhece?

O empresário leu a gravação no interior e se deixou cair no espaldar da poltrona.

— Não pode ser... Esse anel foi um presente do meu pai, não havia nenhuma inscrição nele quando o perdi.

Helena olhou para Lúcia e voltou a se concentrar em Virgílio.

— E o que diz essa frase?

— "Nem o tempo pode nos separar".

— Meu Deus! No que foi que você se meteu, Virgílio?

— Quem me dera saber, Helena, quem me dera...

— Bom, enquanto tentamos desatar esses nós, acho que só tem uma coisa a fazer.

— O quê?

Helena pegou a corrente a abriu para colocá-la de volta no pescoço de Virgílio.

— Se as joias são suas e elas encontraram um jeito de voltar para você, nada mais natural de que as use de novo — Helena colocou o anel no dedo do rapaz.

— Você tem alguma ideia do que tudo isso significa, Helena? Por que o quadro? Por que a caixa? Por que as joias?

Lúcia sorriu.

— Sabe o que eu acho, Virgílio, que você e a Olympia tinham um encontro marcado: com local e principalmente uma data e nem se quisesses poderia escapar dele.

Helena colocou um dedo sobre os lábios para Lúcia ficar quieta, sorriu e pegou nas mãos de Virgílio.

— Eu não tenho nenhuma resposta a todas as suas perguntas, mas talvez a carta tenha...

Capítulo 20

O filho bastardo

Diante do frenesi causado pelas joias, Virgílio esqueceu completamente da carta. Levantou-se e foi até a janela. Abriu o papel amarelado e, depois de ler as primeiras linhas, olhou para Helena. Aproximou-se da velha dama com um sorriso amável.

— Essa história faz parte da sua família. É a senhora quem deve conhecê-la primeiro e apenas nos contar se formos "merecedores disso".

Helena não respondeu, mas levantou a mão e recuperou a carta.

— Além de bonito é um cavalheiro... Como você ainda pode estar solteiro? Onde estão as mulheres sensatas deste mundo?! —Helena levantou os olhos para o céu antes de colocar os óculos de leitura.

A baronesa leu alto as primeiras linhas com um leve tremor na voz que revelava a emoção:

Minha querida Bilga,

Escrevo essa missiva com a intenção de pedir que interceda junto ao meu amado Antônio que tanto a estima pelo seu precioso perdão.

— Antônio era o filho de Olívia, não? — perguntou Virgílio.

Helena concordou sem tirar os olhos do papel e recomeçou, mas dessa vez em silêncio.

Cantos de pássaros e ramos que balançavam com o vento pontuavam a leitura que desenhava emoções no rosto da velha dama. Os lábios se contraíram, rugas se formaram e lágrimas surgiram. Quando uma das mãos da baronesa tocou no peito, Virgílio se aproximou apreensivo. Ela lançou um olhar rápido como se dissesse que estava tudo bem e voltou a se concentrar nas linhas.

Lúcia tamborilava os dedos na mesa e, depois de duas taças de café, pegou o celular e foi até a janela de onde fez uma ligação.

Helena parou novamente, mas, dessa vez, de um jeito brusco. Segurou a carta com as duas mãos e a abraçou contra o peito, que subia e descia com mais intensidade.

— Helena, você está bem?

— Esta carta, Lúcia — disse com o fôlego entrecortado —, foi escrita pela irmã mais velha das gêmeas. — Helena balançou os papéis. — Olívia, a mais animada, extrovertida, sedutora, insinuante, e aparentemente perigosa das gêmeas. Nesta carta, ela contou sobre a morte de Olympia e fez um desabafo.

Ao ouvir a frase, Virgílio sentiu a força de um punho o acertar. A informação de que Olympia estava morta parecia chegar naquele momento e não há séculos. Voltou a sentir a mesma dor no peito, a mesma angústia, a mesma vontade de gritar que o fez fechar a biografia escrita por Helena todas as vezes que leu o trecho sobre a morte da jovem. Abaixou o olhar em direção das mãos de Helena. Elas dançavam com os papéis e espalhavam minúsculos pontos de poeira que brilhavam contra a luz da janela.

— O que Olívia queria, Helena?

— O perdão do filho...

— Isso eu entendi, mas por quê?

— Ela se sentia responsável pelo destino da irmã mais velha, Lúcia. Olympia nunca se casou e dedicou a sua vida a multiplicar a fortuna que herdou do pai. Deixou tudo para os orfanatos e escolas que criou, e vocês, mais do que ninguém, merecem ouvir isso...

Helena recomeçou a leitura em voz alta:

Eu sei que nunca fui a filha preferida. Toda a atenção e o carinho do meu pai sempre tiveram Olympia como objeto, até vosmecê parecia receber mais agrados do papai do que eu. Por favor, minha querida, não se culpe por isso, pude contar com o amor e a dedicação de mamãe que compensaram a distância elegante do barão.

Tive muitos motivos para guardar rancor e raiva. Assim o fiz até que a luz do entendimento me mostrou o caminho certo.

O que só aconteceu quando me descobri mãe.

Antônio foi o presente mais precioso que poderia receber.

O amor que toda a família dedicou a ele também me encheu de orgulho e apagou o ciúme que um dia senti de Olympia.

A essa altura, a minha querida e amada Bilga deve se perguntar o porquê desta carta se até então a história que conhece depois da nossa vinda para Paris é tão maravilhosa.

Infelizmente, o que foi contado é totalmente falso, montado peça por peça.

Descobri que vou morrer de algo que corrói o meu corpo e para o qual os médicos não têm explicação e muito menos o remédio.

O perdão é o meu único objetivo e para isso eu preciso contar a verdade.

O meu filho não foi gerado pelo pai que conheceu e que é um marido bom e dedicado...

Oh, Bilga! Minha querida, por onde começo...

Helena deixou a carta cair no colo. Com as pupilas dilatadas, respirava com dificuldade. Lúcia deu um copo com água para ela, a levou para mais perto da janela por onde entrava uma brisa e entregou a carta à Virgílio. Ao pegar no papel, sentiu um estranho movimento no estômago, a sensação ruim aumentou quando passou os olhos pela letra elegante feita por uma mão bem treinada. Virgílio foi invadido por um rancor e uma raiva que superou seus piores momentos com Clara. Em um movimento instintivo lançou as páginas sobre a mesa, o mais longe possível dele.

O olhar surpreso de Helena cruzou com o de Virgílio e ela afirmou com o fôlego entrecortado:

— Você conseguiu me deixar... curiosa... para saber por que uma história de pessoas desconhecidas... e que aconteceu há tanto tempo... mexe tanto com você.

— Eu tenho uma hipótese. — Lúcia abriu um sorriso de canto.

Capítulo 21

Buraco da Minhoca

— Mas antes de explicar, preciso confirmar algumas informações. — Lúcia encarou Virgílio. — Houve algo de estranho durante o cruzeiro?

Virgílio tocou na medalha e lembrou do veleiro em madeira, com o interior ricamente decorado e confortável poltronas em couro, hidromassagem, balcões privativos e capacidade para receber cinquenta pessoas, entre passageiros e equipagem.

— Fui o padrinho de casamento de um amigo, ele alugou um veleiro para realizar a cerimônia e a festa.

— Isso é que é criatividade...

— Acho que tem mais a ver com dinheiro e bom gosto, Helena... E?

Virgílio franziu a testa em um esforço para se lembrar.

— Foi na banheira... Foi lá que vi o anel e a corrente pela última vez. A minha namorada tocou na medalha... e brincou... com o anel...

— Sei... Festa... bebida... sexo... e ressaca no dia seguinte.

— Sem a ressaca, mais ou menos isso. — Virgílio segurou um riso ao ver a expressão sapeca de Helena, que se abanava. — Não prestei atenção às joias até o próximo porto. Fomos distraídos pela tempestade que caiu naquela noite e pelo acidente... — Virgílio terminou a frase com uma voz mais baixa.

— Qual acidente?

— Os raios e trovões começaram ao pôr do sol e do mar que, aos poucos, ficou agitado, Lúcia. A tripulação estava mais atenta, mas nada disso nos preocupou muito, jantamos e festejamos como fizemos nos dias anteriores. Antes da chuva começar vi os homens baixarem as velas e amarrarem alguns objetos. O capitão nos assegurou que eram medidas de segurança. Ele pediu para que fôssemos para as cabines. Eu obedeci e levei a minha namorada comigo para a suíte.

Helena piscou o olho para Virgílio e ele continuou:

— Acordei quando o veleiro virou para um dos lados de uma maneira violenta. Pedi a Clara para que ficasse, me vesti e saí para ver o que acontecia. As ondas varriam o deque furiosas. Arrebentavam cordas e levavam embora algumas cadeiras e objetos de decoração enquanto os homens tentavam evitar novos prejuízos. — Fez uma pausa para se lembrar dos detalhes e continuou: — O capitão gritou o meu nome e me mandou entrar imediatamente, mas nesse momento uma das catracas se soltou do cabo, atingiu as minhas costas e me atirou ao mar, bati em alguma coisa, não me lembro no quê, antes de me espatifar contra as ondas.

Helena colocou uma mão sobre o ombro de Virgílio.

— Não sei como me resgataram, nem quanto tempo fiquei inconsciente. Acordei no dia seguinte com uma dor de cabeça que parecia rachar o meu crânio em dois, uma cicatriz no ombro e essa aqui. — Apontou para um traço discreto, mais claro que a sua pele, que começava no alto da testa, passava por uma falha na sobrancelha, atravessava o olho esquerdo e terminava no meio da bochecha.

O silêncio se instalou pesado como uma bigorna.

Lúcia se levantou, deu alguns passos pela sala e olhou para Virgílio com os olhos estreitos em uma expressão de curiosidade.

— E o hematoma?

— Que hematoma?

— O hematoma da pancada com a catraca, de que cor ele estava quando acordou?

Virgílio olhou surpreso para Lúcia e parou para pensar um momento.
— Amarelado... bem claro...
— Amarelado...
— No que está pensando, Lúcia?
— Nos fatos estranhos que acontecem desde sempre entre o continente americano e a Europa, Helena. Alguns dos mais incríveis foram registrados no Triângulo das Bermudas: navios e aviões que sumiram com toda a tripulação sem deixar vestígios.
— Mas, Lúcia, isso tudo é ficção, querida! — Helena exclamou com um sorriso. — Ninguém comprovou o que aconteceu e ainda acontece por lá. Existem as mais diferentes teorias e a maioria delas não pode ser levada a sério. Eu disse que aquele seu namorado é doido!
— Ele é um físico brilhante, Helena...
— Desculpe-me, querida, não quis lhe ofender...
— Não ofendeu, Helena, não se preocupe. Muita gente não entende o trabalho dele, você é uma dessas pessoas.
— Ai! Doeu! Prometo que não abro mais a boca para falar dele. — Helena colocou solenemente uma mão no peito.
— Talvez você tenha razão, Helena — continuou Lúcia. —Tudo o que eu disse é um absurdo total, mas, além de uma fenda no espaço-tempo criado por não sei o quê que engoliu as joias, você teria outra explicação?
— Senhor! — Helena abriu o *buffet* em mogno atrás da mesa e retirou o licor de jabuticaba e o uísque. — Preciso de uma dose. Você nos acompanha, minha querida?
— Você se sente melhor, Helena? Nesse caso, quero o de jenipapo.
Virgílio se sentou com o olhar vago. Tentava juntar os pedaços de um quebra-cabeças que não fazia o menor sentido.
Helena serviu Virgílio e depois de fazer um rápido brinde bebeu em um gole só.
— Mais um! E... Opa! Talvez, depois de uns três como esse, vou entender melhor o que está acontecendo aqui.
Helena olhou para Virgílio e as expressões vazias mostravam que eles não entenderam nada.
— Eu não acredito em situações sobrenaturais, Lúcia. Eu sou um matemático, engenheiro de profissão e cético de alma.
Lúcia olhou para Virgílio.
— Você acredita no comprimento, na profundidade e na altura?

— Claro, essa são as três dimensões que conhecemos.

— Certo, nós podemos nos movimentar para cima e para baixo, para um lado e para o outro e para frente e para trás. — Fez os movimentos para ilustrar a cena. — Mas você reparou que quando marcamos um encontro, o tempo é um fator primordial? Muitos físicos célebres, e o meu namorado também, acreditam que o tempo é a quarta dimensão. Mas hoje, infelizmente, a única coisa que nós sabemos sobre o tempo, Virgílio, é que estamos presos nele, no presente, sem nenhuma possibilidade de voltar ao passado e de ver o futuro. — Inspirou profundamente. — E se um dia pudermos ver a nossa vida como a *timeline* de uma rede social? Ir para frente ou para trás, corrigir erros e reencontrar velhos amigos como fazemos com o Facebook? Só precisaríamos de um meio para isso, como os misteriosos "buracos de minhoca", uma das paixões do meu namorado.

— O que seriam esses "buracos de minhoca"?

— Túneis elásticos e instáveis que se fecham e se abrem de forma aleatória. Eles ligam diferentes momentos do tempo. — Lúcia encarou Virgílio. — Eu acho que, sem querer, você descobriu um. Você nunca viu "Contato" e "Interestelar"?

Virgílio a olhou com uma mistura de tédio e impaciência, mas ouviu os argumentos sem mostrar a irritação que sentia.

— Não, eu não vi esses filmes. Agora, como eu poderia ter feito essa proeza, Lúcia?

— Eu não faço ideia, mas acho que a safira — apontou para o anel de formatura — e o Triângulo das Bermudas têm algo a ver com tudo isso...

Virgílio esvaziou o copo e Helena serviu outra dose.

— A safira é um cristal. Muita gente acredita que os cristais são gemas poderosas, capazes de guardar e transmitir energia. Quanto ao mar, ele poderia esconder vários "buracos de minhoca" perfeitos como portais dimensionais. Talvez a resposta para a viagem no tempo esteja no oceano e não no céu — concluiu Lúcia.

Virgílio colocou a ponta da língua entre os dentes, olhou para cima e optou por uma saída diplomática.

— Com certeza a solução para esse mistério é outra, bem mais plausível.

— Qual seria, então? — insistiu Lúcia.

— Eu não sei...

Lúcia se aproximou.

— Você foi atingido por uma catraca, no meio de uma tempestade. Isso teria deixado um super-hematoma, daqueles bem grandes. — Lúcia fez o gesto com as mãos. — Inchado, vermelho e bem roxo, mas não era assim que ele estava, não é, Virgílio? — Lúcia cruzou os braços com um sorriso vitorioso.

— O médico de bordo disse que eu tive sorte. A queda foi grave, mas não havia nenhuma costela quebrada e, quase como um milagre, "nem mesmo hematoma"...

— Hematomas ficam amarelados quando estão perto da cura, antes de serem absorvidos pelo organismo. — Lúcia apontou para o rosto de Virgílio. — E qual foi a desculpa do médico para que o corte estivesse sarado no dia seguinte? Tenho certeza de que ele disse que foi "superficial".

Virgílio ficou em silêncio. Pela primeira vez, se deu conta de que o corte não poderia ter cicatrizado em tão pouco tempo. Voltou a olhar para Lúcia.

— O que está insinuando, Lúcia?

— Que você caiu em uma falha no espaço-tempo, ficou no século XIX tempo suficiente para que o hematoma sumisse, o corte cicatrizasse e deixasse as joias por lá. Depois, sabe-se Deus como e por que voltou para casa.

— Tudo isso na mesma noite?! — perguntou Virgílio.

— Óbvio! — Lúcia levantou as mãos para o céu. — Qual foi a parte sobre a fenda espaço-temporal que você não entendeu?

— Toda a sua teoria é um total disparate, Lúcia! — Virgílio afastou as palavras de Lúcia como se pudessem ser tocadas. — Eu não vejo nenhuma relação nesse acidente e no fato de ter encontrado as minhas joias dentro de um quadro do século XIX! Por favor, professora...

— Doutora! — Lúcia levantou um dedo.

— Desculpe-me, Virgílio, eu não quis lhe aborrecer. Tentei encontrar uma resposta lógica para esse absurdo.

— Resposta lógica? — Virgílio colocou uma mão sobre a testa. — Uma fenda no espaço-tempo?! No mar?! Eu não acho que esse seja o caminho que devemos seguir... Helena, me desculpe, mas tudo isso é absurdo... — Cumprimentou Helena e fez um aceno para Lúcia. — Agradeço muito a atenção que me deram, mas agora tenho que ir.

Capítulo 22

Luz e sombra

— O almoço está pronto, senhor Virgílio.

Virgílio ouviu a frase como se ela viesse de outro estado e não da porta do escritório. A empregada que George indicou e Marie treinou antes de embarcar definitivamente para a França, observava curiosa a postura quase estática do rapaz.

Virgílio estava em frente à janela. Tinha as mãos atrás das costas. Olhava para o jardim e mexia sistematicamente no anel de formatura, sem ver absolutamente nada lá fora.

Abaixou a cabeça e voltou a atenção para a moça de pouco mais de vinte anos com ombros largos, um pescoço curto e baixa estatura que a deixava com a estranha aparência de um Hobbit.

— Obrigado, Sílvia. George?

— Ele avisou que teve um problema com um pneu, mas que estava a caminho, senhor.

— Por favor, deixe tudo pronto, almoçamos quando ele chegar.

A moça concordou com a cabeça, saiu do escritório e fechou a porta silenciosamente atrás dela.

Virgílio deu a volta na escrivaninha e olhou para a caixa em marchetaria semiaberta. Dentro dela, o papel amarelado com um poder quase hipnótico, deixava Virgílio cada vez mais intrigado pelo mistério que envolvia as gêmeas da família Antunes.

Helena mandou Lúcia entregar a caixa e a carta com uma mensagem categórica: deveria procurá-la quando estivesse pronto. Ela não explicou para o quê ele deveria estar pronto. Mas desde que voltou para a fazenda ele hesitava entre continuar lendo as páginas amareladas que pareciam gritar pelo seu nome ou ignorá-las.

O badalar do sino instalado na porteira da fazenda indicou a chegada de George. Virgílio o recebeu na sala e depois de servir um aperitivo rápido eles se sentaram na mesa onde o almoço começou a ser servido.

— Obrigado, Sílvia — agradeceu George com um sorriso enquanto se servia com um pouco de arroz e da maionese. — Marie me falou muito bem de você, parece que cozinha como uma deusa. Manu vai ficar feliz de contar com a sua ajuda.

A moça sorriu orgulhosa e visivelmente aliviada. Agradeceu com um aceno de cabeça e deixou a sala de jantar em silêncio.

— Ela trabalhava em um restaurante da cidade, mas precisava de um salário melhor, e mais do que isso, de reconhecimento.

— Eu posso lhe dar os dois, George, se ela terminar os primeiros três meses do contrato com o mesmo empenho que está demonstrando até agora.

— Cuidado para não deixar outro coração em farrapos — George piscou um olho enquanto cortou o bife. — Por falar nisso, teve notícias de Clara?

Virgílio colocou o garfo sobre prato e tomou um gole de vinho. Ele esqueceu a ex-namorada no dia em que ela atravessou a porta da Inocência para voltar para o Rio.

— Nunca mais tive o desprazer, George.

— Isso é ótimo, então, quando é que vai me contar o que está acontecendo?

Virgílio cortou um novo pedaço do bife mal passado e o mastigou sem pressa e em silêncio. O empresário sempre soube manter as pessoas longe e até mesmo os melhores amigos não conseguiam ultrapassar a barreira intransponível que ele erguia em torno dele sempre que havia necessidade de se proteger ou de esconder o que realmente sentia. George entendeu o recado e mudou de assunto:

— Vou ao Rio amanhã, você precisa de alguma coisa na empresa?

— Não, George, obrigado. Vou ligar para o meu irmão mais tarde, temos uma reunião no fim da semana. Vou anular o contrato de concessão da Inocência.

George se engasgou e depois de tomar um gole de suco perguntou incrédulo:

— Você desistiu?! Mas Augusto achou a rede hoteleira ideal para dar continuidade ao trabalho de Marie aqui. O que houve?

— Eu preciso de mais tempo para colocar a Inocência de novo no mercado...

— Mas o que é que está me dizendo, Virgílio?

— A fazenda foi muito bem restaurada e teve uma manutenção exemplar, não posso negar...

— Mas...

— Depois de uma avaliação mais minuciosa feita nos últimos dias percebi que a casa precisa de cuidados.

— O que está querendo "realmente" me dizer?

— Vou fechar a Inocência para algumas obras e vou me instalar aqui para acompanhar tudo de perto.

— Obras? Depois de tudo o que gastou na compra do bem? Sério?

Virgílio simplesmente ignorou a nova pergunta e continuou:

— Falei com o Augusto, ele sabe que vou transferir o meu escritório temporariamente para a Inocência.

— Você não quer mesmo me dar uma pista do que está havendo?

— Não está acontecendo nada, George. — Virgílio negou veementemente mantendo uma expressão neutra que não traía em momento algum os sentimentos que começavam a fazer o seu sangue borbulhar em uma mistura estranha e inédita de excitação e pânico.

Os passos de Sílvia indicaram que ela se aproximava. Depois de deixar um pudim de leite condensado sobre a mesa ela se retirou novamente em silêncio. George se serviu duas vezes enquanto Virgílio saboreava um café amargo sem dizer uma única palavra. George respeitou o silêncio do amigo e evitou novas questões antes de se despedir com o mesmo sorriso simpático.

Virgílio permaneceu na porta. Olhou para o relógio de vez em quando como se isso pudesse acelerar os ponteiros e antecipar o que esperava: a chegada de seu Tito.

— Pontual como sempre.

— Boa tarde, Virgílio! O que temos para hoje?

— Pedi a Sílvia para que ela preparasse um pudim. O senhor me disse que gostava dessa sobremesa outro dia.

— Bom ouvinte e atencioso. Um homem raro nos dias de hoje.

— Por favor, entre.

Os pedaços de pudim foram saboreados com prazer e depois de alguns minutos, seu Tito foi até o atelier em companhia de Virgílio.

— É realmente uma obra formidável! — exclamou Tito ao vestir o avental. — Veja a delicadeza dos traços e a leveza com a qual os pincéis encheram de cores, luz e sombras cada centímetro da tela.

— Sombras?

— Sem as sombras não poderíamos apreciar ainda mais a luz. Observe esse raio de sol que entra pela janela e ilumina o rosto da moça sentada. Toda a composição do desenho foi feita para colocar a outra jovem em destaque: é Olívia quem está de pé, ela usa joias mais exuberantes, o penteado é mais sofisticado, a pose é mais trabalhada, mas quando estamos diante do quadro só vemos Olympia. O artista entendeu os desejos das duas irmãs: uma queria aparecer e a outra pretendia ficar escondida, mas ele foi hábil em trazer a luz para o rosto quase todo encoberto pelo leque, tudo em volta ficou perdido nas sombras desse olhar poderoso que nos hipnotiza com uma força quase mágica. Não é mesmo?

Virgílio não ouviu a pergunta. Ele mergulhou no olhar de Olympia como fazia todos os dias e permaneceu lá, inebriado. As mãos estavam nos bolsos, o rosto sentia um calor inexplicável e o coração palpitava acelerado por uma razão que ele desconhecia. Os olhos de Virgílio continuavam parados por um longo momento e depois começavam a seguir as delicadas curvas do artista até chegar abruptamente no rosto oval e envelhecido do seu Tito parado na frente dele com uma expressão curiosa.

— Eu daria a minha coleção de selos para saber o que se passa pela sua cabeça...

— Eu daria qualquer coisa para descobrir a mesma coisa... — afirmou Virgílio com um meio sorriso e depois de um leve aceno com a cabeça deixou o quarto com passos acelerados que maltratavam as pranchas de madeira até o escritório.

O empresário sempre tão seguro, tão calmo, tão sereno, estava tenso, trêmulo, frágil e inseguro diante da velha caixa de madeira.

Virgílio finalmente deixou de resistir, abriu a caixa e pegou as folhas amareladas. Passou a língua sobre os lábios e inspirou profundamente. Virgílio não entendia o porquê, mas ele sabia que precisava ler a carta como se a sua vida só começasse a ter algum sentido depois que ele chegasse ao ponto final daquelas linhas.

Capítulo 23

Processo

O pai do meu filho não é o homem que conhecem, mas um jovem... Como poderia descrevê-lo sem que o meu peito não se perca em lembranças doces e, ao mesmo tempo, tristes? Sem que as minhas mãos não tenham vontade de tocar novamente aquela pele? Sem que a minha boca não sofra com o desejo de um beijo que nunca virá? Nós nos revemos durante o cruzeiro de travessia do Atlântico e ele – sempre tão seguro de si com um ar superior, que o deixava acima de qualquer outro homem, e que me conquistou desde o primeiro momento – estava com o seu olhar distante como se estivesse completamente perdido dele mesmo.

Ao ouvir o barulho de batidas na porta, Virgílio teve a impressão de despencar de um prédio de dez andares. Com dificuldade, levantou o rosto da carta e olhou em direção à porta. Felizmente não tinha a visão de raio laser do Super-Homem ou Sílvia estaria com um buraco do tamanho de uma bola de futebol no peito.

— Pois não, Sílvia.

— O senhor me desculpe, mas não me disse o que gostaria que fizesse para o jantar.

Virgílio reuniu todo o seu autocontrole e sorriu para a jovem que contorcia uma mão contra a outra.

— Você acha que poderia fazer alguma receita típica da região? Algo que demore a ser preparado...

— Pois não, senhor... — respondeu a moça com os olhos pequenos e escuros brilhando com a possibilidade.

— Obrigado, Sílvia.

Ela sorriu e deixou o quarto, Virgílio respirou profundamente e voltou a se concentrar na carta.

Eu me abandonei a esse sentimento fulminante e completamente inexplicável no instante em que o vi, mas, infelizmente, esse encanto foi compartilhado por Olympia. Eu e a minha irmã nos apaixonamos pelo mesmo homem. Os longos dias em que navegamos se transformaram em uma batalha silenciosa a qual estava destinada a perder: porque desde que viu Olympia, o rosto do meu príncipe se iluminou e permaneceu preso àquele olhar como se, a partir daquele momento, não houvesse mais nada além dele. Tola, jovem, inexperiente e invejosa, eu fiquei cega de ciúmes e tentei de todas as maneiras atrapalhar aquele romance que começava. Com a sua conhecida humildade e abnegação, Olympia até propôs que deixaria de vê-lo se isso me fizesse feliz. Na minha estúpida e egoísta cruzada por algo que nunca seria meu, eu aceitei, mas ele, ignorando o acordo entre nós, continuou fazendo a corte à Olympia. A paixão fulminante, os olhares explícitos e a energia que esquentava o ambiente pareciam separá-los do mundo. Separá-lo de mim. Não percebi a raiva, a frustração e a vontade tola de vencer algo que não podia ser vencido me levarem para um caminho sem volta e eu traí a minha irmã da maneira mais vil e torpe.

Virgílio não conseguiu ir além. O peito ardia como se estivesse em chamas. O ar do escritório parecia rarefeito. Abriu a janela e inspirou profundamente sem perceber que o sino que anunciava a chegada de alguém badalou algumas vezes. Sentiu-se exausto e só. O olhar se perdeu por um momento entre as roseiras.

Helena...

Dobrou as folhas da carta, pegou o paletó do terno preto e correu para pegar o carro. Precisava dividir aquela história nesse momento ou iria explodir. Atravessou a sala com passos rápidos, sem perceber que Sílvia vinha na mesma direção, mas, ao abrir a porta, se deparou com um rosto largo e um sorriso sarcástico escondido sob um bigode farto.

— Prefeito?!

— Desculpe-me vir sem avisar, Virgílio. — Rubens retirou o chapéu e estendeu uma mão para cumprimentá-lo. — Mas como vinha nessa direção pensei em passar para lhe entregar isso.

Rubens levantou um envelope em tamanho A4 pardo lacrado e o acenou na direção de Virgílio.

— Obrigado, Sílvia, pode deixar que eu cuido disso.

Sílvia concordou com a cabeça e deixou a sala em silêncio.

— Perdoe-me pela falta de tato, prefeito, estava de saída. Por que não entra? — Virgílio hesitou por um breve momento antes de guardar a carta em um dos bolsos do paletó e colocá-lo no espaldar de uma cadeira.

— Não quero lhe atrapalhar. — Rubens entrou na casa sem perder nenhum dos movimentos de Virgílio que voltava a se concentrar no prefeito.

— Como posso ajudá-lo?

— Um amigo me pediu para que lhe entregasse esse documento.

O empresário franziu a testa e levantou o rosto para observar o prefeito, que permanecia com a mesma expressão de quem acabou de comer um doce delicioso enquanto passeava o olhar pela sala.

— Estou sentindo falta de Marie e dos nossos cafés da manhã nos sábados...

— Do que se trata? — Virgílio balançou o envelope.

— Por que me pergunta isso? — O prefeito saiu de perto de Virgílio e foi se apoiar na cadeira ao lado do paletó.

— Porque algo me diz que o senhor sabe o que está aqui dentro...

— Apenas, Rubens, por favor...

— Rubens, qual é o conteúdo desse envelope?

— Por que não abre?

Virgílio tirou os olhos prefeito, abriu o envelope e retirou um documento. Afastou-se instintivamente para procurar alguma privacidade e depois de ler algumas linhas se voltou para o prefeito sem deixar transparecer a raiva ou a decepção que sentia.

— Um processo?!

— É o que parece... Tentei de todas as maneiras convencer a sua ex-namorada a não continuar com essa ideia, mas ela é muito teimosa...

— Eu sei... — afirmou Virgílio com um olhar desconfiado. — Só não sei por que está envolvido nisso...

— Ela perguntou se eu conhecia algum advogado por aqui.

— Ah, entendi — disse secamente sem tirar os olhos do prefeito.

Virgílio colocou o documento dentro do envelope, fechou-o e deixou-o em cima do buffet.

— Muito obrigado por ter vindo me entregar os papéis, senhor prefeito.

— Foi um prazer e não se esqueça, me chame apenas de Rubens...

— Claro, Rubens, agora se me dá licença, estava de saída.

— Vai ao centro?

— Espero que possamos nos ver em outro momento. Agora, por favor... — Virgílio ignorou a pergunta do prefeito, pegou o paletó e abriu a porta.

O prefeito deu um novo sorriso exagerado que mostrava todos os dentes e se despediu com a mesma animação com a qual chegou. Virgílio fechou a porta, correu para o carro e jogou o paletó sobre o banco de couro antes de entrar com pressa.

Da janela da cozinha, Sílvia observou o carro de Virgílio se afastar e, em seguida, percebeu que o prefeito levantou a mão. Tentava chamar a atenção do empresário que sumia atrás de uma nuvem de poeira. O prefeito baixou a mão, entrou no carro e atravessou o portão minutos depois.

Capítulo 24

Suspeito

Virgílio estacionou na casa de Helena.

A historiadora o recebeu com um aceno entusiasmado. Ela estava no jardim e o seu sorriso se iluminou quando viu o rapaz. Virgílio deixou o carro com um passo acelerado.

— Estava me perguntando até quando iria resistir... — Helena retirou as luvas de borracha violeta com as quais cuidava das rosas.

— Senhora... — Virgílio inclinou a cabeça em uma leve reverência.

— Hoje, eu vou querer um beijinho também... — Helena apontou para a bochecha.

Virgílio se abaixou e beijou a anciã com carinho. Ela piscou os olhos várias vezes e conseguiu a proeza de fazê-lo sorrir abertamente mostrando dentes brancos e alinhados.

— Entre, tenho certeza de que não aguenta mais um minuto para saber o que diz a carta. — Ela apertou uma mão contra a outra. — E eu também não! — Vamos aproveitar que Lúcia está na faculdade, ela não esperava por essa visita surpresa. — Helena fez a cadeira dar a volta pelo caminho com paralelepípedos até a rampa que a levava para a porta principal.

— Você quer um café?

— Não, obrigado — respondeu Virgílio se sentando. — Eu precisava dividir isso com você ainda hoje.

— Você leu algo ainda mais perturbador?

— Olívia traiu a irmã "da maneira mais vil e torpe", como ela mesma disse. — Virgílio abriu o paletó para pegar a carta.

— Hummm... acho que tenho uma ideia do que aconteceu... — Helena fixou os olhos em dois vasos idênticos de porcelana azul que estavam em cima de um móvel simples de madeira escura.

— O quê?

— As duas gêmeas eram exatamente iguais e eu só posso imaginar que Olívia usou essa semelhança para ir um pouco mais além...

— O que está querendo dizer?

— Posso imaginar um rapaz acordando tão eufórico, que nem o barulho da chuva que batia na janela o fez perder o humor. Imagino ele sair do quarto de Olympia um pouco antes do nascer do sol como ela pediu. Ele se prepara rapidamente e em pouco tempo está cumprimentando animadamente os convivas que encontra no salão do restaurante do navio. Imagino o seu olhar se iluminar quando ele vê Olympia entrar no salão, mas ela o encara com frieza e mantém a distância. Imagino Olívia entrar em cena pouco tempo depois, indo na direção do jovem e perguntando se ele gostou da noite anterior. Imagino o quanto ele deve ter ficado furioso com a resposta dela quando ele perguntou por que ela fez aquilo: "Apenas lhe mostrei que posso ser tão boa ou melhor do que ela. *Vosmecê* não viu nenhuma diferença e me amou com todo o seu coração". Imagino ainda, que Olympia permanece sem movimentar um músculo e dar uma palavra enquanto os olhares entre ela e o rapaz se cruzam e duram um momento, até que ele seja o primeiro a baixá-lo. Imagino que ele sabia o que aquele golpe baixo significava: o fim do futuro com Olympia. A jovem está convencida de que ele não a ama e que nada poderia mudar aquele sentimento. Ela se sente determinada e mesmo com uma vontade insana de tocá-lo e beijá-lo, faz o que prometeu à Olívia e se afasta dele. Imagino Olympia observando o pôr do sol e, por um breve momento, onde os olhos azuis da jovem se tornam incandescentes como se aquele corpo estivesse em brasas como aquele mesmo sol. A noite avança sem pressa, como se observasse cada um dos movimentos corriqueiros e com o passar das horas cada vez mais sorrateiros que avançam pelo navio à medida que as estrelas aumentam em número e brilho. Imagino que o rapaz não consegue jantar e mal cumprimenta as pessoas com quem cruza pelo caminho. Ele tenta disfarçar o aperto no peito que lhe deixa sem ar e que nem as caminhadas pelo cais resolvem. As horas passam lentamente como se não houvesse nenhuma diferença entre vida ou morte, amor ou ódio, paixão ou abnegação. A lua continua o seu curso indiferente aos desejos humanos como o que consumia o rapaz neste momento. — Helena fez uma pausa e fechou os olhos. — A última badalada do relógio anuncia a meia-noite, ele está pronto. Ele avança pelo corredor discretamente, ninguém poderia vê-lo se aproximar e muito menos entrar no quarto da jovem ou a reputação dela estaria perdida para sempre. Por alguma bênção do destino, essa ala do navio está silenciosa. A maioria dos passageiros se recolheu e apenas o tilintar de alguns copos e as animadas conversas nas mesas de jogo animavam o convés. Ele anda com passos acelerados, as mãos suam e ele sorri dele mesmo ao lembrar da primeira vez que esteve com uma mulher. Sentia-se de novo um jovem que descobria as artes do amor. O jovem para na frente da porta e olha para os lados para ter certeza de que ninguém o seguiu. Bate levemente e a maçaneta redonda e dourada gira lentamente. Uma mão ainda envolvida por uma leve camada de renda pega a sua e ele entra no quarto protegido pela penumbra suave de poucas velas. Imagino que ele não tem tempo de dizer nenhuma palavra e a mesma mão coberta de renda se coloca sobre a sua boca. O perfume da canela misturada a flores que poderia ser reconhecido entre mil, penetra nas suas narinas e o embriaga como o mais poderoso dos vinhos e as palavras são deixadas de lado juntamente com as sedas e joias que aumentam o brilho do quarto fazendo o chão de madeira cintilar como a noite estrelada lá fora. — Helena suspirou. — Só não posso imaginar se a mão sob a renda era mesmo de Olympia ou de Olívia em mais uma tentativa de ficar com o rapaz.

— Quanta imaginação...

— Sou uma escritora, lembra? — Deu tapinhas no ombro de Virgílio e continuou: — Mas, antes de tudo, sou historiadora e gostaria muito de saber o que realmente aconteceu, onde está a carta?

— Aqui, no meu paletó. — Virgílio procurou os papéis e se surpreendeu ao encontrar o bolso vazio.

Retirou o paletó e procurou em todos os bolsos, mas não encontrou nada.

— Será que não caiu no carro?

— Por favor, me dê alguns minutos...

Depois de procurar incessantemente em todos os lugares possíveis do carro, Virgílio retornou para o interior da casa. Sentou-se em frente de Helena e passou as mãos nos cabelos sem saber o que dizer.

— Então?

— Não a encontrei...

— Tem certeza de que guardou a carta no bolso?

— Não entendo onde ela possa estar, talvez tenha caído quando abri a porta para Rubens ou entrei no carro...

— Acho que não... Tenho a impressão de que sei onde ela está...

— Onde, Helena?

— No escritório do prefeito.

— Por que a carta estaria com Rubens?

— Porque ele não é de confiança.

Virgílio se aproximou de Helena com a testa franzida.

— Eu não posso dizer que fui com a cara do prefeito, ainda mais agora que ele indicou um advogado local para Clara me processar, mas por que ele furtaria algo? Não faz sentido...

— Quem é Clara?

— A minha ex-namorada...

— Lembrei.

— Não se preocupe com ela, Clara não tem nenhuma importância nessa história...

— Ohhh... não se deixe enganar tão facilmente, nunca sabemos o que o autor reserva para cada um dos personagens — Helena piscou o olho para Virgílio —, mas agora o nosso interesse é o Rubens. O prefeito tentou comprar a Inocência durante anos e durante anos recusei cada oferta.

— Por quê?

— Porque ele não se interessa pela fazenda, apenas pelo terreno. O sonho do Rubens é transformar a Inocência em um condomínio fechado. Aparentemente o lago é o que torna o local único — Helena pediu para que Virgílio esperasse.

Ela voltou alguns minutos depois, com uma pasta amarela no colo. Abriu os elásticos e retirou uma planta.

— Veja, esse é o projeto dele, assinado por uma construtora de Minas.

— Como soube que ele estava por trás disso?

— Lúcia é ótima com pesquisas... e espionagem. — Helena piscou um olho. — Ela ouviu falar sobre o tal projeto na faculdade. O assunto também foi especulado pela imprensa, mas abafado logo depois. Nós decidimos pesquisar um pouco mais. Ela pediu a uma colega do urbanismo para que conversasse com o prefeito sobre as possibilidades de ampliação da cidade. Ele a recebeu e explicou muita coisa, mas foi evasivo quando ela viu o nome da Inocência em um projeto em cima da escrivaninha. Ele não quis comentar o assunto, disse simplesmente que não podia falar sobre terras privadas como as da fazenda.

— E o que aconteceu em seguida?

— Lúcia conseguiu uma cópia da chave do escritório e entrou na prefeitura em uma noite de Carnaval. Ela fez essas cópias.

— A Lúcia invadiu a prefeitura?!

— Eu disse que ela era uma ótima espiã, não disse? Enfim, quando descobri o que ele queria de verdade, apesar de insistir com a promessa de que iria morar na fazenda, recusei a última oferta.

— Mas, pelo que me contaram, Rubens nunca pensou em comprar a fazenda. Ele não fez nenhuma proposta recente e até era amigo de Marie...

— Não apostaria nisso, Rubens é traiçoeiro. Tentei alertar Marie e Hervé, mas eles não acreditaram em mim. Felizmente consegui convencer Marie a não lhe vender a fazenda. Ela não deve ter comentado na frente dele para não criar embaraços, Marie é francesa e como tal é extremamente discreta.

— Ela soube o porquê?

— Não, tive o cuidado de não expor Lúcia... Apenas a convenci de que um empresário que quisesse investir no turismo seria mais recomendado se ela realmente quisesse que a fazenda continuasse como é atualmente. — Helena soltou um suspiro. — Não foi fácil persuadi-la, ela achava que Rubens queria morar na casa, pelo menos foi o que ele lhe disse. Mas usando matérias especulativas da imprensa local sobre a transformação das fazendas que ainda não tinham se tornado hotéis em condomínios fechados, eu consegui plantar a dúvida e — Helena levantou os olhos para o céu — graças a Deus ela me escutou! — Ela fez uma nova pausa e se aproximou de Virgílio com uma voz mais baixa. — O prefeito é extremamente agradável e sabe conquistar as pessoas quando isso é do seu interesse, ele sempre foi assim: gentil, educado, solícito, mas por trás é uma verdadeira cobra — A raiva cintilou nos olhos de Helena. — Faço parte do grupo que tenta proteger o nosso patrimônio das ambições da prefeitura, mas não posso lhe contar mais porque ainda não temos provas. Só posso lhe garantir que Rubens não é um homem que esquece dos seus propósitos e ele fez da Inocência um ponto de honra. Talvez pelo fato de que tenha recusado o seu pedido de casamento... por outras razões.

— Quais "razões"?

— Nunca pensei que fosse capaz de uma indiscrição...

— Desculpe-me, Helena... — Virgílio limpou a garganta. — Ainda não entendi qual seria o interesse dele pela carta...

— Ele não sabe... ou não sabia o que havia no envelope, mas deve ter percebido que você estava ligeiramente perturbado, o suficiente para chamar a atenção para o que estava em suas mãos. Se a Inocência continua lhe interessando como acredito, ele vai tentar se aproximar de você como fez com os franceses. Acho que até sei qual vai ser a desculpa que ele vai lhe dar...

— Qual?

— "Que viu a carta caindo do seu paletó e pegou para você"... Ligue o carro, vou pegar a minha bolsa.

— Não é necessário, Helena, eu mesmo cuido disso. — Virgílio beijou a mão da senhora.

Capítulo 25

Chantagem

— Não precisava ter se incomodado, Virgílio, voltaria mais tarde para lhe entregar o que caiu do seu bolso. — O prefeito entregou a carta.

Virgílio agradeceu com um leve movimento com a cabeça, abriu as folhas amareladas e começou a contar as folhas. O escritório do prefeito era amplo e estava com as duas janelas abertas, mesmo assim o empresário sentiu o sangue esquentar.

— Eu não gostaria de ser inconveniente, senhor prefeito, mas faltam páginas.

Sentado em sua poltrona de couro marrom, Rubens assinava um ou outro papel como se estivesse sozinho.

— Não posso lhe dizer se estão faltando páginas, Virgílio. Lhe devolvi o que encontrei... — respondeu ao mexer nos documentos como se fossem os mais importantes do mundo.

Virgílio se aproximou da escrivaninha com passos firmes, colocou as duas mãos sobre a mesa e olhou profundamente nos olhos do prefeito:

— Onde estão as outras páginas, Rubens?

— Eu não faço a menor ideia! Como eu poderia saber? Eu lhe fiz um favor e agora está me acusando de ter ficado com algumas páginas, por que eu faria isso? — Rubens se levantou da poltrona e foi até uma das janelas como se quisesse ganhar espaço e tempo entre ele e Virgílio.

— O que você quer?

— Eu?! Apenas que saia do meu escritório. Eu lhe fiz um favor e você me retribuiu com essa acusação estúpida de estar escondendo as páginas da carta, isso é falta de respeito.

— Eu não lhe disse que isso era uma carta. — Virgílio levantou as folhas amareladas contra o rosto de Rubens. — E como agora nós sabemos que você a abriu, vou lhe perguntar de novo: o que você quer?

Rubens fez um bico com os lábios. Coçou a olheira esquerda, olhou para Virgílio e com o mesmo sorriso falso que mostrava todos os dentes, deu um passo em direção ao engenheiro.

— Você tem razão, nunca me disse que era uma carta... Bela por sinal... Que coisa, não?! O neto do barão Antunes, o único, era um bastardo... Surpreendente!

Helena tinha razão: Olívia traiu a irmã e engravidou do homem que ela amava.

Virgílio cruzou os braços e olhou para o prefeito.

— Você ainda não me respondeu: o que quer?

— Oh... nada de mais... apenas que me venda a Inocência.

Virgílio deu um passo para trás. Precisava controlar o desejo de dar um soco no prefeito naquele minuto. O empresário habilidoso e acostumado a situações tão complicadas quanto, conseguiu manter a calma e a concentração por um triz. Apenas o olhar poderia trair o que sentia: nos olhos estreitos e escuros brilhava uma raiva tão profunda que podia transbordar e ultrapassar todos os limites do seu bom senso a qualquer minuto.

— Por que acha que venderia a fazenda apenas para recuperar uma velha carta sem a menor importância? O que ganharia com isso?

O prefeito caminhou pelo tapete vermelho, observou os desenhos das flores e pássaros. Verificou a poeira sobre um móvel que ficava sob uma das janelas, passou a mão sobre o espaldar de uma cadeira e se sentou sobre a ponta da escrivaninha. Olhou Virgílio nos olhos e cruzou as mãos sobre as pernas.

— Porque é o que vai fazer. — O prefeito olhou Virgílio seriamente. — Eu lhe observo há algum tempo. Nada o perturba, não é, Virgílio? A sua serenidade e o seu equilíbrio obtidos nas aulas da arte marcial que pratica são inabaláveis em qualquer momento, em qualquer situação, com qualquer pessoa. Eu tive a certeza disso quando vi a sua expressão neutra ao saber do processo da sua ex. Que controle excepcional, nem esse problema mais do que chato o tirou dessa sua zona de conforto de onde você gerencia tudo sem despentear um único fio de cabelo. — O prefeito levantou os braços para o alto como se quisesse reforçar a frase. — Impressionante! — Mas qual foi a minha surpresa, quando o vi angustiado para me mandar embora hoje pela manhã. Apesar da sua educação primorosa e atuação convincente, não pude deixar de notar os seus olhares aflitos em direção ao paletó. Para a minha sorte, acredite ou não, a fonte do mistério realmente caiu do seu bolso quando saiu da Inocência hoje pela manhã e agora eu também conheço os segredos da Olívia.

Virgílio engoliu em seco. Ele não acreditava no que ouviu. Por um momento se sentiu completamente deslocado como se o seu espírito tivesse se afastado do corpo por alguns minutos deixando-o vazio e inerte. Parou de escutar o barulho do trânsito na estrada ao lado do prédio, das crianças que atravessavam a rua gritando como se estivessem sendo esfoladas vivas, dos telefones que tocavam insistentemente e dos dedos hábeis da secretária que teclavam algo no computador na sala vizinha. Um trovão rompeu a bolha de inércia e fez Virgílio voltar a respirar. Olhou com fúria para o prefeito e, desta vez, sem a menor intenção de escondê-la.

— Você está brincando...

— Não, de forma nenhuma. — Rubens deu a volta na escrivaninha e se sentou. — Se quiser saber quais são as últimas linhas escritas pela Olívia vai precisar me vender a fazenda. Mas antes disso — continuou o prefeito, com uma mão no queixo —, você poderia me contar por que um homem como você, que não mexeu uma sobrancelha ao saber do processo da Clara, ficou nesse estado por causa de uma carta escrita há séculos?

Virgílio continuava parado sem mexer um músculo. Observava as expressões do prefeito que variavam de jocosa para curiosa em uma fração de segundos. O empresário sentiu o coração acelerado, o nó no estômago que apertava cada vez mais e se transformava em uma dor intensa e o tremor que sacudia as suas mãos fechadas em punhos prontos para deixar inúmeros hematomas no rosto de Rubens. Mas ele permanecia no controle do seu corpo apesar de saber que perdeu aquela batalha e agora precisava ganhar tempo.

— Você perdeu completamente o juízo se pensa que vai me chantagear com uma carta sem nenhuma importância como você mesmo disse...

— Eu vou ser sincero com você: faz anos que eu tento comprar a fazenda e ela não tem nenhum significado especial para você. Por favor, Virgílio, vamos esquecer toda essa história... — O prefeito deixou a cabeça cair para um dos lados enquanto seu olhar ficou extremamente triste por alguns segundos. — A carta não me interessa, posso lhe entregá-la agora... Mas a fazenda... Ela é um sonho antigo... Por favor? — pediu.

Virgílio encarou o prefeito por um momento. Com a experiência de anos com todo o tipo de pessoas, ele viu sinceridade naquele olhar. Sem hesitar se aproximou lentamente da escrivaninha. Pensou em falar sobre os planos do resort, mas teve receio de ter que explicar como obteve as informações e mudou de tática.

— Por que tanto interesse na Inocência?

— Eu tenho as minhas razões...

— Algum negócio como o meu ou você pretende transformar o pequeno e charmoso hotel em algo maior comprometendo o meio-ambiente e a estrutura do monumento?

Rubens pareceu surpreso, mas se controlou e depois de cruzar as mãos sobre o apoio de couro que tinha sobre a mesa voltou a olhar para o empresário.

— Eu nunca tive a intenção de transformar a Inocência nem em uma pousada.

— Por que a quer, então?

— Eu gostaria de poder viver os meus últimos dias nessa fazenda... — Rubens abaixa os olhos como se tivesse vergonha de demonstrar o que sentia para um ilustre desconhecido.

— Vou precisar de muito mais do que isso se quiser me convencer...

— Eu não tenho que convencê-lo de nada! — Rubens ficou vermelho até as orelhas e bateu os punhos na mesa. — Eu quero a Inocência, sempre quis! Até hoje eu não sei por que Helena não aceitou a minha proposta e muito menos porque Marie também não considerou a minha oferta. Você é a minha última tentativa... — Rubens se sentou pesadamente na poltrona. — Por favor, Virgílio, me venda a fazenda.

— Não, eu não vou vendê-la — Virgílio afirmou com tanta veemência que Rubens não conseguiu se decidir se ficava decepcionado ou surpreso. Depois de alguns minutos ele se ajeitou na poltrona, abriu uma gaveta e retirou um pasta com elásticos de dentro.

— Neste caso, não temos mais nada sobre o que conversar. Se a carta não é importante para você, ela pode ser queimada ou jogada no lixo sem problemas. — Rubens começou a fazer um movimento para jogar fora as páginas amareladas.

Virgílio não conseguiu impedir o seu corpo de reagir e o movimento, mesmo ínfimo, em direção à mão do prefeito fez com que Rubens voltasse a colar as páginas contra o peito.

— Nada importante, não?
— Rubens, por favor, você não faria isso...
— Por que não? São apenas papéis velhos...
— Por isso mesmo, podem ser valiosas peças de museu...
— Sei...
— Rubens, isso é ridículo...
— Não é não: você tem algo que eu quero, eu tenho algo que você quer. Eu tenho certeza de que a fazenda não tem nenhuma importância para você e que pode comprar outra em um estalar de dedos, por que não fazemos o negócio?
— Porque eu não aceito chantagem.
— Pois bem, eu lhe dou... Hummm... Um mês?

Virgílio se afastou em direção à janela para tentar encontrar uma saída, mas nenhuma ideia veio salvá-lo e ele sucumbiu.

— Eu preciso pensar se esses papéis velhos seriam tão necessários assim...

— Pois pense, eu vou entrar de férias depois de amanhã e só volto da Europa em algumas semanas, não quero estragar a minha viagem — disse com sarcasmo.

Virgílio não respondeu, o seu olhar se fechou em uma fenda escura e profunda e os seus lábios se crisparam. A única coisa que lhe interessava não estava mais ao alcance dos seus dedos e ele sabia que nada mais precisava nem poderia ser dito. Guardou as folhas da carta no bolso interno do paletó e bateu a porta atrás dele ao mesmo tempo que um trovão soltou um rugido estarrecedor e ele teve a impressão de que o prédio tremeu.

Ou será que fui apenas eu?

Virgílio ouviu a risada do prefeito e sentiu um calafrio percorrer a sua espinha com duas certezas: o universo tinha um senso de humor macabro e Rubens iria se arrepender por cruzar o seu caminho.

Capítulo 26

Viagem

Virgílio voltou para a fazenda sem perceber como chegou até lá. Uma chuva fina começou. As gotas caíam serenamente sobre o para-brisa do carro. Não viu nenhum outro veículo cruzar com ele na estrada, não percebeu quando um raio chicoteou no céu e muito menos quando um trovão voltou a gritar de raiva. Virgílio ainda sentia as mãos trêmulas e um aperto no peito que o impedia de respirar direito. Atravessou o portão e estacionou. Ficou dentro do carro por longos minutos. A chuva ganhou intensidade e o vento parecia querer arrancar as palmeiras centenárias do solo. Ele não conseguiu controlar a cólera e em um impulso esmurrou o volante do carro e abriu um buraco com a força do punho. Transpirava abundantemente, o coração continuava em um ritmo alucinado e o nó na garganta que o incomodava parecia ter ficado ainda mais apertado.

Ao ouvir barulho de batidas no vidro, se surpreendeu ao ver Sílvia com um guarda-chuva. Virgílio respirou fundo, abriu a porta e acompanhou os passos rápidos da moça para se proteger da chuva.

— Obrigado, Sílvia, não precisava ter se incomodado...
— Não foi nada, seu Virgílio. O senhor quer um café? Um chá? — Ela lhe entregou uma toalha.
— Não, obrigado. — Ele pegou a toalha, balançou levemente a cabeça e saiu da sala.

Depois de entrar no escritório como um zumbi, tentou reencontrar o equilíbrio, mas sabia que até descobrir como terminava aquela carta isso não seria possível. Jogou no chão todos os papéis e livros que estavam sobre a escrivaninha antes de espatifar a luminária contra o solo e arremessar a cadeira contra uma parede. Por um momento se lembrou de Clara e de como estava sendo estúpido.

Ao ouvir barulho de batidas na porta, Virgílio fechou os olhos e respirou fundo algumas vezes. Precisava se controlar.

— Pois não? — perguntou em direção à porta que se abria.
— Ouvi um barulho... Como a casa foi arrombada, a dona Marie me pediu para ficar atenta a qualquer som estranho. Está tudo bem?

Sílvia balançou o olhar pelo quarto e recuou.

— Desculpe-me se a assustei. Está tudo bem, Sílvia. — Virgílio tentou amenizar a situação ao ver o medo nos olhos da jovem. — Estou com... um problema na empresa e... com uma enxaqueca... Vou me deitar, se não se incomoda...

— O senhor gostaria de um comprimido?
— Eu cuidei disso, obrigado. — Virgílio ajeitou a mecha de cabelos que cobria displicentemente o seu olhar. — Sílvia, se você quiser pode dormir em um dos quartos vagos, seria mais seguro. A tempestade está violenta.

— Muito obrigada, senhor Virgílio, acho que vou aceitar a sua oferta. — O alívio distendeu todos os traços do rosto da moça. — Vou avisar a minha mãe, muito obrigada mais uma vez, senhor Virgílio. —Sílvia fechou a porta.

Virgílio começou a recolher um a um os pedaços de vidro, a cadeira, as folhas, as canetas e os livros espalhados pelo quarto. O seu mestre se envergonharia dele se o visse nesse momento. No meio dos documentos encontrou o envelope com o processo de Clara que Sílvia deixou em cima da escrivaninha. Ao se lembrar do rosto do prefeito voltou a sentir o sangue subir até as têmporas. Retirou o documento do envelope e depois de uma lida rápida, preparou um e-mail para o advogado da empresa enquanto pediu ao sistema de voz do smartphone para fazer uma chamada.

— Augusto?

— *Oi, mano! O que está pegando? Você precisa de alguma coisa?*

— Preciso sim, estou enviando um e-mail para o nosso advogado com cópia para você. Por favor, veja com ele como podemos acabar com essa brincadeira.

— *O que houve?*

— Clara está me processando...

Augusto gargalhou.

Virgílio afastou o celular. A risada de Augusto poderia ser ouvida em toda a fazenda se um trovão não tivesse se mostrado mais poderoso. O engenheiro voltou a fechar a cara.

— *Você precisa me contar isso direito. Um processo? Por quê?*

— Porque ela perdeu o tempo dela comigo... De acordo com as redes sociais nós estávamos em um "relacionamento sério"...

— *As redes sociais?!* — Augusto voltou a gargalhar.

— Augusto!

— *Perdoe-me, mano, mas é hilário e estúpido: a cara dela! Mas fique tranquilo e me mande o documento. Mantenho você informado, mas, irmão, foi isso que o perturbou? A sua voz está estranha, me parece alterada...*

Virgílio levantou o olhar em direção às janelas que se debatiam contra o vento. Foi até elas para fechá-las antes que a chuva começasse a inundar o quarto, fechou as cortinas. Permaneceu em silêncio por alguns segundos, talvez tempo demais.

— Foi — respondeu secamente. — Alguma urgência? — Mudou de assunto.

— *Não, está tudo sob controle. Você tem respondido os e-mails e os projetos estão em dia, fora isso eu estou adorando participar das reuniões de diretoria. Uau! Você deveria ter me avisado que elas eram maçantes à morte... Quando é que volta, maninho? Por favor?*

— Divirta-se, Augusto, agora eu preciso ir...

Virgílio fechou levemente os olhos ao sentir o peso da decisão que teria que tomar em alguns dias. O absurdo da situação o atingiu e o deixou em pedaços.

Eu não posso aceitar que topei pensar no assunto. Como isso é possível? Vender a fazenda apenas para obter o restante da carta?! O que será que Olívia fez a Olympia? Como ela traiu a irmã?

Virgílio sentiu as pernas musculosas e treinadas nos passos hábeis de luta com a espada tremerem como um adolescente diante do primeiro beijo. Sentou-se sobre a cama com a cabeça entre as mãos. Tirou o colete preto que combinava com a calça do terno e desabotoou o colarinho e as abotoaduras da camisa branca bem passada. Girou o anel de formatura no dedo. O brilho azulado da safira cintilou e espalhou pequenos pontos coloridos pelo quarto. Misturado aos raios que atravessavam as frestas das janelas ocasionalmente fazia sombras se arrastarem pelas paredes.

A noite chegava lentamente.

A dor de cabeça que inventou para Sílvia se tornava tão real quanto o vento que uivava e balançava violentamente as mangueiras como se fossem arbustos. A tempestade que caía com mais força contra o telhado da fazenda lembrava o som de uma metralhadora e de longe, Virgílio pôde ouvir os animais gritarem assustados. Deitou-se. Tocou na medalha e começou a entrar em um sono inquieto onde imagens estranhas se alternavam: o rosto de Clara, o quadro das Gêmeas em Flor, o sorriso forçado do prefeito, os olhos azulados de Olympia iluminados por um brilho tão intenso quanto o raio que rasgava a terra e iluminava céu. Virgílio se mexeu incomodado e mergulhou em um sono mais profundo. O peso da corrente pareceu nesse momento muito maior e teve a impressão – ou isso era apenas um sonho – de que o pingente emitia um calor que encheu o seu peito de um sentimento de plenitude que ainda não conhecia.

Virgílio se levantou de supetão, olhou para as chaves do carro, correu para pegá-las e as apertou com força.

— Eu vou recuperar o que é meu e vou fazer isso agora!

Um estrondo fez Virgílio tremer. O barulho assustador do trovão lembrou o choque entre peças de metal e o relâmpago que clareou os seus olhos em um flash gigantesco o deixou sem voz. Fechou os olhos e levantou um braço para se proteger. Nesse momento foi invadido por uma dor lancinante que o atravessou da cabeça aos pés. Virgílio perdeu a consciência. Sonhos e pesadelos se alternaram com os gritos de Sílvia, a agradável gargalhada de Helena, o decote sedutor de Olívia, o sorriso sarcástico do prefeito, o olhar enigmático de Olympia, a ameaça do processo de Clara, as brincadeiras de Augusto e o ranger do assoalho do chão da Inocência, mas aos poucos os barulhos naturais com os quais se acostumou nos dias e nas noites na fazenda, eram trocados pelo som de ondas se chocando contra um casco. Um som agradável, quase doce, que combinava com o balançar que levantava e abaixava suavemente o navio.

Navio?!

A ideia passou tão rapidamente pela cabeça atordoada de Virgílio como um novo raio que rasgou o céu. As suas pálpebras ficaram cada vez mais pesadas e ele mergulhou definitivamente em um sono sem sonhos.

Segunda Parte

1873

Capítulo 27

Chimboranzo

Virgílio abriu as pálpebras, sem muita certeza de que queria acordar. A cabeça latejava como se tivesse sido atingida por um martelo.

Ao tentar se levantar ficou tonto. Colocou uma mão sobre a testa e outra na lateral do corpo. A dor que o atravessou lembrou o corte de uma adaga afiada. Voltou a se deitar. Respirou pausadamente para recuperar o controle. Mais alguns segundos de olhos fechados e ele voltou a reabri-los lentamente. O olho esquerdo parecia mais pesado do que o normal e Virgílio o sentiu inchado e dolorido.

Piscou algumas vezes e deixou a luz suave lhe mostrar aos poucos um pedaço da cama sólida em madeira. Tocou nos lençóis de um branco imaculado que cheiravam a talco. Levantou o rosto em direção das paredes cobertas com elegantes lâminas de madeira escura até a metade e um papel floral delicado como um desenho japonês que chegava ao teto. Sobre uma cômoda, rosas se abriam preguiçosamente em um vaso de porcelana ao lado de um quadro que nunca viu antes.

Levantou-se em um impulso completamente aturdido e sentiu uma nova e violenta pontada nas costas. O quarto da fazenda Inocência desapareceu. No lugar dele havia outro local, completamente diferente e inusitado. Virgílio percebeu com o coração acelerado que não fazia a menor ideia de onde estava. Aproximou-se de uma das janelas redondas que deixavam a luz entrar de uma maneira difusa e respirou profundamente ao ver o mar.

Uma escotilha?!

Virgílio voltou a lançar os olhos em todas as direções até encontrar ao lado de um conjunto de marinas um espelho oval com uma moldura dourada em estilo barroco. Avançou até o espelho com passos firmes e levou um susto. Um curativo cobria uma parte do seu rosto. Levantou-o com cuidado e deu um passo para trás ao ver o estrago: estava tão inchado que o olho desapareceu no meio do hematoma. Consequência do corte do alto da testa até o começo da bochecha esquerda. Ele foi suturado por mãos hábeis e coberto por uma espécie de creme transparente amarelado com um odor forte, mas agradável que deixava a faixa de gaze úmida. Virgílio ficou de costas para o espelho, abriu os botões da camisa, virou a cabeça sobre o ombro e constatou uma mancha com tons de preto, vermelho e roxo logo abaixo das omoplatas que se espalhava pelas costas.

A catraca?!

Voltou a olhar para o espelho e passou a mão trêmula no queixo. O cavanhaque bem cortado sumiu. No lugar havia uma barba de vários dias, mas bem cortada, que ele usou durante a viagem que fez com Clara no casamento do amigo.

Eu caí do navio há mais de um ano! Ou será que foi ontem? Não, não, não! Eu ainda estou sonhando... Não existe outra explicação...

Alguém bateu na porta e a expectativa de que sonhava terminou neste exato momento.

— Bela adormecida? Acho melhor acordar, os rapazes estão ansiosos para saber se você ganhou a aposta.

Virgílio ouviu a voz masculina do outro lado da porta e ele teve a nítida impressão de escutar o irmão. Hesitou por alguns instantes e depois de abotoar novamente a camisa e passar a mãos nos cabelos em batalha, abriu.

— *Voilà!* Foi difícil? Que baile, meu amigo, que baile! Acho que toda a sociedade carioca vai comentar essa festa por anos!

Virgílio permaneceu de boca aberta ao olhar para o rapaz loiro de olhos azulados com longas e largas costeletas em um rosto claro e cabelos um pouco maiores do que estava habituado a ver no irmão. Por que o jovem que entrava na cabine, com a casualidade que têm os amigos, era a cara de Augusto?

— A-Augusto? Augusto?! — gaguejou Virgílio ainda estupefato.

— Augusto? Meu caro, *vosmecê* ainda está bêbado? Sou eu, Matheus Júlio Francisco Sobreira e Lopes, futuro barão de Vila Rica! Esqueceu o nome do seu melhor amigo? — Matheus foi até um móvel de madeira, encostou o chapéu e a bengala e olhou para Virgílio. — E, *vosmecê*, meu amigo, poderia me dizer quem é?

Virgílio sentiu o seu sangue escoar do seu rosto em uma fração de segundo e pelo frio que invadiu o seu corpo teve a certeza de que estava pálido como a morte. Olhou para o rapaz sem saber o que dizer. Por um momento pôde jurar que o jovem lhe testava. Matheus olhou para Virgílio como se o visse pela primeira vez e depois de um longo momento soltou uma gargalhada sonora.

— Nossa, meu amigo, *vosmecê* está mesmo péssimo se não se lembra nem quem é... — Matheus piscou um olho e abriu uma garrafa de uísque. — Hora de recomeçar a festa!

Virgílio conseguiu apenas negar ligeiramente com a mão ainda completamente tonto. Observou o jovem encher um copo e bebericar enquanto olhava pela escotilha com uma das mãos atrás das costas. Matheus era tão alto quanto ele e usava uma elegante camisa branca com colarinho engomado que escondia uma boa parte do pescoço, uma casaca marrom na altura dos joelhos, uma calça da mesma cor e um colete de cetim em um tom mais claro de onde pendia a corrente do relógio guardado em um pequeno bolso. Tudo parecia ser extremamente justo, o que provavelmente dificultava os movimentos do rapaz. Virgílio teve certeza disso quando prestou atenção na gravata: o tecido nobre dava voltas e criava um laço apertado que deixava Matheus com o nariz eternamente empinado.

— Então, *vosmecê* ganhou ou não?

— Sobre o que está falando, Au... Matheus? Como devo lhe chamar? Matheus ou Barão Sobreira e Lopes? — Virgílio se lembrou das regras rígidas de convivência do século XIX.

Matheus riu lhe dando um leve tapinha nas costas.

— O meu pai ainda está vivo, meu amigo, e o título ainda é dele. *Vosmecê* pode me chamar apenas de Matheus.

Virgílio sentiu a dor nos ombros se espalhar como um polvo pelo seu corpo e voltou a se sentar ao perceber que o chão do quarto se mexia e suas costas ardiam com cada respiração.

— *Vosmecê* não se lembra mesmo do que aconteceu? Quer que lhe conte?

— Por favor, se não for pedir muito... — Virgílio colocou uma mão sobre a testa ao sentir o latejar da enxaqueca nas suas têmporas e no corte no rosto.

— Eu sei que *vosmecê* exagerou um pouco ontem, também pudera, Olympia é mesmo muito desagradável, mas enfim...

— O que disse? Olympia? Olympia Antunes?! — Virgílio não escondeu o espanto nos olhos tão abertos quanto a sua boca.

— Nossa, meu amigo, não vou deixá-lo beber nunca mais... Como conseguiu se esquecer daquela criatura abominável? Olympia Antunes é a irmã gêmea da espetacular Olívia, a moça mais deliciosa que eu encontrei, e que espero — apontou um dedo para o céu —, possa me honrar com a sua mão, mesmo sabendo que eu vou deixar os meu pais doentes quando anunciar que pretendo me casar com uma viúva. — Levantou o copo em um brinde e piscou para Virgílio.

— As filhas do barão Antunes? — Virgílio não tirou a mão da testa e os olhos das lâminas de madeira do chão do quarto sentindo uma inabitual ânsia de vômito.

— De quem mais elas poderiam ser filhas, meu amigo? — Matheus se inclinou na direção de Virgílio, preocupado. — *Vosmecê* sabe, pelo menos, onde estamos?

Virgílio ainda pensou em mentir, mas achou melhor continuar passando por um bêbado estúpido e sem memória.

— Não faço a menor ideia...

Matheus abriu a casaca e se sentou numa poltrona de couro em um dos cantos do quarto espaçoso. Balançava de vez em quando o copo criando rápidos redemoinhos dourado-escuro o que disfarçava os tremores ligeiros na mão com escoriações de um murro bem dado, que não teriam passado despercebidas se Virgílio estivesse no seu estado normal.

— Nós estamos no Chimborazo, meu caro, um navio que saiu do Brasil para atravessar o Atlântico, que é o oceano que está lá fora se por acaso tiver esquecido o nome dele, em direção à França — explicou com um sorriso jocoso nos lábios. — Quanto à Olympia, ela é a solteira mais detestável, insuportável e invicta que vive no Rio de Janeiro.

— Eu não posso acreditar no que está me dizendo...

— Oh! Pois saiba que foi *vosmecê* mesmo quem afirmou isso ontem, meu caro amigo, quando terminou sozinho três garrafas de vinho, minutos antes de tropeçar em uma mesa e cair no mar.

— Eu caí no mar?!

— Violentamente, deve ser por isso que não se lembra de nada, pelo estado do seu rosto *vosmecê* bateu a cabeça em algum lugar. O médico fez o que pôde para costurá-lo ontem à noite, o corte não foi profundo e foram necessários apenas alguns pontos. Ele vai voltar mais tarde.

— Como eu vim parar no quarto?

— Bom, o seu amigo aqui é um herói! — Matheus piscou um olho e levantou um brinde. — Eu só tive tempo de tirar a casaca, pegar uma boia e gritar por ajuda antes de me jogar no mar. Segurei-o até que os marinheiros nos lançaram novas boias amarradas por cordas. Um dos marinheiros se jogou também para me ajudar a amarrá-lo e logo depois fomos içados pela equipe, não se esqueça de agradecer cada homem pessoalmente.

— Claro, se puder me apresentá-los... e, Matheus, muito obrigado.

Matheus apenas levantou o copo antes de continuar em um tom mais baixo que lembrava uma oração.

— *Vosmecê* teve sorte, meu amigo. Até agora não entendi como tive a coragem necessária para pular do navio durante a tempestade. Talvez porque as ondas não eram gigantescas...

— Não?

— Não, em vez disso elas giravam em uma espécie de espiral como um redemoinho que levava tudo para o seu centro. Consegui agarrá-lo depois de ter desaparecido diante dos meus olhos por apenas alguns segundos, se eu não tivesse pulado logo atrás de você, tenho certeza de que teria sido engolido... — Matheus tomou dois goles seguidos da bebida e balançou a cabeça. — Que história! — Bateu de leve no ombro de Virgílio, que reagiu contraindo todos os músculos do rosto em expressão de dor. — Hummm... como imaginei, *vosmecê* deve estar todo quebrado. Bom, continuando a nossa aventura: o comandante quase enlouqueceu, aliás, se eu fosse *vosmecê* permanecia escondido nesse quarto até o fim do mundo. Ele está furioso e prometeu enviar uma carta ao meu pai e a sua mãe. — Matheus baixou o rosto e olhou de soslaio para Virgílio. — Eu expliquei que o seu pai faleceu há um ano, mas mesmo assim ele insistiu em anotar o seu endereço... Acho bom nos preparamos para vivermos no Inferno de Dante assim que voltarmos...

Virgílio sentiu o corpo se afundar lentamente em um estranho buraco onde só havia dúvidas e incertezas como se ele estivesse preso em uma poça de areia movediça. Quanto mais se mexia mais a lama lhe sufocava.

— Tudo isso realmente aconteceu?

— Mas é claro, por que inventaria tudo isso? Tropeçou na mesa, bateu as costas na proteção do navio e caiu... *Oui, mon ami...* Sim, meu amigo, você caiu... Depois o trouxemos para a cabine, o enxugamos, trocamos os lençóis e a sua roupa banhada de sangue. Joguei fora o que restou do que usava.

— Matheus olhou para o chão como se quisesse esconder algo e voltou a encarar Virgílio. — O médico fez a sutura e o deixamos descansar. Mas, o mais incrível dessa história...

— Existe algo ainda mais incrível?

— Oh! Sim... *Vosmecê* gritando por Olympia, desesperadamente... No meio do oceano, sangrando como um porco... *vosmecê* só pensava nela...

Matheus suspirou e se inclinou na direção de Virgílio para continuar.

— *Vosmecê* estava profundamente desapontado... e pela expressão que tem no rosto agora... *vosmecê* perdeu, não perdeu? Ela não aceitou o seu pedido... Inferno e danação! — afirmou Matheus ao bater com uma das mãos sobre a coxa.

Capítulo 28

Olympia

O luar atravessava preguiçosamente a escotilha, espalhava listras prateadas pelo papel de parede e iluminava o rosto cansado de Olympia, resultado de uma noite abandonada pelo sono.

Os dedos apertaram o leque com força, para logo em seguida alisarem as pregas imaginárias no penhoar de mangas bufantes em várias camadas de seda azul fechado com um laço de cetim que cobria a camisola no mesmo tecido e tom. A moça se sentou por poucos minutos antes para dar novos passos apressados de um lado para o outro da cabine espaçosa. Os cachos loiros em cascata pelas costas acompanhavam o movimento das saias. O som das sandálias contra o chão encobria o barulho das ondas suaves que se encontravam com o casco do navio embalando-o suavemente como se fosse um berço.

Olympia soltou um suspiro angustiado ao apertar o leque de madrepérola e seda. Ela não precisava dele naquele momento, mas o usava como um apoio ou iria quebrar os próprios dedos. Decidida, abriu o guarda-roupa para escolher um vestido. Tirou um modelo escuro do armário e o jogou sobre a cama. Trocou a roupa de noite pela complicada *toilette* diária, mas depois de alguns minutos de luta com os laços do espartilho bateu os pés com raiva e jogou o "objeto de tortura", como ela o chamava, contra uma parede. Deixou o grito preso na garganta ganhar a liberdade.

Nesse momento Severa colocou a mão sobre a maçaneta da porta.

— O que houve, sinhazinha, estais a sofrer? Por que ou por quem? — insinuou a negra alta, com curvas fartas e um pescoço longo e delgado com um sorriso matreiro.

— Eu vou confrontar aquele libertino agora!

— Nua?! — Severa riu e balançou a cabeça. — A sinhá corre o risco de manchar seriamente a vossa reputação. Não, sinhá, pode dar um passo para trás! Nem pense em procurá-lo antes de estar apresentável como uma boa dama da sociedade.

O olhar firme no rosto sereno não deixou dúvidas e fez Olympia dar um passo para trás. Severa entrou no salão que precedia o quarto com uma bandeja com alguns pães, ovos fritos, frutas, uma jarra de suco e dois bules com café e leite, que eram feitos da mesma porcelana branca e sofisticada dos pratos.

— Foi o que consegui a essa hora da madrugada, com a ajuda de um cozinheiro e do marinheiro que ele beijava quando cheguei. — Severa colocou a bandeja retangular de prata em cima da mesa redonda de madeira com o tampo em mármore e detalhes dourados que ficava embaixo de uma das escotilhas entre duas cadeiras com assentos em palhinha.

Olympia levou um tempo para entender a frase e, em seguida, abriu a boca em um "O" bem redondo e mudo que cobriu com o leque. Balançou a cabeça de um lado para o outro aturdida com a imagem que surgiu na sua cabeça e percebeu um sorriso começar a iluminar o seu rosto, o que evitou a tempo.

— Severa, *vosmecê* é terrível e eu continuo sem fome, como disse minutos antes que saísse do quarto como um vendaval. — Olympia tentou ignorar o cheiro inebriante que despertava os seus sentidos antes de voltar a exclamar quase sem querer: — Dois homens?!

— Parece que eles decidiram viver o que sentem, com a nossa inteira discrição — Severa sussurrou no ouvido de Olympia que prometeu guardar segredo. — Depois do acidente de ontem... um deles me contou em um só fôlego que o outro se jogou no mar para salvar um passageiro e eles perceberam que não poderiam viver separados.

— Um acidente? Um homem caiu no mar? O que houve, Severa? Aqueles gritos...

— Sente-se, sinhazinha, *vosmecê* está tão pálida. Vou lhe contar tudo assim que comer alguma coisa...

— Eu realmente estou sem nenhum apetite, como *vosmecê* espera que eu possa comer depois do que aconteceu ontem? Do que ele... do que ele... fez comigo?!

Olympia abriu o leque e começou a se abanar como se a temperatura do quarto tivesse subido para quarenta graus.

— Deixe esse pobre leque quieto, ele não fez nada para lhe magoar! Agora, venha, precisa comer se quiser ter forças para resolver esse imbróglio. Que situação! — Severa balançou a cabeça de um lado para o outro. — Sente-se ou os ovos vão esfriar.

Olympia fechou o leque e o bateu contra a mão algumas vezes. Sentou-se e levantou em seguida. O seu estômago reclamou e ela cedeu à vontade de ficar em paz com, pelo menos, um dos órgãos. O olhar compreensivo de Severa a incentivou a tomar a boa decisão. A escrava serviu uma xícara de café com leite.

— Sente-se ao meu lado, tome café comigo — pediu Olympia saboreando os ovos.

— Não é o que os escravos devem fazer, minha senhora...

— Severa, estamos sozinhas e *vosmecê* é minha amiga, por favor, me acompanhe. Também deve estar cansada e com fome, não deveria ter ficado acordada comigo essa noite — Olympia serviu a xícara de Severa com apenas um café sem açúcar.

Severa sorriu discretamente ao ver que a "sua menina" sabia pertinentemente como gostava do café e isso não podia ser diferente. Mucama das sinhazinhas desde que eram meninas, ela nutria um sentimento especial por Olympia, que sempre a considerou muito mais do que uma simples escrava e nunca fez questão de esconder isso.

— *Vosmecê* precisava de mim, minha filha...

— Obrigada, Severa, ainda bem que veio conosco...

— Não conte vitória tão cedo, sinhá. Eu não estou no mesmo andar que *vosmecês*. Olívia também está em um quarto sozinha, bem longe do seu — Severa suspirou. — Conhecendo a sua irmã isso é sempre um risco. Entendi a manobra dela assim que vi o marquês no baile. Ele foi esperto em ficar dentro do quarto dele até não podermos mais dar meia-volta... — Severa olhou de soslaio para Olympia, que precisou engolir em seco como se o pão estivesse velho de uma semana. — Agora, vamos ter que redobrar o cuidado com Olívia...

— O que quer dizer?

— "Ele" está no navio e Olívia está sozinha, só Deus sabe com qual intenção... — Severa levantou os olhos para o teto enquanto se servia de um novo pedaço de pão.

— *Vosmecê* não acha que ela...

— Tratando-se de Olívia, eu não duvido de nada, minha filha. Enfim, o "problema" está lá fora e vamos ter que lidar com "ele" durante três semanas. O que pretende fazer? — Severa passou manteiga no pão.

— Vou fazer o que faço sempre quando estou diante daquele marquês insolente, presunçoso e arrogante: vou ignorá-lo!

Severa escondeu o riso com uma mordida exagerada.

— Por que está rindo?

— Porque *vosmecê* é a criatura mais teimosa que conheço — ela parou, levantou um dedo para o alto, pensou por alguns segundos e continuou: — Não, é a segunda, logo depois do marquês...

— Não me compare àquele sujeito desqualificado, ele não chega aos meus tornozelos... — Olympia empinou o nariz.

— Se a sinhazinha deixasse de birra, ele chegaria aos seus tornozelos e, com certeza, iria muito mais longe...

Severa terminou a frase e deu outra dentada no pão sem levar em conta as farpas afiadas que Olympia lhe lançava dos olhos semicerrados. A jovem se levantou em um gesto brusco, fez a cadeira cair e apontou o leque em direção de Severa como se fosse uma arma.

— Esse homem nunca vai se aproximar de mim, eu não vou permitir!

— Claro, vai mantê-lo a uma boa distância exatamente como fez ontem à noite...

Olympia batia o leque sobre a palma da mão. O rosto ganhou um tom de vermelho-cereja e foi com um tremor na voz que encarou Severa.

— Ele me beijou à força!

Capítulo 29

Homem dos sonhos

Severa limpou os dedos e a boca em um guardanapo de linho e olhou para Olympia com seriedade.

— Sente-se e agora me ouça com atenção: apesar de não colocar a minha mão no fogo por muitos homens, o marquês conhece muito bem as regras da nossa sociedade. Eu não consigo acreditar que ele forçou qualquer coisa com a sinhá...

— *Vosmecê* está insinuando que eu estou mentindo? Eu sei... eu sei muito bem... muito bem... o que se passou ontem à noite, Severa... — Olympia gaguejou.

— Então, por que não me conta?

— Ele... ele me beijou...

— Ele a forçou a isso?

— Ele... — Olympia baixou os olhos. — Não, ele não forçou nada...

— *Vosmecê* acha que consegue me contar agora o que aconteceu? Eu não acreditei naquela história de dor de cabeça...

Olympia fechou os olhos e sem perceber passou a língua sobre um dos lábios.

— *Vosmecê* se lembra muito bem que não pude negar ao marquês uma dança no meu caderninho de baile, mesmo a contragosto. — Olympia desviou o olhar de Severa como se quisesse esconder alguma coisa e continuou: — Quando a valsa terminou, ele pediu para que eu me juntasse a ele na biblioteca. Eu disse que não iria a lugar nenhum ainda mais para me encontrar com ele. Ele riu, se aproximou mais do que as conveniências permitem, e disse que eu "não era a mulher destemida e corajosa que lutava pela liberdade dos escravos, mas apenas uma moça morta de tédio que inventava traquinagens para se divertir". — Ela se levantou de novo e recomeçou a bater o leque contra a perna. — *Vosmecê* acredita nisso?! MORTA DE TÉDIO, EU?! Traquinagens? TRAQUINAGENS? Ele é um imbecil, estúpido, grosseiro! Eu detesto esse marquês, detesto!

Severa abafou um riso.

— Hum-hum... e depois?

— O que acha que eu poderia fazer?

— Eu não sei, talvez ignorá-lo como disse há pouco — ironizou Severa com um sorriso.

— Eu pensei em deixá-lo esperar por toda a eternidade, mas achei melhor desafiá-lo. Eu não sou como as moças que caem como moscas diante do seu charme e que acredito sim na luta pela libertação dos escravos, ao qual ele é formalmente contra. — Olympia pegou o penhoar e o cruzou contra o peito, como se fosse uma armadura para tentar esquecer o toque quente da mão do marquês sobre a sua cintura que lançava fagulhas inéditas por todo o seu corpo. — Quando me dei conta procurava por ele entre as estantes. Não havia ninguém e o lugar estava iluminado apenas pela lua que lançava raios estreitos e criava sombras desiguais por todo o local. Eu senti a presença do marquês e quando me virei para dizer o que pensava dele, ele me segurou e me imprensou contra uma parede. Eu me dei conta de que estava longe de todos no navio, de que se começasse a gritar arruinaria para sempre a minha reputação e compreendi que ele... — Olympia comprimiu os lábios. — aquele marquezinho de araque, encrenqueiro, mulherengo...

— Viril, grande, forte, belo...

— Severa, de qual lado *vosmecê* está?

— Minha querida, ele pode ter todos os defeitos que *vosmecê* repete centenas de vezes por dia, mas não pode negar que ele tem um rosto e um corpo que dariam inveja a Lúcifer...

Olympia prendeu um lábio no outro para dissimular o sorriso que começava a nascer.

— Nesse aspecto *vosmecê* poderia até ter razão...

— Poderia?

— Como vou saber se o que contam sobre o rosto dele é verdade se ele usa aquela barba medonha?!

— É a moda...

— Não gosto e pronto. Mas...

— Mas?

— Não posso negar que esse marquês tem alguma coisa... e isso me irrita profundamente, Severa.

— Demorou a assumir...

— Eu não assumo nada, Severa. Apenas não posso negar que ele é realmente atraente como era o anjo preferido de Deus, talvez fosse até mais se tirasse aquela barba... — Olympia imaginou o rapaz com o rosto liso e voltou a se concentrar na conversa. — Mas, Severa, ele é tão vil e desonrado como o próprio Lúcifer! Nenhuma mulher com o mínimo bom senso poderia se apaixonar por ele e eu tenho bom senso! Além disso, ele não é o homem que aparece nos meus sonhos... — terminou a frase quase em um sussurro como se tivesse vergonha dela mesma.

— Não seja exagerada, minha filha. — Severa riu. — O marquês é um homem qualquer, um homem qualquer que foi feito sob medida para você e quando um homem e uma mulher que foram feitos um para o outro se encontram é muito difícil ficar entre eles. *Vosmecês* vão fazer de tudo para se aproximarem, pelo menos é isso o que ele está fazendo e, sinceramente, não sei até quando vai resistir. — Severa espetou displicentemente o garfo no ovo e voltou a olhar para Olympia. — Porque ele não vai desistir de você... E mais uma coisa: o bom senso nunca esteve de mãos dadas com o amor e se *vosmecê* fosse mesmo uma mulher sensata não ficaria presa a promessas tolas e muito menos a um homem que aparece nos seus sonhos há anos e que nunca teve a consideração de vir lhe ver pessoalmente, se é que ele existe mesmo. A não ser que esse homem com essa máscara estranha com quem sonha seja uma versão misteriosa do marquês. — Severa piscou um olho para Olympia.

— Eu não sei, Severa... Essa foi a primeira impressão que tive quando vi o marquês, mas... — Olympia começou a se abanar. — falta algo...

— O quê?

— Eu não sei, apenas acho que Luiz Batista não é o mascarado dos meus sonhos.

— Bom, porque não esquece esses sonhos tolos e não termina de contar o que "aquele marquezinho de araque, encrenqueiro, mulherengo"... e belo fez?

— Ele... me levou para uma armadilha, Severa!

— E?

— Ele levantou a mão até o meu rosto e o guiou lentamente em direção ao dele e nesse momento ele se inclinou e...

O peito de Olympia subiu e desceu ofegante, Severa lhe ofereceu um copo de suco que ela bebeu de um gole só antes de continuar:

— Os lábios dele se encontraram com os meus, macios, doces, quentes. Inspirei o seu perfume, deixei as minhas mãos tocarem nos seus cabelos, senti a sua força contra a minha cintura e mergulhei no seu gosto de homem sem medo de me afogar. — Olympia olhou profundamente para Severa. Eu estou perdida, minha amiga, perdida, como eu pude beijar alguém que detesto?

— Essa é uma ótima pergunta, pena que apenas uma pessoa pode respondê-la...

— Quem?

— *Vosmecê.*

Capítulo 30

Coincidência inexplicável

Virgílio pressionou os lábios sem saber o que dizer, além de esperar que com esse gesto pudesse fazer a dor lancinante parar. Levantou-se, olhou para uma das escotilhas novamente e deixou os olhos passearem pelo quarto decorado confortavelmente com luminárias sofisticadas à óleo incrustadas nas paredes, quadros e objetos delicados em porcelana. Nada ali pertencia ao século XXI e ele sentiu as suas pernas fraquejarem de novo diante do total absurdo.

— *Vosmecê* está bem, meu amigo?

— Estou, me desculpe, apenas ainda um pouco... tonto. Você... *vosmecê* falava de... Olympia... de uma festa e de um pedido... poderia me lembrar, por favor, começando pelo baile?

Matheus se recostou bruscamente na poltrona de couro que reclamou da rispidez com um gemido estranho.

— Pelo visto, vou ter que começar do começo. O baile começou às 19h. A orquestra espalhou os primeiros acordes de uma valsa deliciosa pelo

amplo salão decorado com flores brancas.
— Vai contar todos os detalhes?
— Foi *vosmecê* quem pediu... posso continuar?
— Por favor...
— As mulheres, meu amigo, as mulheres estavam fascinantes com os seus vestidos que farfalhavam sobre as pranchas do salão criando uma música particular. Eu amo o som das anáguas! Joias coloridas, leques e decotes cada vez mais ousados! *Vosmecê* acredita que pude vislumbrar o desenho dos seios da senhorita Ana Beatriz Lucas de Sousa e Almeida? Por Apolo! Eles devem ser divinos! E Olívia, nossa! — Matheus fez uma pausa dramática e colocou uma mão sobre o peito. — Era o retrato de Vênus com aquele vestido rosa, não me pergunte de qual tecido, que brilhava apenas um pouco mais do que o colar que enfeitava o longo pescoço em várias voltas e que tocava de vez em quando o colo e as fartas curvas dos seios protegidas do meu olhar apenas por rendas. Por um momento, eu tive inveja daquelas pérolas. — Suspirou e tomou um gole antes de continuar: — E o sorriso dela? Meu Deus! — Olhou para o alto. — Largo, sincero, convidativo, não, ela não era o retrato da Vênus, ela era a própria deusa. O seu rosto era o responsável pela luz que brilhava naquela sala e eu precisei me acalmar antes de me aproximar para me inscrever no seu caderninho, eu precisava dançar com ela e a primeira valsa com certeza seria minha. E foi!

— E onde eu entrei nessa história? — Virgílio se inclinou curioso antes de voltar a posição anterior com uma nova pontada dolorosa.

— Oh! Claro, é *vosmecê* quem não se lembra do que aconteceu. Pois bem, chegamos juntos ao salão. Eu estou no quarto vizinho, caso também tenha esquecido. Bebemos alguns drinques e eu me precipitei para me inscrever no caderninho de baile de Olívia enquanto *vosmecê* devorava Olympia com os olhos. Eu, sinceramente, não sei o que acontece entre *vosmecês*, desde o primeiro momento em que cruzaram o olhar, existe essa... — Como diria? — Coçou a cabeça. — Estranha atração, um magnetismo que os aproxima e, ao mesmo tempo, os repele. Se eu não lhe conhecesse há anos poderia jurar que estava com medo dela, completamente em pânico. Quando está na presença de Olympia, *vosmecê* perde todo o seu conhecido traquejo, meu amigo, parece um menino. O que é impressionante.

— Por quê?

— O rosto que nem esse corte violento conseguiu destruir, a voz de barítono e do tamanho de uma porta, sem falar dos outros talentos dos quais eu não tenho o menor interesse, são requisitados nas cortes mais exigentes da Europa. Mas eu, mais do que qualquer um, vejo através de *vosmecê*, meu amigo: nenhuma mulher o deixou fora de si... até Olympia.

Virgílio olhou para a escotilha. Tentava juntar os pedaços da história e controlar os sentimentos que se debatiam no peito, o maior deles implorava para que deixasse aquela conversa, o quarto e corresse por todo o navio até encontrá-la e quando isso acontecesse ele iria beijá-la, beijá-la, beijá-la...

— Está tudo bem?

— Está, me desculpe... Por favor, continue...

— Bom, as valsas se sucederam, o jantar foi servido. O risoto de cogumelos estava sublime! E o vinho?! Por Baco, excelente! Depois eu me distraí por um bom tempo perdido nos olhos de Olívia em uma conversa da qual não me lembro uma única frase, mas eu poderia lhe descrever com exatidão cada respiração, cada movimento delicado das suas mãos enluvadas até os braços e dos lábios quando eles se mexiam em um sorriso. — Matheus suspirou. — Só percebi o seu sumiço um pouco antes daquela megera voltar do quarto, parece que ela teve uma dor de cabeça. Se não me engano... — Matheus fez um esforço para se lembrar — quando a tempestade começou, obrigando o capitão a terminar o baile mais cedo.

Virgílio ouviu novamente a palavra "tempestade" e, dessa vez, soube que não poderia ser apenas uma coincidência. Olhou para o dedo e procurou o anel e, em seguida, levou a mão ao peito para tentar encontrar a medalha, mas nem um nem outro estavam com ele. Os olhos de Virgílio voltaram a procurar o anel em todos os dedos e, ignorando as dores, correu para o espelho. Nada.

— Procurando alguma coisa?

— Quando me salvou ontem... você... — Engoliu em seco. — *Vosmecê*, por acaso, não encontrou algumas joias?

— Não, não havia nenhuma joia... Do que está falando?

— De nada, por favor não leve em consideração o que disse — pediu sem saber ao certo o que significava aquele novo sumiço.

Virgílio fechou os botões da camisa cabisbaixo. Tentava entender algo que ultrapassava qualquer lógica conhecida e finalmente se deu por vencido. Matheus acompanhava discretamente os movimentos de Virgílio com uma curiosidade cada vez maior. Virgílio procurava ligar os pontos, mas o que conseguiu foi apenas o óbvio: ele surgiu em um navio que navegava pelo Atlântico no século XIX também durante uma tempestade.

E nas duas vezes, houve uma queda no mar, eu e o tal marquês... Talvez

Lúcia tivesse razão... Uma fenda no espaço-tempo? Isso seria mesmo possível? Eu poderia realmente encontrá-la? Ela, a mulher com quem sonhava muito antes de colocar os olhos no quadro? Olympia?

— O que aconteceu com Olympia? — tentou ser o mais natural possível diante da situação totalmente inaceitável.

— Não sei, mas *vosmecê* me pareceu extremamente aborrecido, o seu olhar lançava faíscas de raiva e o seu sorriso amplo...

— "Sorriso amplo"? — questionou Virgílio surpreso.

— Um dos mais famosos do Rio, meu caro, *vosmecê* sabe o quanto o seu sorriso é poderoso e não hesita em usá-lo sem o menor pudor para obter tudo o que quer, principalmente com as mulheres, pobres donzelas! Agora se me permite posso continuar?

— Pois não...

— Então, o seu sorriso foi trocado por uma carranca que dava medo. Como essa que *vosmecê* tem agora, credo! Inchado e vermelho está o retrato de Hades! Bom, eu o conheço bem e sei que tem um gênio difícil, mas vendo agora a sua desolação tenho uma vaga ideia do que o tirou do sério daquele jeito.

— Estou ouvindo...

— Olympia não aceitou o seu pedido de casamento.

Capítulo 31

Aposta

— Eu fiz uma proposta?!
— Pelo menos foi isso o que queria fazer na noite do baile. *Vosmecê* a conheceu há alguns meses em uma festa na casa do barão Felipe Vasconcelos de Toledo e Tamarandá, em Vassouras, e a desejou imediatamente como *vosmecê* me disse na mesma noite, mas ela o manteve a uma certa distância, apesar de ter lhe concedido uma dança. Ela é uma moça prudente e se nega formalmente a se casar. E olha que ela está com 20 anos! — Augusto levantou as mãos para o céu diante do absurdo. — Mas *vosmecê* não é de desistir fácil e desde então começaram a trocar uma correspondência assídua. Ela parecia começar a aceitá-lo como pretendente, o que era de se esperar. Aliás, se nós estamos nesse navio foi exatamente por isso: para que pudesse passar alguns dias em sua companhia e fazer o pedido longe da mãe dela, que ainda chora o fato dela ter recusado o filho do Conde Thomás de Alcântara e isso depois do sonoro

"não" que ela deu ao tenente Paulo Oliveira de Martins e Figueroa. *Vosmecê* sabe muito bem que Lívia não lhe suporta...

— Lívia?

— Por Zeus, homem! Esqueceu do nome da mãe das gêmeas?!

— Poderia me lembrar o porquê a senhorita em questão não... aprecia-me?

— Eu não sei se é pela fama de libertino ou por ter acabado com a reputação de duas moças e não aceitar se casar com elas. Esqueceu que Lívia o expulsou da Inocência aos gritos? Aqui entre nós, a sua péssima fama é conhecida até na França, meu amigo! Nenhuma moça séria aceitaria um pedido de casamento seu, e apesar de chata, Olympia é uma moça de família...

— Mais alguma coisa?

— Deixa eu ver. — Matheus coçou a cabeça. — Olympia lhe chama de "Marquês Conservador", sempre que pode ela se coloca em defesa dos negros. Parece que nesse aspecto *vosmecês* são como o dia e a noite, não foi à toa que a Olívia me contou que Olympia queimou as suas cartas depois da sua última visita.

Marquês?! Aonde eu vim parar...

— O retrato não é dos melhores...

Matheus riu.

— "Quem vê cara não vê coração", meu amigo, *vosmecê* merece mesmo o título de maior calhorda do Rio. — Matheus riu com gosto. — E ela nem sonha com o nosso acordo!

Virgílio passou as mãos nos cabelos e se levantou com o coração acelerado. De repente, o quarto ficou pequeno. Sentiu a transpiração criar gotinhas brilhantes na testa sem saber se era por causa do que ouvia ou pela dor que abraçava as costas com fervor.

Matheus tomou mais um gole e continuou sem perceber a contrariedade que surgiu no rosto crispado de Virgílio.

— Pela sua reação ao entrar no salão acredito que Olympia recusou dar-lhe a sua mão. Aliás, meu amigo, *vosmecê* ainda não me explicou o que viu nela. Mesmo que tenha o mesmo rosto de anjo da irmã, Olympia é fechada, gosta de livros, fala o mínimo possível e quando diz alguma coisa é arrogante. Ela tem ideias estúpidas, imagine, uma mulher votar, trabalhar?! Ainda não entendo porque o pai fez tanta questão de lhe educar, veja o problema que ele criou: Olympia não quer nem ouvir falar em marido! — Matheus balança a cabeça negativamente. — E ela também fala de uma

República no Brasil! Ela assume sem medo que apoia os Liberais. E os escravos que quer ver livres? Uma abolicionista... Meu Deus, que horror! *Vosmecê* sabe muito bem de tudo isso, conversamos e concordamos que essas ideias são tolas, infundadas...

— Eu concordei com vo... *vosmecê*?!

— Como não concordaria? *Vosmecê* herdou milhares de pés de café em São Paulo, nós somos vizinhos, amigos desde meninos e fizemos até a mesma faculdade de Direito em Paris, esqueceu até isso? Não podemos estar de acordo com a abolição da escravatura. O que seria das nossas fazendas? — Matheus mordeu um lábio e continuou em um tom mais baixo: — Felizmente Olívia tem mais bom senso e mesmo se não tivesse acho que com um pouco de jeito e muitos brilhantes ou pérolas ela mudaria de ideia. — Matheus tomou um gole da bebida como se imaginasse com qual delas Olívia ficaria melhor... nua.

Virgílio cruzou os braços e pediu:

— Agora me fale desse... acordo...

— Na verdade, não é exatamente um acordo. Seria mais uma aposta...

— Aposta?! Eu nunca apostei nada na minha vida, Matheus... Quando eu quero algo eu compro ou conquisto.

— Minha nossa! O vinho que bebeu ontem deveria estar estragado. Esse homem firme e maduro não parece em nada com o meu amigo. — Matheus olhou para Virgílio de alto a baixo como se o medisse. — Nenhuma aposta? *Vosmecê* perdeu o juízo?! *Vosmecê* ama apostar: carruagens, horas no alfaiate, pés de café e, nessa última, Olympia.

Virgílio olhou para Matheus com uma raiva que desconhecia que pudesse existir no peito. Quando percebeu estava sobre o rapaz levantando-o pelo colarinho como se fosse um menino sem se preocupar com a dor que atingiu o seu corpo como um raio. A surpresa de Matheus foi tanta que ele perdeu o equilíbrio, deixou o copo cair e se espatifar em vários pedaços de cristal pelo tapete.

— O que foi que eu apostei?

— Ohhh! Vamos com calma aí! Primeiro *vosmecê* me solta, está amassando o meu terno. Obrigado e vê se não faz isso de novo! Eu não quero me arrepender de ter salvo a sua vida! — Matheus apontou o dedo para o amigo.

— Perdoe-me... Eu não quis... por favor, continue...

— Então, a ideia foi do Lucas — Matheus olhou para Virgílio de soslaio para se certificar de que ele estava mais calmo. — O seu segundo melhor amigo: baixinho, magro, olhos verdes com a personalidade de um viking infernal, caso tenha esquecido isso também. Eu particularmente achei uma tolice e *vosmecê* concordou imediatamente, mas quando ela lhe enviou uma carta terminando o idílio que mal começou *vosmecê* ficou tão furioso que ainda me lembro do fogo que brilhou nos seus olhos. Meu amigo, *vosmecê* destruiu o quarto! A sua mãe quase ficou louca e lhe deixou sem renda por um mês inteiro! *Vosmecê* jurou que iria se vingar e que ela se casaria com *vosmecê* de qualquer jeito. Nenhum de nós acreditou muito: Olympia recusou dois ótimos partidos e *vosmecê* não é nenhuma flor que se cheire apesar do título do seu pai, da sua imensa fortuna e dessa cara de anjo mau... Mas depois que deu um soco em Lucas quando ele lhe desafiou abertamente... *voilà*! Aposta feita.

— Matheus, com o que eu concordei? — perguntou calmamente Virgílio tentando reencontrar o seu eixo.

— *Vosmecê* concordou que conquistaria a inconquistável Olympia e ela aceitaria o seu pedido de casamento até o final dessa viagem, que termina em três semanas, só para lembrar.

Virgílio sentiu os músculos do peito se contraírem e as mãos se fecharem em punhos. Segurou a vontade de destruir o rosto do jovem, que o olhava com súplica, e voltou a se sentar na cama sem ter a menor ideia do que fazer.

— Tem muito dinheiro em jogo, meu amigo! — disse Matheus finalmente. — Agora me diga que ela não mandou *vosmecê* pastar, por favor! — Matheus se colocou de joelhos em frente a um Virgílio completamente fora de prumo. — Vi quando dançaram a última valsa antes que o comandante desse a ordem aos músicos e aos passageiros para se retirarem. *Vosmecê* deixou Olympia de volta à mesa dela quando terminaram de dançar e nós nos encontramos pouco depois. Parecia distante e profundamente aborrecido, bebeu como três homens, sem me contar nada, e quando se levantou querendo procurá-la, tropeçou e caiu...

— Ela não aceitou... — afirmou Virgílio com um nó na garganta. Ele não tinha a menor ideia do que aconteceu, mas, pelo que Matheus descreveu, ele não viu outra resposta possível.

— *Vosmecê* ainda tem três semanas... chegamos antes de ontem... Vai tentar de novo?

— Não.

— Vai ter que pagar uma dívida enorme... — Matheus limpou a transpiração que escorreu pela testa.

— Eu pago o que for necessário, mas esse assunto, essa aposta... precisa ser esquecida — respondeu firme.

— Eu duvido que esse "assunto" não tenha se espalhado pelo navio como pólvora...

Matheus balançou a cabeça negativamente lamentando visivelmente a falta de ânimo do amigo, mas antes de fechar a porta atrás de si ele olhou novamente para Virgílio, agora visivelmente preocupado.

— O médico deve estar chegando, por que não toma um banho? Eu não sei se é o inchaço ou o corte, mas *vosmecê* está irreconhecível. Eu tive até a impressão de que envelheceu alguns anos nesta noite, meu caro. Será que o meu bom amigo finalmente amadureceu ou ele está realmente apaixonado pela primeira vez?

Matheus começou a fechar a porta, mas abriu de novo e olhou para Virgílio nos olhos.

— Uma última informação: o seu nome é Luiz Batista Alberto de Bragança Menezes e Castro, marquês de Belavista.

Luiz Batista?! Santo... Deus! É, eu acho que está na hora de começar a acreditar em Deus, em milagres, em outras dimensões, em fendas temporais... Eu acho que depois dessa vou acreditar em qualquer coisa, até mesmo que estou apaixonado... Até mesmo que posso encontrar a mulher que... amo?

Capítulo 32

Apaixonada pelo marquês?

— A única resposta que eu tenho é essa: EU ODEIO ESSE HOMEM! ODEIO! — Olympia gritou com todas as forças e ar que encontrou ao lançar o leque contra a parede.

Severa se levantou e foi até a jovem que não conseguiu permanecer na cadeira como se o assento tivesse farpas. Ela a abraçou. Depois de alguns minutos segurou-a nos ombros e a encarou como se estivesse diante de uma filha.

— *Vosmecê* se sente melhor?

— Ele consegue me tirar do sério, Severa, desestruturar todos os meus argumentos, me irritar profundamente com a sua arrogância e superioridade como se fosse melhor do que todo mundo.

— Ele é um marquês... o título que tem lhe dá muitos privilégios...

— Esse título não vale nada para mim.

— Não é o que pensa a sua irmã...

Olympia suspirou e olhou para Severa.

— Perdoe-me, Severa, eu não deveria ter perdido a cabeça...

— *Vosmecê* a perdeu no primeiro momento em que pousou os olhos sobre o marquês de Belavista, minha filha.

Olympia fechou os olhos para relembrar a cena.

— O olhar dele pareceu me consumir assim que se encontrou com o meu no dia do baile do barão Felipe Vasconcelos de Toledo e Tamarandá, eu precisei reunir toda a minha força para poder respirar normalmente...

— Eu me lembro disso, *vosmecê* ficou sem dormir por dias...

— Ele é um indecente!

— Hum-hum... E?

— Esse olhar que me deixava... enfim, *vosmecê* entendeu — Olympia abanava o leque —, me perseguiu durante todo o baile. Eu podia senti-lo através das minhas roupas acariciando a minha pele. — Olympia baixou os olhos envergonhada. Tinha certeza de que as bochechas ganhavam o mesmo tom rosado do vestido de Severa.

— E isso só piorou quando ele se inscreveu no seu caderno de baile...

Olympia soltou um suspiro como se voltasse a rodopiar nos braços do marquês de Belavista, sem música, sem ninguém por perto, sem mesmo ar para respirar.

— Uma única música e "eu tomei possessão da sua alma!". Foi o que ele disse na segunda vez que nos vimos, quando fui passar alguns dias no Alto da Boa Vista para levar uns documentos do papai a um amigo... Como ele ousou, Severa?

— Amigo que também era muito íntimo do pai dele. Todos os nobres presenteados com um título pelo Imperador Dom Pedro se conhecem e, pelo que soube, eles fazem parte até mesmo do mesmo partido Conservador.

— O partido que luta para manter os escravos o maior tempo possível e do qual o marquês é um dos homens fortes. Um "conservador", um homem fora do seu tempo, estúpido, egoísta, que riu quando eu lhe disse que a escravidão estava com os dias contados...

— *Vosmecê* não pode culpá-lo por defender os interesses dele...

— Como *vosmecê* pode defendê-lo? Ele é um escravocrata, um homem que usa outros homens como bem entende, que compra trabalhadores, ele não vale nada apesar da riqueza e do título que tem. Como eu poderia mostrar para ele e para os outros que isso é um erro, Severa?

— Não pode, alguns erros precisam ser vividos, cometidos, sofridos até o fim, só podemos esperar que a luz do entendimento brilhe e encontre o seu caminho em direção da liberdade. — Severa juntou as mãos em uma prece. — E se esse direito nos for concedido por um mulher isso seria uma vitória dupla. Afinal, de uma certa maneira todas as mulheres são escravas: da beleza, da juventude, da sociedade, das regras, do casamento... — Severa olhou para Olympia com ternura. — Principalmente mulheres como *vosmecê*... E é por isso que tem que esquecer essa promessa tola e viver esse amor, muitas não tiveram essa sorte...

— Amor?! O que quer dizer com isso?

— Que eu não acredito que ainda possa negar que o ama porque ele é um escravocrata, um conservador. Isso não passa de mais uma desculpa que encontrou para mantê-lo longe... e se ele pensasse como a sinhazinha?

— Ele nunca mudaria de ideia, o marquês de Belavista é um desavergonhado que se acha irresistível e só tem olhos para os seus interesses... — Olympia parou por um momento e fechou as mãos em punho como se fosse lutar contra alguém ou alguma coisa. — E *vosmecê* sabe muito bem que esse não é o único motivo pelo qual não posso deixá-lo se aproximar de mim...

— Esse cruzeiro realmente vai ser muito interessante... — sussurrou Severa com um sorriso.

— O que disse?

— Que *vosmecê* tem razão, como poderia se apaixonar por um "Conservador"?! Felizmente o marquês não pensa como a senhorinha, ou estaria realmente perdida... Como *vosmecê* não consegue ver isso? *Vosmecê* se esqueceu das cartas dele?

Olympia desviou o olhar de Severa, se virou de costas para a escrava e observou o cintilar do lustre como se cada brilho fosse uma das palavras usadas com perfeição por uma mão hábil e um coração apaixonado. Voltou a se concentrar na escrava com um olhar altivo.

— *Vosmecê* sabe muito bem que eu ignorei e devolvi todas as cartas que ele me enviou. — Levantou o queixo em um sinal de vitória.

— Acredito...

— Severa, por favor, não me insulte!

— Então, pare de me insultar também, sinhá! *Vosmecê* devolveu as cartas, mas só depois que todas as letras estavam bem guardadas no vosso coração!

Olympia colocou o rosto entre as mãos. Lembrou-se das cartas sedutoras que recebeu e disse em voz alta uma das muitas frases que ficaram gravadas: *"Ele me prometeu que seria meu e que eu seria dele e de mais ninguém e que nada poderia nos separar. Nem a morte, nem o tempo".*

— Eu tentei convencê-lo do contrário de todas as formas, eu disse com todas as letras o quanto eu o desprezava e o queria longe de mim, *vosmecê* sabe muito bem que não respondi às primeiras cartas e as outras eu enviei uma resposta apenas para dissuadi-lo de continuar com essa ideia estúpida de me fazer subir no altar ao seu lado.

— Acho que *vosmecê* não foi muito convincente ou o Senhor Marquês não teria se dado ao trabalho de ir até a fazenda pedir a vossa mão ao barão...

— E quando ele veio à fazenda para comunicar a sua intenção de se casar comigo — Olympia fechou os olhos para afastar a ideia de que não poderia resistir-lhe, que isso estava além das suas forças e balançou a cabeça negativamente —, mamãe fez aquele escândalo vergonhoso e Olívia...

— Pousou os olhos nele pela primeira vez e o transformou no seu novo brinquedo preferido... — completou Severa.

— Severa, por favor, não fale assim da minha irmã...

— Falo, porque a conheço melhor do que *vosmecê*. — Severa fechou os olhos em uma fenda estreita. — Escute o que eu estou dizendo, minha filha, Olívia não gosta de verdade do marquês, ela está empolgada com o título dele da mesma maneira que ficou encantada pelo seu primo Euzébio, que seria um conde se não tivesse partido tão cedo, e mesmo se ela gostasse dele, o marquês ama *vosmecê*. — A escrava pegou nas mãos da moça. — Ele a ama perdidamente e de uma forma tão absurda que nem ele mesmo compreende o que está acontecendo. Por isso ele precisava fazer o que fez ontem... Ele tinha que ter certeza de que poderia ter esperanças...

— Isso não é uma desculpa, ele não poderia ter... me beijado...

— Ele não forçou o beijo, sinhazinha... Por que ainda insiste em afirmar que não foi atingida pela flecha do Cupido?

— Porque o que *vosmecê* vê é apenas uma ilusão, eu nunca estive, eu não ESTOU interessada no marquês... Ele é bonito? Com certeza, mas isso não é suficiente para que eu me apaixone por ele. — Ela começou a dar voltas no quarto. — Eu não acredito que alguém possa se apaixonar em tão pouco tempo e nós nos vimos, o quê? Quatro vezes... Isso não é nada, Severa, e, por favor, pare de insistir com essa história tola, eu não tenho nada em comum com o marquês de Belavista.

— *Vosmecê* não acredita que pode se apaixonar por um homem de carne e osso que viu poucas vezes, mas acha crível cair de amores por um fantasma que só aparece nos seus sonhos. Eu realmente não consigo entendê-la, sinhá. O que pretende fazer? Esperar que esse homem mascarado surja na sua vida em um rompante extraordinário? Ele não existe, sinhazinha, mas o marquês está aos seus pés e logo ali...

Olympia abaixou os olhos em direção ao assoalho de madeira e ficou em silêncio por um momento.

— Por isso eu estou indo para a Europa e vou fazer a minha vida lá, solteira, rica e feliz! — Levantou o queixo e reforçou a entonação da frase.

— *Vosmecê* vai permanecer solteira esperando o seu "príncipe encantado" até o seu pai chegar com um acordo de casamento que não vai poder recusar...

— O meu pai nunca me forçaria a um matrimônio sem amor!

— Eu sei, mas a sua mãe...

Severa suspirou sonoramente quando viu Olympia baixar os olhos para esconder uma lágrima que brilhou ao se lembrar da mãe. Severa estava certa. Mais cedo ou mais tarde as convenções iriam atingi-la como um raio, pulverizariam o seu coração e transformariam todos os seus sonhos em cinzas. Ela não estaria a salvo no Brasil ou na Europa, mas nesse navio perdido no oceano onde o tempo seguia em frente no ritmo oscilante e imprevisível das ondas, talvez tivesse um momento só dela, um parêntese na vida de bordados e conversas em torno do chá que a aguardava. Olympia voltou a olhar para Severa com um sorriso.

— *Vosmecê* tem razão, a minha mãe nunca vai desistir de um bom casamento, mas eu também não me dobro fácil e a minha promessa está selada.

— Está bem, como a sinhazinha desejar e agora sente-se eu preciso lhe contar sobre o acidente. O marquês caiu no mar...

Olympia sentiu o coração ficar do tamanho de um grão de café ao imaginar o marquês ser engolido pelo mar como ela era devorada agora por um arrependimento profundo como o oceano.

Capítulo 33

Algumas horas antes...

No quarto de Olívia, a respiração quase imperceptível fazia o peito da jovem subir e descer em um movimento suave. A moça dormia serenamente. Uma das pernas nuas estava dobrada sobre a coberta e a cabeça repousava em um dos braços. Apenas os olhos se viravam de um lado para o outro com uma certa rapidez, mas Matheus nunca saberia se o que ela vivia era um sonho ou um pesadelo.

Os olhos do rapaz a observaram por longos minutos. Começaram pelos cabelos que se espalhavam como correntes de ouro pelo travesseiro, pelo busto delicado e pelas curvas generosas da moça entre os lençóis de linho branco com delicadas flores bordadas. Levantou a mão e depois de hesitar por alguns segundos, fez um leve carinho no rosto adormecido antes de sair da cama. Vestiu-se sem fazer barulho e muito menos sem tirar os olhos da cena privilegiada. Pegou a bengala, o chapéu e admirou a jovem que se mexeu levemente. No olhar do rapaz brilhava o fogo do desejo que mesmo depois da noite passada juntos não se apagou e outro sentimento mais difícil de identificar emaranhado às lágrimas que brilhavam. Respirou profundamente, pousou os lábios na testa de Olívia e sussurrou uma frase apaixonada no ouvido dela. Matheus esperou por um momento uma resposta que não veio, abriu a porta com precaução para confirmar que não havia ninguém por perto que pudesse flagrá-lo e saiu do quarto com a cabeça baixa antes que o sol pudesse ser testemunha.

Sentou-se na cama do quarto dele sem trocar de roupa.

Permaneceu acordado na mesma posição. Viu a noite ir embora cercada de nostalgia como se hesitasse em partir. Tímidos raios de sol entraram pela escotilha da cabine lhe dando a impressão que sonhava e que o calor agradável que sentia ainda vinha dos abraços ternos de Olívia.

Cobriu o rosto com as mãos e deixou o choro correr livremente.

Encantou-se com a moça desde o primeiro momento, assim que ela voltou da Europa e começou a frequentar a corte carioca. Matheus viu a imagem da moça se materializar diante dele e sentiu o seu coração se derreter diante do jeito autoritário, do sorriso determinado e do rosto angelical que contrastava com as curvas deliciosamente indecentes.

Matheus se levantou e deu um soco na parede ao se lembrar do corpo que lhe deu o melhor de todos os prazeres para se fechar em seguida em uma promessa solene de que nunca mais seria dele. Nunca mais. Mas Matheus não era homem de desistir facilmente, os fazendeiros que ousaram recusar as suas ofertas de compra para ampliar as terras da sua propriedade sabiam muito bem disso: ninguém podia negar nada ao futuro barão de Vila Rica e Olívia não seria a primeira.

Olívia se tornou um desafio à sua altura.

Matheus olhou para o punho ensanguentado e tomou uma decisão: Olívia valeria cada gota de sangue que ele pudesse dar por ela. Ele faria o que fosse necessário para que ela fosse dele, apenas dele e para sempre dele. Abriu o guarda-roupa e separou o que iria vestir com pressa, o dia amanhecia e ele tinha muito o que fazer, o seu futuro com Olívia dependia apenas dele e ele iria lutar por ela nem que para isso tivesse que matar alguém.

Capítulo 34

Olívia

Virgílio mantinha o olhar vago em direção do espelho sem ter a menor ideia de como veio parar ali e o que fazer.

O médico de bordo, fez uma visita rápida e depois de concluir que não havia nenhum osso quebrado – "O que era extraordinário se levarmos em conta a altura do navio" –, nem outro dano maior, deixou um vidrinho com uma pasta amarelada para ajudar na cicatrização e outro com láudano para aliviar a dor, fez um curativo na cicatriz e sugeriu "que retirasse a barba para facilitar o tratamento".

Que porra de confusão é essa?

Riu nervosamente. Sentiu que a lava que sempre manteve em controle sob uma couraça de sobriedade estava a ponto de explodir. Baixou os olhos em direção aos punhos fechados, prontos para uma briga que não sabia quando e com quem iria começar. Abriu as mãos para recuperar o controle. Uma nova e profunda inspiração, um giro de noventa graus e ele entrou na banheira para retirar os traços de sangue ainda colados a pele.

Virgílio tentou relaxar, mas, assim que fechou os olhos, o rosto de Olympia se materializou na sua frente. Sentou-se e saiu do banho em um impulso.

Depois de desistir de perder mais um minuto dentro do quarto, tentou se entender com uma navalha sem muito sucesso. Depois de alguns cortes ligeiros, ele se olhou no espelho. O esforço valeu a pena, deixou o rosto liso apenas com as mesmas costeletas que viu em Matheus e torceu para que o marquês usasse o mesmo estilo. Com uma tesoura delicada e fina que encontrou em um conjunto elegante feito em prata, tentou dar um jeito nos cabelos em permanente guerra com a escova e que lhe davam um falso ar descontraído. Desistiu ao ser vencido pela estreita e discreta faixa de gaze que cobria uma parte do seu rosto deixando-lhe sedutor como o "Fantasma da Opera".

Ao se lembrar de como Matheus e o médico estavam vestidos agradeceu ao ver um armário de madeira escura.

Com certeza um terno banhado em sangue com o corte do século XXI não seria a melhor opção...

Abriu a porta e encontrou diversos chapéus, casacas com ombros largos e ajustadas na cintura em cores que variavam entre o marrom e o preto, coletes, calças claras e escuras, todas com um corte ajustado nos tornozelos, camisas brancas, inúmeras gravatas e até roupas de baixo (camisetas brancas ajustadas ao corpo). Balançou a cabeça negativamente ainda sem acreditar e decidiu parar de analisar a situação.

Concentrou-se e escolheu as roupas com cuidado: um terno marrom com gola e punhos em veludo preto, uma camisa e uma gravata branca e um colete bege onde colocou o relógio depois de abri-lo e fechá-lo como um menino que descobre um novo brinquedo. Vestiu-se ainda hesitante até perceber aliviado que o bálsamo, que o médico passou em suas costas mais cedo, produziu algum efeito e que ele e Luiz Batista tinham praticamente o mesmo tamanho. Minutos e algumas tentativas depois, conferiu o resultado no espelho e sorriu surpreso com o desconforto causado pelas roupas excessivamente justas que deixavam as suas coxas volumosas e os seus ombros ainda mais largos com a cintura marcada da casaca.

Virgílio saiu do quarto com cuidado e uma excitação que desconhecia completamente. O balanço do navio era imperceptível. Tentou ajustar o passo ao uso da bengala com um delicado punho de prata. Atravessou os corredores onde ficavam as cabines da primeira classe, o amplo salão de baile e uma sala onde poltronas baixas e confortáveis em tecido convidavam para uma conversa até chegar na proa do navio minutos depois. Entrou no deck e fechou os olhos rapidamente para se proteger da luz que teve o impacto de um flash assim que saiu do interior do navio.

Virgílio abriu os olhos e não conseguiu segurar a boca que formou uma exclamação silenciosa.

Praticamente todos os homens usavam ternos parecidos como o dele, com casacas mais ou menos longas, seguravam uma bengala, usavam uma barba, cavanhaque ou largas costeletas como Matheus e acompanhavam as damas pelo braço. As mulheres, sem exceção, portavam delicadas sombrinhas de renda que combinavam com os vestidos de tecidos nobres armados com crinolina atrás da cintura e luvas. Muitas joias ornavam colos e cabelos.

Desorientado? Completamente.

Virgílio girou o corpo em 360 graus pelo deck por onde os passageiros passeavam. Os seus olhos se encontraram com as torres das chaminés por onde saía o vapor esbranquiçado dos motores, examinaram os uniformes branco e azul da tripulação organizada com os rigores da marinha, passou pelas imensas correntes e cordas arrumadas com esmero pelo convés, se perdeu no mar que se estendia em um reflexo do céu sendo aberto com velocidade pela quilha, se certificou de que boias e botes salva-vidas estavam por perto e se deliciou com as jovens sentadas em espreguiçadeiras usando vestidos floridos com mangas bufantes e compridas, uma profusão de babados que iam até os tornozelos e chapéus de abas largas em várias cores e formas que conversavam animadas enquanto mostravam o rosto para os raios do sol. Uma delas olhou para Virgílio, balançou a cabeça com leveza e escondeu um sorriso na mão enluvada antes de se abaixar em direção das amigas para trocar confidências que, evidentemente, tinham a ver com o nosso herói.

Virgílio foi cumprimentado pelos homens de uma maneira distinta: todos levantavam levemente o chapéu e as senhoras que cruzavam o seu caminho não resistiam a lhe lançar um olhar furtivo que invariavelmente deixava bochechas avermelhadas e bocas semiabertas em sorrisos que podiam insinuar muito mais do que um simples bom-dia.

— Que falta de respeito... Tsc... tsc... Onde está o seu chapéu, meu caro marquês?

A frase foi dita com sarcasmo por uma voz suave e segura que poderia ser confundida com o canto de uma sereia. Mas Virgílio não se mexeu, ele achou que ela não era direcionada a ele.

Mesmo que Matheus o tenha chamado de marquês, deveria haver muitos nobres a bordo — concluiu Virgílio — *e ele não deveria ser o único sem o satânico acessório ou seria?*

Eu sabia que deveria ter colocado...

— Falta de respeito e agora de educação, onde foram parar as suas boas maneiras? Deixou no Rio ou algum monstro marinho comeu a sua língua?

Agora, Virgílio tinha certeza de que aquela frase era para ele.

— Desculpe-me...

E ele parou, sem saber o que dizer e muito menos sem conseguir terminar a frase ao ver a jovem encostada na proteção do navio. Ela usava um vestido vermelho com o qual o vento brincava levantando as diversas anáguas. O decote quadrado mostrava o colo sedutor protegido apenas por uma leve camada de renda, as mangas levemente bufantes nos ombros se afinavam em direção às mãos e um longo colar de pérolas deslizava pelo pescoço e atirava a atenção para os seios que arfavam suavemente. Virgílio percebeu que o seu olhar permaneceu mais tempo do que deveria nessa direção e depois de um leve sorriso de canto voltou a ver a jovem como um todo. Os cabelos de um dourado suave estavam presos em um coque fofo meio baixo coberto por um chapéu elegante decorado com flores. Algumas mechas soltas tocavam de vez em quando o queixo e a pinta que ela tinha ao lado dos lábios. Virgílio abriu a boca, mas não conseguiu dizer uma única palavra. Piscou algumas vezes e mesmo assim não acreditava no que via.

— Então, senhor Luiz Batista Alberto de Bragança Menezes e Castro, marquês de Belavista, bom-dia! — A jovem se aproximou insinuante depois de fazer uma reverência bem treinada. — Disseram-me que ficou tão bêbado ontem que esqueceu completamente o que aconteceu no baile, e pior, que deu o maior trabalho ao cair do navio. — Olívia levantou a mão e apontou para o curativo. — Se essa não é a nova moda em Paris temos que seja a verdade... — brincou sarcástica antes de passar a língua na pinta ao lado da boca.

Virgílio ainda pensava no nome que ouviu até perceber que deveria se inclinar para tocar a mão da moça com os lábios quando o sorriso da jovem se desmanchou como a espuma do mar ao chegar na areia. Ela viu uma moça que descia a escadaria lentamente. Ele beijou a mão de Olívia como viu em algum filme, seguiu o olhar da loira e se encontrou com conhecidos olhos azuis. Sem entender como ele a reconheceu e por algum milagre que ignorava totalmente e apenas agradecia, lá estava ela.

Olympia!

Capítulo 35

Encontro

O tempo parou.
Olympia estava ali, em três dimensões e a apenas alguns passos de Virgílio.

A moça se imobilizou por alguns segundos. Tentava disfarçar o impacto ao ver o rapaz sem barba e com uma incoerente máscara que cobria uma parte do rosto como um velho conhecido que habitava os seus sonhos.

— Oh... meu Deus, Severa! — Segurou na mão da escrava.
— O quê, sinhazinha?
— Veja!
— Ai, minha Virgem! O fantasma dos seus sonhos?!
— É ele...
— Então, o marquês?
— Vamos ver isso mais de perto...

Olympia levantou os ombros e as saias do vestido grená com cintura marcada, longas mangas bufantes e uma armação que aumentava consideravelmente com laços e babados o volume da parte de trás da saia logo depois da curva da cintura. Desceu os degraus devagar sem tirar os olhos do rapaz.

Ela teve a estranha impressão de que nada mais importava. Deixou de ouvir as ondas e as aves marinhas, de ver as pessoas que atravessavam o seu caminho, de sentir a brisa que mexia com os seus cabelos.

Olívia se aproximou e colocou a mão no braço de Virgílio.

Olympia abriu delicadamente o leque que tinha nas mãos enluvadas, fez uma reverência elegante e olhou para a irmã.

— Olívia, se não se incomoda, eu gostaria de conversar com o Senhor Marquês por um momento.

— Ontem à noite não foi suficiente, minha irmã? Parece que ele caiu por sua causa... — Olívia insinuou entredentes.

— Olívia, por que não vai escolher o vestido para hoje à noite?

— Não, eu acho que vou ficar por aqui, Severa... — Olívia encarou a escrava com o seu queixo levantado antes de derreter o olhar ao virar o rosto para Virgílio e dar um tapinha no braço dele.

Severa apenas cruzou as mãos diante da saia, chegou mais perto de Olívia e abaixou a voz.

— O barão deixou bem claro o motivo da minha presença nesse navio, sinhá. A sua obediência deve ser total ou vai retornar para casa onde o pedido de casamento do viúvo Marcos Albuquerque Miranda de Toledo a aguarda.

Severa se virou para Olympia com um sorriso triunfante.

— Quantos anos ele tem mesmo? Ah! Cinquenta e nove, não é isso? Ele não é um nobre, mas isso não um problema, não é, minha querida? *Vosmecê* não liga para títulos... e se não me engano, fui eu que convenci o seu pai de lhes mandar para a Europa antes que a sua mãe antecipasse esse casamento que não lhe agrada — O olhar firme, apesar do vestido simples de linho tingido de rosa, exalava uma aura de dignidade que deixava Severa mais altiva do que muitas das mulheres presentes.

Olívia mordeu o lábio inferior e soltou Virgílio. Bateu o leque na mão enluvada com força, olhou para Severa como se pudesse derretê-la e voltou toda a atenção para Virgílio, que permanecia hipnotizado pelo olhar azulado de Olympia.

— De qualquer forma, foi uma surpresa deliciosa tê-lo encontrado logo pela manhã, senti a sua falta no café... Espero que se recupere rapidamente...
— Ela olhou para o rapaz de cima a baixo como se ele estivesse nu. — E a

mamãe que pensou que conseguiria me afastar de *vosmecê*... — afirmou com uma risadinha cínica.

Olívia trincou os dentes e olhou para Severa com um sorriso de desdém antes de fazer uma leve reverência para Virgílio e se afastar com passos rápidos. Assim que Olívia saiu de cena, a escrava se aproximou de Olympia e sussurrou algo no ouvido da jovem. Com a ajuda do vento, Virgílio conseguiu captar apenas o "cuidado".

— Vou estar por perto se precisar de mim, Olympia...

Severa se afastou deles e foi até a proteção do navio.

Olympia soltou o leque e ele ficou pendurado em seu pulso por uma fita de cetim enquanto ela abria a sombrinha e caminhava no sentido contrário da escrava. Virgílio a acompanhou de perto cada um dos movimentos delicados e suaves ainda sem acreditar que ela estava ali ao seu lado. Olympia manteve uma certa distância e se virou para ele. O olhar brilhava tanto quanto o mar que parecia abraçar o navio como se estivesse arrependido pelas ondas altas que agrediram o casco na noite anterior.

— Vossa Excelência está bem?

Virgílio a observava surpreso e fascinado.

— Estou...

— Eu falei com o médico, ele me disse que o senhor teve sorte...

Virgílio deu mais um passo.

— Eu tive...

Ela girou o corpo e escondeu o rosto atrás da sombrinha. A barreira visual entre eles neutralizaria esse estranho sentimento que lhe atingiu pela primeira vez e lançou fagulhas pelo seu corpo, mas que ela não conseguiu identificar.

Deve ser raiva... Como eu não pude ver que o mascarado dos meus sonhos era mesmo o marquês?!

— Olympia?

— Perdão, o que houve?

— Infelizmente eu não me lembro...

Ela concordou com um movimento silencioso e deixou os olhos passearem pelo rosto quadrado.

— Então, Senhor Marquês, Vossa Graça fez a barba...

Virgílio passou a mão instintivamente sobre o maxilar.

— Senhorita Olympia, não é necessário que me chame de senhor... o médico pediu para que retirasse a barba, ele achou que seria melhor para o tratamento...

— Concordo, a barba espessa à la Dom Pedro II que usava poderia ser desaconselhada. — Olympia não percebeu, mas os seus olhos passeavam com prazer pelo rosto que tinha a impressão de descobrir pela primeira vez. — Então, não deveria me chamar de senhorita pela mesma razão... O senhor sabe muito bem que eu acredito na igualdade entre homens e mulheres. — Voltou a caminhar enquanto esperava a réplica cínica que o marquês lançaria, mas em vez disso...

— O que é absolutamente justo... — afirmou Virgílio sem pensar.

Olympia parou e olhou para Virgílio sem esconder a surpresa.

— Vossa Graça deve ter batido a cabeça com muita força...

— Por quê? A igualdade entre os sexos é algo tão óbvio que não deveria nem ser discutida.

— Realmente... O acidente deve ter causado algum dano, não consigo imaginar tal coisa... O escravagista marquês de Belavista, também conhecido como libertino e mulherengo, agora defende os direitos das mulheres?! Extraordinário...

Virgílio levantou uma sobrancelha e riu.

— Do que o senhor está rindo? Eu disse alguma bobagem?

— Provavelmente não, senhorita, apenas fiquei surpreso com a sua franqueza...

— Por quê? Eu sempre fui muito franca com o senhor ou esqueceu as cartas que lhe enviei? Todas elas mostravam claramente o que eu penso e por isso nunca poderia levar a sério o seu pedido de casamento.

Olympia teve a impressão de que o rapaz a dissecava em silêncio. Os olhos dele brilharam de uma maneira diferente como se ele descobrisse nela algo totalmente novo e ainda mais encantador. Ela corou ainda mais.

— Senhor Marquês? — Olympia levantou o rosto.

Virgílio percebeu que ela se aproximou e o olhava com insistência como se procurasse descobrir o que havia por baixo daquele curativo.

— Libertino, mulherengo e escravagista? — Inclinou-se em sua direção. — A senhorita esqueceu alguma coisa?

— Grosseiro, estúpido, egoísta...

Ele deu um passo e sentiu o babado do vestido roçar os seus sapatos.

— Mais alguma coisa?

O perfume masculino que exalava do corpo atlético a apenas alguns passos chegou até ela.

Olympia olhou para os lados.

— Não se atreva a se aproximar mais!

— Eu não faria isso sem a sua devida autorização, senhorita...

— Não foi o que aconteceu ontem. — Fuzilou Virgílio com o olhar.

— Senhorita, perdão, a pancada. — Levantou um dedo para mostrar a cabeça. — Eu não me lembro de muita coisa. Do que a senhorita me condena agora?

Olympia se aproximou com os olhos semicerrados em uma fresta por onde saíam faíscas de raiva.

— O senhor não se lembra?!

— O que eu poderia ter feito de tão excepcional ontem para deixá-la nesse estado?

— O senhor teve a audácia de me beijar! — lançou Olympia com os olhos presos ao olhar de Virgílio.

— Ah!

Virgílio fechou o sorriso e sem pensar a pegou pelo braço em um gesto possessivo.

— O que pensa que está fazendo? Solte-me agora! Insolente!

Virgílio finalmente percebeu onde e quando estava e a soltou dando um passo para trás com a cabeça baixa.

— Desculpe-me, senhorita...

— O senhor é pior do que imaginava! O que pensava em fazer! Beijar-me de novo, aqui, na frente de todo mundo!

— Não posso negar que a ideia me passou pela cabeça... — afirmou com um meio sorriso para se arrepender no segundo seguinte.

Olympia se virou de costas e começou a se afastar do jovem com um passo rápido.

Virgílio olhou para o céu e parou na frente dela.

— Perdoe-me, senhorita, isso não vai acontecer de novo...

— O que não vai acontecer de novo? Segurar o meu braço como se eu fosse uma das suas cortesãs ou o beijo?

— Não vai acontecer o que não quiser que aconteça, senhorita.

Capítulo 36

Promessa de um beijo

Virgílio a olhou por alguns minutos, sorriu e levantou o braço como se isso fosse um sinal de trégua. Ela hesitou por um momento e, em seguida, pousou uma mão no punho do rapaz. Os dois começaram a caminhar lado a lado. Olympia rompeu o silêncio:

— Eu também precisava me desculpar por ontem à noite... — hesitou. — Eu não deveria ter lhe tratado daquela maneira, eu fui grosseira... — Olympia mergulhou o olhar nos sapatos e depois de alguns segundos voltou a encarar Virgílio. — Eu não poderia ter lhe dado aquele tapa.

Olympia teve a impressão de que o marquês disfarçou um riso iminente e bateu um pé irritada.

— Eu mereci, senhorita...

— O senhor me beijou... e à força! — As bochechas ganharam um tom avermelhado e alguns graus a mais.

Olympia lançou um olhar de soslaio para Severa perdida nos próprios pensamentos. Arrependeu-se de não ter contado a escrava a parte do tapa.

Severa a teria recriminado ainda mais e ela não suportava brigar com a escrava que considerava mais do que a própria mãe. Deu dois passos para trás. Tentava esconder o receio que sentia. Mesmo que não assumisse conscientemente, a presença do rapaz mexia com ela, ainda mais agora que retirou aquela "barba medonha". Balançou o leque e o perfume com toques de canela e flores embriagou Virgílio. Ele deu um passo em sua direção.

— Sou eu quem lhe deve desculpas, senhorita. Agi de maneira imprópria se tentei lhe forçar a fazer algo que não queria. Eu com certeza não a mereço, mas peço encarecidamente que me perdoe pela minha atitude desastrada. Não pretendia ter lhe desrespeitado de nenhuma maneira. Isso não vai acontecer de novo, senhorita, eu lhe prometo.

Ele deslizou os dedos sobre a proteção em ferro até tocar levemente a mão de Olympia que estava apenas um pouco mais longe. Mesmo com a luva, ela sentiu o calor do toque lhe inflamar. Todo o seu corpo tremeu levemente. Os seus olhos se encontraram com os dele e viram uma sensação estranha e inédita. Olympia olhou para o rapaz curiosa e intrigada com as fagulhas que circulavam pelo corpo. O marquês olhou para ela com um desejo lascivo, mas só agora com esse olhar terno, quase tímido, ele se tornou realmente perigoso.

Por que essas pontadas quase dolorosas não surgiram antes ou durante o beijo? Por quê? Talvez ele precisasse ser mais longo... ou profundo? Olympia se deixou levar por várias hipóteses até que a voz grossa e rouca de Virgílio a trouxe de volta para perto dele.

— Eu não vou beijá-la de novo...

Ele deu um passo para trás. Afastou-se ainda mais, parou e voltou a olhar para ela.

— A não ser que *vosmecê* me peça, Olympia...

Olympia abriu a boca profundamente surpresa, mas não conseguiu emitir nenhum som.

O charme e a facilidade do marquês de Belavista com as palavras eram conhecidos, mas ele nunca ousou tanto em público. O seu modo de fazer a corte era galante e fogoso, mas sempre dentro do limite de discrição imposto pelas regras da boa sociedade.

Fora o beijo que ele me deu ontem...

Mas esse homem que estava diante dela não tinha medo das regras, das pessoas e muito menos dela. A sobrancelha direita levantada indicava que as palavras a atingiram em cheio e ela não conteve o sorriso que se desenhou nos lábios generosos mesmo contra a sua vontade como se ela lhe lançasse um desafio.

— Pedir por um beijo seu? Não, eu não acredito nisso, nem se a minha vida dependesse... — Ela se aproximou, o encarou e disse com a maior firmeza que pôde encontrar: — Eu nunca vou implorar para que me pegue em seus braços, para que beije com paixão ou para que me ame sem amarras. Nada disso vai acontecer, senhor Luiz Batista Alberto de Menezes Bragança e Castro, marquês de Belavista. — Fez uma leve reverência antes de voltar a se esconder atrás da sombrinha para esconder o olhar e o leve tremor nos lábios que diziam exatamente o contrário. — O senhor é ciente da minha recusa...

— Por que veio falar comigo agora se disse o que precisava no... nosso encontro de ontem?

— Eu... eu soube do acidente hoje pela manhã... Fiquei preocupada...

Ele deu um novo passo em sua direção e ela não recuou como se o magnetismo entre eles a impedisse de se mexer.

— Mudou de ideia?

— Não! — Olympia desviou o olhar para esconder o que sentia porque ela mesmo não identificava o que era esse sentimento que pareceu se apoderar dela em alguns minutos. — Queria apenas saber se estava bem...

— Entendo... se o fato de quase ter morrido ontem não foi suficiente para que senhorita mudasse de ideia, não deve haver mais nada que eu possa fazer...

Ele deu um passo para trás e ela avançou um como se dançassem uma música que apenas eles podiam ouvir.

— Eu concordo: não há nada que possa fazer e eu apenas precisava ver como o senhor estava... — completou com um suspiro. — O senhor é jovem e ainda pode conquistar a esposa que desejar, quem sabe ela esteja até mesmo nesse navio...

— Com certeza ela está...

— Vamos apenas esquecer o que aconteceu, o que acha? — Olympia evitou os olhos escuros e profundos de Virgílio que provavelmente enxergariam a enorme mentira que ela sugeria.

Virgílio percebeu o estresse na voz e no olhar aflito em direção de Severa. Mudou a postura e vestiu a máscara com a expressão mais fria, distante e habitual que usava no dia a dia.

— Sinto muito se a aborreci ontem ou qualquer outro dia, senhorita.

— Viu? *Vosmecê* pode agir como um homem bem educado quando quer. O senhor aceitou a minha recusa de uma maneira bem mais polida nesta manhã do que nas cartas que lhe enviei e ontem à noite quando... insistiu no pedido. — Olympia sentiu o seu rosto em chamas ao se lembrar do beijo. — O que uma boa noite de sono não faz... Obrigada... — Ela pensou por um momento e continuou: — Vou pedir para a Severa lhe ajudar com os ferimentos, ela é muito hábil.

Ele deu um novo passo para trás.

— Não é necessário, senhorita...

Ela se aproximou.

— Eu insisto, Senhor Marquês.

Virgílio sorriu discretamente. Deixou-a nua por um instante com o olhar e depois de recolocar uma máscara de indiferença, afirmou com uma voz fria antes de virar-se de costas.

— Não vai haver uma terceira vez, senhorita. — Ele se inclinou na direção da jovem e disse em um sussurro: — A não ser que me implore... Agora, se me dá licença...

Capítulo 37

Homem misterioso

Olympia acompanhou as costas largas do marquês se afastarem com a estranha impressão de que o homem elegante, sólido e sereno era uma versão ainda melhor do Luiz Batista nervoso, agitado, insistente, insolente, arrogante e insuportável, com a péssima fama de conquistador. O marquês, que escreveu as cartas mais sensuais que leu, era um homem de uma beleza estarrecedora que mexia profundamente com os seus desejos mais íntimos, mas que pecava pela falta de respeito em relação às mulheres, tinha posições retrógradas e uma arrogância insuportável, além de maltratar os negros que possuía.

Olympia mordeu um dos lábios e permaneceu olhando para o rapaz que se afastava lentamente como se soubesse que era observado. Esse homem parecia ter uma voz ainda mais grave e rouca do que lembrava e algo no seu rosto estava diferente, com certeza por causa do ferimento, por isso ela fez questão de que Severa o ajudasse com o tratamento. Precisava saber o que se escondia por baixo do curativo. Olympia apertou o cabo da sombrinha intrigada, algo no marquês mudou. O jeito de falar era estranho. Ele hesitou em vários momentos como se não soubesse como agir e parecia desconfortável até com o terno que usava. A única coisa que não se alterou foi o olhar intenso, como se quisesse devorá-la, naquele momento, exatamente como ele a olhava nos seus sonhos.

O senhor conseguiu me surpreender hoje, e eu que pensei que o conhecesse bem... Afinal, quem é vosmecê, marquês de Belavista? Olympia deixou que um sorriso se desenhasse no seu rosto.

— Hummm... esse sorriso diz tanto...

— Não diz absolutamente nada, Severa. — Olympia empinou o nariz para disfarçar o riso que não conseguiu evitar.

Elas se viraram para o mar e se esconderam atrás da sobrinha para rir até cansar e depois voltaram a olhar uma para outra.

— Então, sinhazinha, poderia me explicar agora o motivo desse sorriso que ilumina o seu rosto? *Vosmecê* acha mesmo que ele é o...

— O fantasma do meu sonho? Não sei, Severa, mas algo atiçou a minha curiosidade...

— Estou ouvindo...

— O marquês...

— Sim...

— Estava diferente hoje...

— Como?

— *Vosmecê* viu o curativo?

— Bem feio...

— Muito parecido com a máscara do homem misterioso e ele estava sem a barba...

— O que mais?

Olympia deu alguns passos enquanto relembrava a conversa, os gestos e olhares do rapaz.

— Ele me pareceu realmente diferente, com uma inteligência mordaz que transformou uma simples conversa em um prazer.

— Realmente estranho, um homem educado em Paris não saber conversar...

— Por favor, Severa, não seja sarcástica. *Vosmecê* acredita que ele mencionou que homens e mulheres devem ter direitos iguais?!

— Realmente isso foi... incomum... O que pretende fazer agora? Aproveitar que está em um navio, longe dos seus pais, do seu país e aproveitar para viver intensamente essa história com o marquês que aparentemente é o mesmo homem misterioso com quem sonha antes que seja tarde demais?

— Severa, por favor, não insista com essa tolice. Eu não quero nada com o marquês. *Vosmecê* sabe muito bem que preciso evitá-lo.

Se o marquês for mesmo o mascarado misterioso como vou poder resistir-lhe?, pensou Olympia.

Capítulo 38

Lembranças e promessas

— Não vai ser fácil — respondeu Severa como se tivesse ouvido o pensamento de Olympia antes de tocar levemente na mão protegida por uma luva em pelica.
— "Não vai haver uma terceira vez", Severa, foi o que garantiu... — Sentiu o peito transbordar do sentimento de dever cumprido e de um inexplicável remorso.
— Oh... minha princesa! Eu sinto tanto... A sua mãe fez de tudo para afastá-la dele. Ela vai ficar furiosa quando souber que ele embarcou no mesmo navio...
— Como ele soube, Severa?!
— Olívia...
— Ela ousaria escrever para ele?
— Isso não me surpreenderia... — Severa colocou a mão no peito e respirou profundamente. — Como vamos fazer para manter a sua irmã

longe dele, Olympia? Olívia é impulsiva e imprevisível, a sinhazinha viu como ela olhou para ele?

Olympia apenas concordou com a cabeça sem forças para abrir a boca.

— *Vosmecê* sabe que ela foi expulsa de dois internatos para moças e que nunca aceitou nenhuma das regras impostas pelo seu pai. Lembra quando ela fugiu do quarto para encontrar com o capataz? — Severa levantou os braços em direção ao céu e fechou o rosto em uma expressão sisuda... — O rapaz foi demitido depois de receber dezenas de chicotadas e ela não mexeu um dedo para ajudá-lo.

— Eu me lembro...

— E quando o seu pai descobriu que ela liberou cinco escravos... Oh! Meu Deus!

— O plano foi meu, ela apenas me ajudou a executá-lo, Severa... — afirmou com um sorriso orgulhoso e certa pontada de culpa que criava uma ruga na testa.

— Ela lhe ajudou quando prometeu lhe dar todos os seus vestidos durante um ano. Nós sabemos muito bem que Olívia não se importa com ninguém e muito menos com escravos.

— Infelizmente, Severa... Se outros nobres pensassem como eu teríamos acabado com esse sofrimento há muito tempo.

— Mas estamos no caminho, sinhazinha, o Império proibiu o tráfico de escravos em 1850...

— Mas ainda falta muito, minha amiga, e enquanto não tivermos vencido não vou quebrar a minha promessa...

Olympia olhou para o mar como se procurasse força para não ceder à tentação.

— A sova e o castigo foram exagerados e *vosmecês* souberam dar o troco...

Olympia levantou o leque e escondeu o riso atrás dele.

— Ainda me lembro dos gritos do papai ressoando pela casa: "DOIS MESES SEM SAIR DO QUARTO!", "DOIS MESES SEM SAIR DO QUARTO!".

— *Vosmecês* desenharam bonecas sendo enforcadas em todos os centímetros das paredes do quarto... — Severa precisou se concentrar para não começar a gargalhar alto no meio de senhores e senhoras tão distintos antes de fechar o sorriso em uma expressão séria. — *Vosmecês* só não esperavam que a sua mãe fosse desmaiar e o seu pai triplicar a punição assim que souberam do trato que fizeram...

— Trato que Olívia desonrou assim que colocou os olhos em Euzébio... — afirmou Olympia com uma chama de raiva no olhar.

— *Vosmecê* sabe muito bem que não foi culpa dela, minha querida, ninguém poderia imaginar que o barão reagiria tão firmemente ao saber que *vosmecês* prometeram à Virgem que só se casariam depois que a abolição da escravidão fosse proclamada...

— Mais seis meses trancadas, dessa vez em quartos distintos e longe um do outro... — Suspirou Olympia. — Me lembro disso muito bem... e um "príncipe encantado disposto a tudo para salvar a princesa presa na torre". — Riu Olympia ao usar a metáfora.

Suspirou e se afastou de Severa com um ar desolado.

— Se Euzébio estivesse aqui nada disso estaria acontecendo. Ele faz falta...

— Ele era um rapaz excepcional. Eu ainda posso ver o brilho nos seus olhos esverdeados e o sorriso no rosto juvenil, que me lembrava um anjo de Raphael, assim que informou ao seu pai que queria se casar com Olívia... — Ela riu. — E do susto do barão que não fazia ideia dos encontros furtivos entre a moça e o primo.

— Ainda posso sentir o meu pai bufar com passos pesados através do escritório com as mãos firmemente atrás das costas como se quisesse impedi-las de estrangular o rapaz ali mesmo. — Olympia riu. — Nunca o vi tão furioso, nem mesmo quando liberamos aqueles escravos. E a mamãe? A baronesa Lívia estava tão pálida que parecia ter perdido todo o seu sangue...

— Eu precisei fazer vários chás de camomila e mesmo assim ela passou a tarde inteira repetindo: "Nós o recebemos em casa como um filho para as férias de verão e ele nos retribuiu assim, se introduzindo pela janela sorrateiramente como um ladrão para seduzir a nossa menina, oh... meu Deus, oh... meu Deus!" — Severa exagerava nos trejeitos com as mãos.

Olympia balançou o leque como se quisesse afastar as lembranças tristes e voltou a olhar para Severa.

— Nunca vi ninguém tão apaixonado como Euzébio, e por um momento eu senti inveja e muita raiva da minha irmã por ter rompido o nosso trato...

Olympia abaixou os olhos. Queria esconder a vergonha dos seus sentimentos, Severa se aproximou e tocou no rosto da moça.

— Mesmo que quisesse ela não poderia permanecer solteira, Olympia. Euzébio garantiu ao seu pai que não tocou em Olívia, o que eu não acredito conhecendo as duas personalidades fogosas, mas prometeu que honraria a jovem. Por isso eles se casaram tão rapidamente.

— Eu sei, minha querida Severa, eu sei... Eu perdoei Olívia, sinceramente, só desejava que a minha irmã fosse feliz...

— E quando tudo parecia ter entrado em ordem veio o acidente de caça nas férias na Inglaterra...E veio o luto...E veio o retorno para casa...

— E veio essa paixão repentina pelo único homem que... — Olympia se calou de repente. Percebeu no último minuto que iria se arrepender de pronunciar o que o coração lhe sussurrava.

Severa olhou Olympia nos olhos com um misto de tristeza e preocupação ao ver o desespero estampado no olhar da jovem.

— Ninguém esperava por nada disso, mas tudo isso aconteceu... O que vai fazer?

— Como lhe disse mais cedo, eu não faço a menor ideia, Severa, mas Luiz Batista me garantiu que não vai pedir de novo a minha mão... Eu fui muito clara que não pretendia me casar com ele e mamãe... — Suspirou. — Ela não deixou dúvidas quando o mandou sair da Inocência aos berros. Eu gostaria muito de acreditar em muitas vidas, precisaria de algumas para esquecer essa vergonha...

Severa se afastou um pouco e olhou na direção de onde Virgílio desapareceu.

— Pois eu continuo com a nítida impressão de que ele não vai desistir facilmente de *vosmecê*... Eu me lembro muito bem da conversa entre ele e o barão que ouvi por acaso no escritório da fazenda, Olympia. Luiz Batista contou ao seu pai que o seu coração só voltava a bater quando recebia as suas cartas. A ansiedade da espera se tornou implacável e cada vez maior, mas se transformou em um bálsamo quando *vosmecê* começou a usar frases cada vez mais amáveis.

— Isso é mentira! Eu nunca usei frases amáveis!

— Será? Enfim, Luiz Batista sabe que está apaixonado e é correspondido. O olhar que ele lhe lançou quando saiu daqui confirmou isso.

— Mas ele precisa me esquecer, Severa, eu prometi a Olívia. *Vosmecê* percebeu como o olhar dela brilhou quando o viu logo depois de termos chegado?

— Olívia não o ama de verdade, Olympia, todos nós sabemos disso. Ela o quer porque ele quis *vosmecê* e o fato de ser um marquês deixou tudo mais divertido. Ela age como sempre: uma criança mimada e invejosa.

— Será? Luiz Batista tem a mesma vitalidade, inteligência, charme e bom humor de Euzébio, apesar das diferenças físicas entre eles...

Olympia engoliu em seco. Tentava convencer a si mesma. Abriu o leque e escondeu o olhar que ganhava o brilho das lágrimas. *Será que a minha irmã viúva inventou essa paixão ou ela se encantou de verdade por ele?*

Olympia sentiu as gotinhas das ondas baterem em seu rosto.

Segurou o xale que amarrou em volta dos ombros ao sentir a desolação criar uma sombra tão grande no seu rosto quanto as nuvens que se reuniam como se o céu tivesse se transformado em um palco onde bailarinas com tutu cinza em tule esvoaçante se alinhavam aos poucos.

Lembrou-se do momento fatídico quando Olívia cruzou com o olhar de Luiz Batista na primeira vez que foi à Inocência com a intenção de informar ao barão Antunes as suas intenções com relação à Olympia. Naquele instante ela soube que a irmã, mimada e acostumada a ter tudo o que queria, não desistiria enquanto não tivesse se casado com ele, mesmo tendo saído do luto há pouco menos de um ano. Olympia explicou que eles trocavam uma correspondência há alguns meses, e que caso não houvesse outra saída, ele poderia ser a sua última opção depois das duas últimas recusas. Olívia não quis ouvir a irmã, o pai, Severa e se revoltou contra a mãe que se mostrava implacável na decisão de manter o rapaz longe das moças. *"Um libertino? Nunca vou permitir esse casamento! Não permitiria nem com Olívia, que é viúva!"* Foi a frase que as gêmeas ouviram dia e noite dos lábios cerrados e entredentes de Lívia. Apesar da resistência materna, Luiz foi tratado com todo respeito exigido pelo barão e uma certa frieza por parte de Olympia, uma distância que ele julgou ser consequência da reação nada positiva da mãe das moças.

Olympia precisou respirar fundo para resistir às inexplicáveis lágrimas que quiseram vir à luz do dia ao se lembrar do momento em que Luiz Batista deixou a fazenda pela segunda vez. Ela o recusou formalmente antes de ser enxotado aos gritos pela mãe que não queria ver um libertino unido a nenhuma das suas filhas! Ele estava tão apaixonado por ela que não viu o esforço que Olívia fazia para atirar a atenção do jovem com roupas extravagantes, passeios a cavalo e decotes pronunciados.

Olympia não conseguiu mais se controlar e uma das lágrimas deslizou suavemente pelo seu rosto. Levantou o leque e se virou para o horizonte com o peito apertado por uma mistura de desejo e honra.

O vento soprou mais forte, levantou as saias e ela sentiu um calafrio percorrer a coluna. Exatamente como no último encontro com o marquês e todas as vezes em que ela abriu as cartas que ele lhe enviou. Na última delas, ele pediu a sua mão depois de dizer com exatidão e malícia o que pensava dela quando estava sozinho. Ao se lembrar das frases escritas com habilidade e nenhum pudor, Olívia pensou no leve tremor nas suas coxas e no peito que arfava com dificuldade ao imaginar o olhar escuro e a mão do rapaz desenhar as letras e o que ela poderia fazer no seu corpo. Uma onda de calor surgiu no ventre seguida imediatamente por um novo e imenso arrependimento.

— Eu prometi à Virgem que não me casaria antes da libertação dos escravos e à minha irmã que desistiria de Luiz Batista, e vou cumprir as minhas promessas... Eu nunca quis me casar mesmo! — Levantou os ombros. — Em algumas semanas, essa viagem vai ter terminar e a minha história com o marquês de Belavista vai ser apenas uma lembrança apagada pelo tempo...

— O tempo é caprichoso, minha filha, e ele gosta de nos surpreender. Se fosse *vosmecê* eu não contaria com ele para esquecer o marquês... ainda mais se ele insistir em aparecer nos seus sonhos...

— A história entre mim e o marquês não vai acontecer e por isso mesmo não vai ser lembrada...

— As histórias que não puderam ser vividas são as que merecem mais ser lembradas porque elas vão permanecer uma incógnita com um eterno "se"... — Severa tocou no braço de Olympia como se quisesse impregnar as palavras em sua pele. — Eu vou rezar para que acredite em cada uma dessas palavras até o fim da sua vida e mais ainda para que o marquês resista a sua irmã. Porque, se tivermos que contar com o bom senso dela, perdemos a batalha antes mesmo da guerra começar — Severa deixou Olympia mergulhar no seu sofrimento como o sol que desaparecia tristemente por trás de nuvens cada vez mais sombrias.

Capítulo 39

Lucas

Virgílio virou de costas e se afastou sem olhar para trás. Sentiu a garganta apertada e o coração dar saltos tão grandes no peito, que ficou com receio de que alguém notasse o movimento. Colocou uma mão no tórax e respirou profundamente para tentar recuperar o controle, mas, nesse momento, ele teve a certeza de que nem o corpo que tocava e muito menos a alma eram mais dele. Virgílio soube que pertencia a Olympia e que isso seria para sempre. Por isso não resistiu ao sorriso ao sentir o olhar de Olympia lhe acompanhar até que desaparecesse em uma escada.

Ele não sabia como tudo aquilo era possível e também não queria entender com receio de que a verdade pudesse quebrar a magia. O sorriso se abriu com mais força. O desejo latejava e ele só pensava em encontrá-la de novo o mais rápido possível antes que essa fenda temporal, ou seja lá o que quer que fosse, terminasse.

Andou com passos firmes e largos. Cumprimentou levemente as pessoas com quem cruzava mesmo sem saber exatamente aonde ia.

Precisava se distanciar o máximo possível até encontrar um lugar isolado onde pudesse voltar a respirar e, principalmente, pensar de novo. Nada daquilo fazia o menor sentido. Ele saiu de 2016 para aterrissar exatamente no mesmo navio em que Olympia viajou e mais absurdo ainda: era como se ele estivesse lá também, com o mesmo corpo, a mesma voz, como se ele fosse ao mesmo tempo Luiz Batista e Virgílio cada um em um século diferente amando a mesma mulher. Em um flash, pensou na possibilidade de que Luiz estivesse nesse exato momento tão perdido quanto ele no meio do século XXI.

Não, isso seria um desastre... Virgílio imaginou o seu clone do século XIX acordar na fazenda. Surpreso diante de novas pessoas. Sem ter noção do que fazia ali e muito menos de quem era. Ninguém o chamaria pelo nome, ele não vestiria as mesmas roupas que estava habituado, nem teria a menor noção de como usar um celular. Sentir-se-ia no meio de um tornado, exatamente como Virgílio.

Balançou a cabeça negativamente como se isso fosse suficiente para afastar mais essa extraordinária possibilidade. Encostou-se contra uma porta ao sentir a transpiração aumentar. Fechou os olhos. Pediu para acordar e, ao mesmo tempo, ficou apavorado ao pensar nessa possibilidade.

Se isso é um sonho, eu não quero, eu não posso acordar, eu não suportaria perder Olympia...

Virgílio reabriu os olhos ao sentir o esbarrão de um jovem muito menor do que ele. Quase franzino, com o olhar esverdeado que incendiava o rosto fino e delicado quase feminino, ele o encarava com um ar superior.

Com certeza esse deve ser o Lucas...

— Luiz, meu velho, Matheus me contou o que houve... Eu sinto muito... — disse com tanta falsidade que Virgílio deu um passo para trás. — Mas eu lhe avisei! — E ele explodiu em uma risada.

— Do que ri, Lucas? — Virgílio apertou os olhos em uma brecha.

— Eu tinha certeza de que aquela belezura não iria cair no seu colo. — Encarou Virgílio como se lhe desafiasse e, de repente, deu um salto para trás com uma sobrancelha levantada.

— Cadê a barba?

— Tirei por causa do curativo — respondeu lacônico.

— Hummm... não tinha pensado nisso...

— Como?!

— Não, quis dizer... não me lembrava como era o seu rosto sem barba... Acho que nunca o vi sem — desconversou e passou as mãos nos cabelos.

Virgílio o olhou de cima a baixo, o que não foi muito longo diante da pouca altura do rapaz. Lucas mantinha um punho na cintura como se fosse usar uma espada imaginária a qualquer momento.

— O que posso fazer por *vosmecê*?

— Os nossos amigos estão nos esperando na sala de jogos. Temos um negócio para concluir, venha. — Lucas indicou o caminho.

Capítulo 40

Blefe

— A aposta... — *Vosmecê* perdeu como eu previ... tsc... tsc... eu lhe avisei — continuou Lucas com um sorriso irônico enquanto andava em direção do salão.

Virgílio parou por um momento e segurou no braço de Lucas.

— Quantas pessoas sabem dessa aposta?

— Eu, Matheus, Vinícius e Lobato, quem mais?

— *Vosmecê* tem certeza de que mais ninguém sabe?

— Eu não poderia lhe afirmar isso, mas não vejo porque os nossos amigos iriam bater com a língua nos dentes como velhas fofoqueiras, não é, Senhor Marquês?

— Claro, claro...

Virgílio fez um gesto elegante com a mão e seguiu Lucas até um salão amplo, com as paredes cobertas até a metade por lâminas de madeira, com poltronas e mesas de jogos. O cheiro de tabaco se misturava ao odor do álcool das bebidas fortes e das fragrâncias dos perfumes masculinos. Alguns homens discutiam baixinho enquanto outros jogavam cartas com entusiasmo. Um senhor estava com as mãos cruzadas sobre o ventre proeminente enquanto tirava um cochilo e de vez em quando um garçom aparecia com uma bandeja para oferecer um novo drinque.

— Marquês de Belavista!

Virgílio olhou para o biombo em seda de onde surgiu a cabeça de Matheus. Ele acenou e Virgílio se dirigiu para o local discreto que protegia uma grande mesa redonda forrada com um tecido aveludado verde no fundo da sala. Matheus estava com outros dois rapazes.

— Senhores...

Curvou levemente a cabeça e depois de cumprimentá-los com um pouco mais de emoção do que estava habituado em situações como essa se sentou ao lado de Matheus.

— Ora, ora, meu caro marquês, *vosmecê* mudou completamente. O que fez com a vossa barba? — perguntou um rapaz rechonchudo com os cabelos espetados que lembravam uma labareda e olhos próximos demais um do outro. Ele apertou a mão de Virgílio com um pulso firme.

Virgílio retribuiu o cumprimento com um pouco mais de força do que deveria.

— Ele tirou para facilitar os cuidados do médico, Vinícius — esclareceu Lucas.

— Eu poderia jurar que o seu nariz era maior... — afirmou um rapaz moreno, com os ombros largos e quase sem pescoço ao se aproximar do rosto de Virgílio.

Agora que Virgílio sabia que o ruivo acima do peso era o Vinícius, o curioso deveria ser o Lobato. Ele os analisava para entender melhor quem eram os amigos do marquês. A única conclusão a qual chegou foi a de que esses rapazes ainda eram crianças entediadas que se divertiam com apostas tolas e brincadeiras sem graça.

— Não vamos perder tempo com conversas de comadres. — Com um gesto com a mão Lucas se sentou. — A bela senhorita Olympia Antunes descartou o pedido de casamento do nosso ilustre amigo. Não foi isso mesmo, marquês? — Lucas preparou um charuto para acendê-lo segundos depois.

— Eu sinto muito, Luiz, eu tenho a impressão de que *vosmecê* está mesmo interessado nessa moça.

— Não precisa se lamentar, Vinícius, o nosso marquês vai encontrar uma substituta logo. — Lucas soltou uma coluna de fumaça.

— O que está feito não pode ser remediado. O que esperam de mim? — Virgílio disse cada palavra com o cuidado de um lapidador.

— Que cumpra a parte no negócio. Olympia não aceitou a aposta, *vosmecê* perdeu e agora nos deve uma boa soma.

— Se importaria de me lembrar quanto? Depois do acidente eu estou com certa dificuldade para me recordar de alguns detalhes...

Matheus olhou para Lucas. Ambos colocaram as mãos cruzadas sobre a mesa, mas foi Lucas quem se aproximou da orelha de Virgílio e disse o valor da dívida em um cochicho.

Um dos homens da tripulação chegou nesse momento, ofereceu uma bebida que foi negada com educação e a discussão continuou.

— Como gostariam de receber o pagamento?

Lucas tirou um papel do bolso interno da casaca e empurrou discretamente sobre o tampo da mesa até Virgílio. O empresário o abriu e apenas concordou com a cabeça.

— Vou providenciar o pagamento ainda hoje, mas gostaria de pedir aos cavalheiros de que essa história não saísse dessa mesa.

— Estamos totalmente de acordo com isso, meu senhor. — Vinícius curvou levemente a cabeça de uma maneira subserviente.

— Não vejo porque o nosso segredinho envolvendo a aposta que fez para conquistar a jovem Olympia sairia daqui, somos homens de honra.

— Homens de honra, claro — respondeu Virgílio da maneira mais irônica que conseguiu sem tirar os olhos de Lucas.

— Mas e agora? O que pretende fazer? Vai insistir na aventura? Podemos pensar em um novo valor? — Lucas apagou as cinzas do charuto com força.

— Não, não temos mais nada para apostar. Olympia virá até mim se esse for o meu futuro, se não... — Virgílio deu de ombros ao mesmo tempo que se levantou da mesa.

— Já?! Não vai nos dar o prazer de uma partida de pôquer? —Lobato tirou um baralho de uma caixa em madeira.

— Não — respondeu secamente. — Obrigado pelo convite, mas ainda não estou me sentindo muito bem e o ar aqui — inspirou — está meio carregado. Vou sair um pouco, se me dão licença...

Os quatro rapazes se levantaram quase ao mesmo tempo. Lucas demorou um pouco mais como se cogitasse se era mesmo necessário mostrar tanto respeito ao amigo marquês. Ele também herdaria um título de conde e apesar de saber que estaria abaixo de um marquês hesitou até se levantar com certa preguiça. As cabeças se curvaram lentamente. Virgílio fez o mesmo movimento com muito mais elegância e se afastou sem esconder a pressa de deixar o local. Tudo ali o incomodou profundamente: a discussão sobre a aposta, as expressões entediadas, o cheiro dos cigarros e charutos, o ronco do senhor que dormia, e mais do que tudo isso, o olhar venal de Lucas que o escrutava como se pudesse vê-lo pelo avesso e o estranho silêncio de Matheus.

Virgílio saiu da sala e reencontrou o ar que cheirava a iodo com alívio. Tinha a certeza de que não teria suportado mais nem um minuto dentro dessa sala fechada sob os olhares que pareciam medi-lo da cabeça aos pés e, mais uma vez, se arrependeu de ter tirado a barba. Curvou-se contra a barreira de proteção do navio e fechou os olhos por um minuto. Esperava que a brisa pudesse levar para longe aquele cheiro forte que se impregnou nas suas roupas e a sensação de que Matheus e Lucas tramavam algo.

O farfalhar de anáguas em um corredor próximo chamou a sua atenção. Virgílio se virou e viu uma silhueta conhecida passar por uma das janelas. Olympia carregava um livro contra o peito. Parecia distante, como se de alguma maneira estivesse tão desconectada da realidade que a cercava quanto ele.

Virgílio sorriu e deu o primeiro passo.

Decididamente o mundo era pequeno, mas aquele navio era ainda menor.

Capítulo 41

Confronto

Olympia segurou a barra de proteção do navio, respirou profundamente mais uma vez e levantou o queixo altiva.
Severa deveria estar gagá! Era só o que faltava sentir algo por aquele nobre estúpido e endiabrado...
Apertou as mãos contra o leque quase estilhaçando-o e depois de um momento de hesitação foi para a cabine com passos firmes.

— Ah! Mais alguns minutos e eu teria voltado ao convés. — Olívia se jogou nos braços na irmã. — Não mudastes de ideia? Mudaste? — Os olhos brilhavam de ansiedade.

— O que veio fazer no meu quarto?

— Eu não aguentei esperar por notícias suas na minha cabine e depois de arrumar o que vou usar esta noite eu vim tomar um chá. — Olívia apontou o jogo de prata que fumegava em cima da mesa. — Eu fiz mal, minha adorada irmã?

Severa observou a cena em silêncio e balançou a cabeça diante da falsidade de Olívia, via a moça como se ela fosse transparente. Olympia cruzou o olhar com Severa e em um segundo a escrava soube que ela manteve a palavra: não iria se casar com o marquês de Belavista, mesmo que o seu coração quisesse isso mais do que tudo, apesar dela mesma ainda não saber disso. A mucama abaixou os olhos e voltou a cuidar do vestido e acessórios cintilantes que iriam ornar os cabelos de Olympia.

— Eu prometi que não aceitaria a proposta de Luiz Batista e... — respirou profundamente — não mudei de ideia. Eu não estou mais no caminho dele. Podes conquistá-lo como desejou desde o primeiro momento em que o viu. Eu não vou atrapalhar os seus planos, Olívia.

— Oh! Olympia, minha irmã! Muito obrigada... — A moça abraçou com força a irmã apenas alguns minutos mais velha e lhe deu vários beijinhos estalados no rosto. — Estou tão feliz! Eu tive tanto medo de que não conseguisse resistir, Luiz Batista é tão... surpreendente! Ele ficou maravilhoso sem a barba, não?! E mesmo que tenha me dito com todas as letras que realmente não estava interessada nele, eu tive tanto medo... Ohhh! Eu o amo tanto! Agora, venha tomar um chá comigo. — Olívia pegou a irmã pelo braço e a levou até a mesinha.

Sobre o ombro de Olívia, Olympia olhou para Severa que limpava discretamente as lágrimas. Ela sentiu uma dor estranha e inabitual lhe atravessar o peito exatamente. Severa sabia. Apesar de todos os defeitos desse homem soberbo e da força que empregou em se manter longe dele, os pensamentos dela a levavam invariavelmente para os braços dele. Talvez ela não o amasse ainda, era bem provável que ela não soubesse o que era o amor, mas Severa viu nos olhos de Olympia uma chama que poderia se tornar algo mais profundo.

— Pegue, mana. Cuidado, está quente... — Olívia entregou a xícara para Olympia. Ela tomou um gole e permaneceu em silêncio enquanto a irmã falava sem parar sobre as virtudes e terras do marquês.

Severa contorceu as mãos com um olhar de pena e por um momento Olympia não soube se esse olhar era para ela, que selou o coração para o amor, ou para a irmã que havia se apaixonado por um homem que amava outra. Severa soltou um suspiro e sorriu. Tentava passar para Olympia a força que iria precisar nesses longos dias até chegar na França.

— Obrigada Olympia, obrigada mesmo... Mas agora, se não se importam — Olívia colocou a xícara em cima da bandeja e se levantou —, eu vou voltar ao convés, estou ansiosa para revê-lo...

— Mas a sinhá acabou de chegar... — Severa arrumava as joias. — Por que não fica um pouco mais...

— Eu não me lembro de ter falado com "alguém...". — Apontou para Severa e fez uma careta.

— Olívia!

— O que é? Por acaso eu falei com essa mucama intrometida? — Levantou o ombro em um gesto de desdém e se voltou para a porta. — Agora, se me dão licença.

Olívia pegou a saia e deixou a cabine com um passo rápido como se fugisse de um incêndio.

— Olívia...

— Sim?

— Aonde pensa que vai? — Severa cruzou os braços.

— Eu disse: ao convés...

— Sozinha?

— E daí?

Severa se aproximou taciturna.

— "E daí?", eu ouvi direito? A sinhazinha está fazendo pouco caso da minha pessoa?

— Como sempre fiz, não é, mucama metida a besta? Qual é a novidade nisso?

Severa se aproximou com os olhos em chamas.

— Pois muito bem, mocinha, eu acho melhor a sinhá começar a se comportar ou...

— Ou o quê?

— Eu posso lhe enviar de volta para o Brasil, esqueceu?

— Por que não tenta?

Olympia se aproximou e se colocou entre as duas.

— *Vosmecês* querem parar com isso!

— Eu estou avisando, não se meta comigo! Tu podes ser a negra do meu pai, mas não vai me impedir de fazer o que eu quero.

— OLÍVIA!

— Não se preocupe, minha irmã, eu não vou descer ao nível dela. Eu só quero fazer um passeio inocente. Está um dia lindo e eu não pretendo passar o tempo todo trancada na minha cabine como a minha irmã "carola". Talvez eu reencontre Luiz Batista na sala de jogos...

— A sala de jogos não é um lugar recomendado para moças. — Olympia segurou a vontade de dar uns tapas na irmã. Ela temia que o desejo e a imprudência tão característicos na jovem a levassem para um caminho perigoso e sem volta.

— Não se preocupe, Olympia, mas para tranquilizá-la a "sua" mucama preferida pode me acompanhar...

— Pois não, sinhazinha.

— Tu es mesmo ótima nisso, quem não a conhece poderia jurar que estás feliz da vida em me acompanhar — ironizou Olívia indo até a porta. — Vai ficar aqui?

— Não, acho que vou até a biblioteca...

— Os livros... Não sei como consegue perder tempo com isso. São tantas possibilidades e tu ficas enfurnada nos seus livros... Para mim, eles são úteis apenas em dias de chuva...

— Se não percebeu, o tempo mudou e pode chover a qualquer momento...

Olympia soltou um suspiro, beijou a bochecha da irmã e saiu da cabine. Severa fechou a porta e elas se afastaram indo em direções contrárias por corredores diferentes.

Capítulo 42

Orgulho e preconceito

O navio contava com vários andares, centenas de cabines, salas, salões e uma biblioteca com inúmeros títulos. Refúgio perfeito assim que Olympia descobriu que Luiz Batista embarcou.

A caldeira também seria uma opção interessante, se não fosse proibida para os passageiros e... quente... quente... quente... como fica o meu corpo quando penso nele. Olympia sentiu um leve tremor e uma raiva repentina apenas por formular um pensamento tão absurdo.

Concentrou-se na paisagem. Observou as mulheres e seus chapéus extravagantes, as crianças que corriam uma atrás da outra soltando gritinhos entusiasmados e sem perceber procurou Luiz Batista entre os homens que conversavam em pequenos círculos.

Ela não soube como foi do convés do navio para dentro do seu quarto no interior da Inocência, mas, de repente, estava lá, sentada no meio do tapete cercada pelas cartas escritas pelo marquês. Os olhos esbugalhados iam de uma palavra a outra e o coração acelerava diante de frases tão...

indecentes! O marquês falava de paixão, de desejo, de amor e mencionava a intenção de pedi-la em casamento.

Olympia cumprimentou como um autômato uma senhora com quem cruzou no meio do caminho, não percebeu a presença de Virgílio ao cruzar com ele e voltou a se lembrar das frases que o marquês escreveu.

Subiu várias escadas como se espezinhasse Olívia em cada degrau. Gotinhas de água salgada se encontraram com a sua pele. Respirou fundo ao se aproximar da biblioteca. Não iria deixar Olívia incomodá-la nesse santuário. Chegou no último andar da popa do navio, em um dos lugares calmos e isolados da embarcação, que tinha como passageiros clientes mais interessados no jogo, na música, nas conversas, nos charutos e na dança do que nas letras.

Atravessou a porta e balançou o olhar em várias direções por um momento até encontrar o que procurava: uma poltrona confortável forrada com um tecido floral em frente a uma janela larga com vista para o mar. Sorriu e apertou contra o peito o livro que levou com ela da cabine. Sentou-se de lado para não amassar a armação de crinolina e abriu a capa de "Orgulho e Preconceito". O romance foi um presente de Olívia quando ela retornou da Inglaterra, depois de ter perdido o marido. Olívia nunca se interessou em lê-lo, mas Olympia o devorou tantas vezes e em tão pouco tempo que Jane parecia uma velha amiga com quem trocava os segredos mais íntimos.

Olympia abaixou os olhos e leu a primeira frase:

"É uma verdade universalmente reconhecida que um homem solteiro em posse de fortuna necessita de uma esposa."

Olympia não conseguiu resistir à imagem que surgiu na sua mente, a de um marquês riquíssimo, bem-educado e bonito e riu com o que parecia ser uma ironia.

"Por pouco que se conheça das inclinações e dos sentimentos de tal homem quando ele chega a um lugar, esta verdade está de tal modo enraizada nos espíritos dos seus novos vizinhos que logo ele é considerado como legítima propriedade de alguma de suas filhas."

Olympia voltou a sorrir, mas, desta vez, os seus olhos escureceram sob uma sombra. Imaginava o que teria acontecido se a sua mãe tivesse recebido Luiz Batista como a deliciosa e histérica Senhora Bennet. Levantou uma sobrancelha surpresa consigo mesma ao perceber que o casamento com o marquês de Belavista não lhe parecia tão desagradável assim se ele não fosse um escravocrata estúpido e um mulherengo sem possibilidade de remissão. Passou uma página atrás da outra e em pouco tempo o movimento suave se tornou regular como as marolas que criavam cristas brancas em volta do navio. O vento brincava com as nuvens e o mar e de vez em quando a travessura insistente o irritava fazendo-o reagir com balanços mais violentos.

"*A atenção de Miss Bingley estava quase tão concentrada no livro de Sr. Darcy quanto no seu próprio. Não parava de lhe fazer perguntas ou de ver em que página ele ia. Mas as suas tentativas de encetar uma conversa foram infrutíferas. Sr. Darcy limitava-se a responder-lhe as perguntas, para logo depois retornar à leitura.*"

Apesar de tentar se concentrar no livro, o seu pensamento ia e vinha entre as mãos, o torso, as pernas e a boca de Luiz Batista que lhe pareceu estranhamente mais bem desenhada, mais polpuda. Voltou a se lembrar das cartas. As palavras se entremearam com o olhar de fogo do jovem que parecia estar ali naquele exato.

"*Elizabeth corava de vergonha e de irritação. Não conseguia deixar de ir olhando repetidamente na direção de Sr. Darcy; embora cada olhar lhe confirmasse aquilo que ela mais temia, segura que estava de que, se nem sempre ele fitava a sua mãe, a sua atenção nunca deixava de estar concentrada nela.*"

Um emaranhado de ideias colocadas no papel com virilidade, com sinceridade, com emoção, com inteligência. Ela nunca leu nada tão visceral. Ele a amava ou, pelo menos, sabia usar os parágrafos que fariam qualquer mulher acreditar nele sem reservas.

"*— Em vão lutei. De nada adianta. Não posso reprimir mais os meus sentimentos. Permita-me que lhe expresse toda a veemência da admiração e do amor que por si sinto.*"

Os seus sentidos voltaram a se perder entre as ondas do mar, o odor marinho e as frases de Austen que se misturavam às cartas contundentes de Luiz Batista. A língua de Olympia tocou os lábios em um movimento quase involuntário. Lembrou-se das palavras doces e quentes usadas com maestria por Luiz e do gosto do beijo casto que ele lhe deu e que permanecia nos seus lábios.

— Eu daria a minha vida para saber no que pensa...

Ela levantou os olhos surpresa. Virgílio estava diante dela com um sorriso tão leve que parecia ser a lembrança de um outro que ele deu anteriormente. Levantou-se de supetão assustada e com o coração acelerado.

— Desculpe-me, Senhor Marquês, eu não sabia que estava aqui... Nunca me falou que tinha interesse em livros. — Olympia resistia à vontade de mergulhar no olhar do jovem enquanto passeava os olhos rapidamente por todos os cantos da biblioteca.

Vazia!

— Não devemos ter tido muito tempo para conversar, estou certo?

— Está... mas, se não se incomoda vou me retirar...

O navio fez um movimento brusco. Ela perdeu o equilíbrio, deixou cair o livro e se encontrou com o peito e os braços de Virgílio. Ele a segurou com firmeza pela cintura e ela não pôde evitar de se encontrar com o olhar escuro e profundo que fez com que uma onda de calor a aquecesse. O mundo voltou a parar de girar. O olhar e os braços de Virgílio a mantiveram presa como se fossem amarras das quais ela não quisesse se liberar. Por um momento que pareceu eterno ficaram perdidos um no outro como se apenas assim pudessem realmente se encontrar. Ele abaixou o rosto em um movimento quase imperceptível. Ela levantou o dela. Os lábios se abriram levemente e permaneceram mudos. Ansiavam por um encontro que não veio.

Capítulo 43

O futuro das mulheres

— O que está tentando fazer, beijar-me de novo? — mostrava uma indignação fajuta enquanto ajeitava o vestido.
— Por que pensou em um beijo, senhorita? Apenas lhe ajudei a não cair aos meus pés — respondeu com um sorriso irônico.
— Como o senhor ousa?!

Ela se afastou como se ele tivesse a peste. Tentava manter o rosto sereno apesar de sentir o corpo inteiramente alerta e interessado em cada movimento do rapaz. Ele a encarava com intensidade, mas permanecia em silêncio como se divertisse secretamente pelo interesse que ela não conseguia esconder. Virgílio viu muitas vezes esse brilho que cintilava no olhar dilatado de Olympia, esse vermelho que ganhava as bochechas e o arfar do peito da respiração acelerada. A dúvida que teve quando a viu no deck horas mais cedo se esvaiu como o vapor que saía do motor do navio.

Ele se abaixou, pegou o livro e se levantou lentamente. Fez a capa tocar ligeiramente o vestido e deixou apenas alguns centímetros de distância entre eles.

— A senhorita me recrimina por ser um cavalheiro?

— O senhor? Um cavalheiro? — Ela levantou o queixo com altivez. — O senhor não tem a mínima ideia do que isso significa...

— Por que a senhorita não me explica?

Olympia pegou nas pregas do vestido quando se encontrou com o olhar escuro do jovem.

— Se o senhor não aprendeu até agora o que é ser um cavalheiro, não sou eu quem vou ensinar-lhe. — Ela olhou para o teto do navio e continuou sem olhar para ele. — O senhor é um caso totalmente perdido, Senhor Marquês...

— Por quê?

— Para começar, o senhor não sabe o que é honra e não tem o menor respeito pela liberdade dos outros. O senhor é um homem fora do seu tempo, que ainda acredita que a escravidão é algo lógico e indispensável. A escravidão vai terminar daqui a alguns anos, como eu e o meu pai acreditamos, por isso começamos a nos interessar por outros negócios...

— Faz muito bem, senhorita. Aconselharia inclusive que investisse nos terrenos das áreas próximas às praias do Rio de Janeiro, em mineração e nas ações das empresas que apostam na industrialização...

Olympia deixou o queixo cair, sem acreditar no que ouviu. As palavras do marquês eram exatamente as mesmas que o seu pai lhe soprou no ouvido antes que ela partisse em viagem para fechar uma série de negócios na Europa.

— Desculpe-me, mas o que acabou de dizer não me parece com o discurso habitual do marquês de Belavista, um dos mais ferozes defensores da escravidão. Vossa Graça tem certeza de que a batida que levou na cabeça não foi mais grave do que parece?

— Não, senhorita, o único que sofreu com a queda foi meu rosto — Virgílio levantou a mão como se quisesse se esconder. — Quanto à minha cabeça ela está mais lúcida do que nunca. Como a senhorita afirma com sabedoria: a escravidão vai terminar. Lutar contra isso será como nadar contra a corrente. Antes que me afogue pretendo voltar a nadar do lado certo.

Olympia não sabia o que pensar. Procurou desesperadamente outro argumento. Precisava levantar uma nova barreira intransponível antes que perdesse o controle do seu corpo que se aproximava do rapaz sem a sua autorização.

— A escravidão pode acabar um dia, e ela vai eu tenho certeza, mas as mulheres — levantou as mãos para o céu como se pedisse uma graça — infelizmente vão continuar sendo apenas bonecas à disposição dos homens.

Virgílio sentiu o coração se fechar como se recebesse um soco no peito. Percebeu que trocava de namoradas sistematicamente porque estava em busca de Olympia e não porque era um mulherengo inveterado. Agora ele sabia que era para ela que nasceu e se insistiu tanto tempo com a Clara foi porque começou a perder as esperanças de que iria realmente encontrar a mulher que amaria para sempre. Agora essa mulher estava diante dele e o encarava como se fosse um nobre escravocrata estúpido. Será que Luiz Batista procurava a mulher certa? Será que Olympia também era a mulher certa para o marquês? Será que, se olharmos mais de perto, Virgílio e Luiz Batista eram tão diferentes assim?

— A senhorita me perdoe se por um momento eu a fiz pensar que as mulheres são apenas "bonecas à disposição dos homens". — Ele colocou uma mão no peito e se inclinou levemente como se pedisse desculpas. — Não, elas não são apenas "bonecas" e também não deveriam estar à nossa disposição. As mulheres têm um papel importante na nossa sociedade e os homens que as consideram inferiores não devem ser chamados de homens.

Olympia o olhou incrédula e ficou em silêncio por alguns segundos.

Quem era esse homem diante dela que se parecia com o marquês de Belavista, mas que usava palavras sábias e serenas? Que tinha mãos grandes, fortes e tão diferentes das delicadas mãos de pianista do marquês? Que a olhava como se não houvesse mais ninguém naquele navio? Quem era esse homem que fazia o seu coração se negar a lhe responder com rispidez como sempre fez quando esteve presente do insuportável e egoísta Luiz Batista? Com certeza a queda do navio provocou alguma cicatriz mais profunda do que a que ele vai levar para toda a vida no rosto. O marquês mudou.

Olympia deu um passo para a frente.

— E como o senhor considera as mulheres?

— Inteligentes, fortes, lutadoras, intrépidas, criativas, independentes...

— Independentes?

Olympia riu.

— Uma mulher não pode ir na esquina sem companhia... Eu só estou aqui com o senhor porque Severa está de olho na minha irmã. Ela sabe que ninguém vem à biblioteca...

Virgílio sorriu discretamente e se aproximou como se a informação fosse uma autorização discreta.

— Hoje, mas no futuro isso vai mudar...
— O senhor acredita mesmo?
— Totalmente.

Olympia andou alguns em direção do terraço. O vento soprava suavemente e trazia com ele odores e lembranças. Ele a acompanhou como se estivessem ligados por algum cordão invisível.

— E como seria esse futuro?
— As mulheres vão poder trabalhar, votar, dirigir, viajar, ter filhos sozinhas. Elas vão ter a liberdade de amar quem, quando e como quiserem...

Virgílio se aproximou de Olympia e a encarou por um momento que pareceu interminável. Sentiu o perfume agradável e o seu olhar se derreter sobre ele. O peito se abriu como se o seu corpo se preparasse para recebê-la em um abraço, mas ele fez uma promessa. Não era o marquês de Belavista, o libertino sinistro que gostava de apostar a honra de jovens donzelas. Virgílio era um homem de palavra. Ele não a beijaria ou iria mais longe sem que ela pedisse. Depois de um momento de hesitação, lhe entregou o livro.

— Desculpe-me se a incomodei, senhorita. Eu não queria atrapalhá-la. Sei perfeitamente que não deve ser vista sozinha com um homem solteiro. — Fez uma leve reverência. — Não podemos abusar da sorte. Vou deixá-la, mas vou com o coração leve e enciumado...

Ela o olhou surpresa e curiosa. Ele continuou:

— Leve, porque sei que vai estar na boa companhia da senhorita Austen...
— Vossa Graça conhece a senhorita Austen?!
— Muito bem, minha cara, muito bem...
— Eu imaginava que preferia outro tipo de leitura...
— Pensava em mim? — Aproximou-se.
— Não! Apenas achei que o senhor não apreciaria romances... — Virou-se de costas com receio de que ele visse o coração dar saltos no seu peito.
— Gosto, mas tenho que admitir que livros de ficção e aventura me atraem mais...

Ela se virou para ele.

— Por exemplo?

Virgílio pensou um pouco. Não poderia se trair ao citar um romance do século XXI. Optou por um clássico.

— "O Conde de Monte Cristo", de Alexandre Dumas, é um dos meus preferidos.

— Não conheço... Qual é a história?

— Um homem assume a identidade de um nobre e usa o seu poder e riqueza para se vingar do amigo que o traiu e se casou com a mulher que amava.

Olympia olhou para o marquês intrigada. Aproximou-se ainda mais dele.

— Um romance, enfim...

— Um homem de verdade faz qualquer coisa pela mulher que ama. — Deu mais um passo em direção de Olympia.

Olympia e Virgílio estavam tão próximos que os fios soltos do coque dela roçavam o rosto do rapaz. Ele sorriu, levantou uma mão em direção do livro e o tocou com delicadeza antes de se afastar.

— Tenha cuidado com ele, senhorita...

— O que esse livro teria de perigoso?

— Darcy...

Olympia piscou os olhos algumas vezes aturdida.

— O senhor Darcy?! — Riu.

— Não existe nada mais perigoso do que um príncipe encantado...

— Acho que falamos de universos diferentes, "Orgulho e Preconceito" não é nenhum conto de fadas — brincou.

— Não? Darcy é um homem rico, bonito, inteligente e faz tudo pela mulher que ama. Nenhum homem real poderia chegar aos pés dele.

— Por que não?

— Homens reais têm defeitos de verdade e os piores deles não podem ser resumidos ao orgulho.

— Eu conheço muito bem os seus defeitos, Vossa Graça...

— Conhece mesmo ou apenas deduziu quais são eles como a senhorita Lizzy fez com o senhor Darcy?

Olympia o observou por um momento. Tentava descobrir de quais defeitos ele falaria. Não conseguiu achar nenhum ao se encontrar com o olhar escuro de Virgílio. Um olhar que a chamava para perto dele, como se quisesse que ela mergulhasse na sua alma.

Virgílio levantou o queixo e interrompeu o momento.

— Eu realmente vou ficar enciumado...

— E por que ficaria enciumado?

— Porque, com certeza, eu não estou à altura do irresistível senhor Darcy.

Olympia sentiu as bochechas ficarem escarlate e, apesar de tentar com toda a sua força, não controlou o sorriso que se formou. Ele curvou levemente a cabeça sem tirar os olhos dela e se afastou com passos firmes.

Eu não teria tanta certeza assim, Senhor Marquês, eu não teria tanta certeza..., pensou Olympia.

Abraçou o livro contra o peito ao entender que as últimas barreiras intransponíveis contra o marquês foram derrubadas. A única coisa que ela poderia fazer agora era se trancar até o fim da viagem na sua cabine como uma covarde.

Uma ave soltou um grasnado.

Olympia apertou o livro contra ela ao sentir um calafrio percorrer a nuca.

Não, ela não iria se fechar em um quarto como uma menina assustada. Olympia era muito melhor do que isso e depois de tudo o que ouviu, o marquês também. Com os olhos fixos no título do romance decidiu que não continuaria a julgá-lo tão rapidamente como fez durante todo esse tempo. Senti-a tola e infantil. O marquês merecia um pouco mais de tempo para ser decifrado e ela usaria cada minuto dessa viagem para entender melhor esse homem que lhe despertava sensações curiosas e desconhecidas.

Olympia sorriu decidida para fechar o rosto em seguida ao se lembrar da irmã. Fez uma promessa à Olívia, não poderia voltar atrás.

Mas até o casamento o caminho é bem longo e apenas três semanas não são suficientes para levar ninguém ao altar, pensou. Olympia voltou a sorrir até que uma dor atingiu o ventre. Dobrou-se e soltou um gemido antes de voltar a cabine com a pressa de quem precisava salvar a vida de alguém.

Capítulo 44

Cúmplices

— Está atrasado, senhor Sobreira e Lopes... Eu não tenho muito tempo antes que a minha irmã e a cadelinha dela cheguem para tomar café, a não ser que ela continue com as dores...

Olívia sentiu a presença de Matheus, mas não se deu ao trabalho de virar o rosto. Olhava para o mar fixamente enquanto segurava uma xícara de chá que levava à boca lentamente.

— Dores?

— Olympia não está se sente muito bem desde ontem...

Com um leve movimento do queixo indicou onde Matheus poderia se sentar: a duas cadeiras de distância para evitar qualquer comentário maldoso.

Decorado em tons de rosa claro, com sofás e poltronas confortáveis, tapetes e inúmeras almofadas, o salão de chá ficava ao lado do restaurante, mas a essa hora da manhã ainda não estava repleto de saias e babados de várias cores. O silêncio era interrompido apenas de vez em quando pelas ondas que chicoteavam o navio e pelos passos apressados e discretos de um membro ou outro da tripulação.

    Olívia girou o rosto levemente e o inclinou em um cumprimento frio. Ao ver o perfil afilado, o rosto do rapaz se iluminou como se os raios solares tivessem encontrado uma outra fonte de calor e brilho. Ele sorriu, mas o leve tremor dos lábios traiu o desconforto com a situação.

    — Olívia, eu...

Olívia girou o rosto um pouco mais em sua direção.

    — Por favor, seja breve, não temos muito tempo... Como ele está?

    — Irreconhecível... — Baixou a cabeça e olhou para as mãos trêmulas antes de continuar.

    — Isso eu percebi...

    — Ele está mal, Olívia! Como queria que ele estivesse depois do que aconteceu?

    — Ele se lembrou de alguma coisa? — Tomou um gole de chá.

    — Não, felizmente ele não se lembra de nada... nem de quem ele é — sussurrou ao se inclinar em direção da jovem.

Olívia se afastou instintivamente. Ajeitou o vestido e abriu o leque que colocava na frente do rosto sempre que alguém aparecia.

    — Mantenha distância. Sabe muito bem que os passageiros não devem nos ver sozinhos. Faça de conta que lê o jornal ou o livro que coloquei na cadeira.

Matheus pegou o livro e o abriu sem mostrar o menor interesse. Acomodou-se na poltrona e olhou sobre a capa para o rosto diáfano que olhava para o mar.

    — O que vamos fazer?

    — Eu lhe disse o que iríamos fazer: vai me ajudar a conquistar o marquês.

Matheus se mexeu na poltrona como se ela tivesse espinhos. Passou uma página do livro e tentou se concentrar, mas o tremor nas mãos e o suor na sua testa indicavam que o esforço para manter o controle não era suficiente.

    — Eu não posso fazer isso, Olívia... — Ele olhou para a moça e lágrimas brilharam ligeiramente em seus olhos. — Quando fizemos amor eu lhe disse por que eu não vou ser capaz disso: eu a amo!

    — Nós não nos deitamos como um marido e uma mulher que se amam, senhor Sobreira e Lopes, foi apenas um... negócio — Olívia tremeu ao pronunciar a palavra que a colocava no mesmo nível das profissionais do Alcazar, antes de se fechar em uma expressão indiferente. — Eu fiz a minha parte no acordo e agora precisa cumprir a sua...

Matheus levantou os olhos e encarou Olívia, que mesmo por trás da máscara de frieza bem treinada não conseguiu esconder que de alguma maneira apreciou a noite que passaram juntos.

— A noite que tivemos foi a melhor da minha vida — Matheus inclinou o peito na direção da moça. — Adoraria repeti-la todos os dias da minha vida como lhe disse. Eu posso dizer quantas vezes sejam necessárias, Olívia: eu a amo. Amo! Amei desde o primeiro momento em que a vi. Eu quero me casar, mesmo *vosmecê* sendo viúva, eu vou brigar com os meus pais por isso...

— Eu também posso repetir inúmeras vezes: eu não posso lhe oferecer a minha mão. Eu me deitei com *vosmecê* para que aceitasse o meu acordo...

— Foi um erro ter lhe proposto isso... Eu deveria ter imaginado que uma noite não seria suficiente e não foi!

— Como prometi, o que aconteceu não vai acontecer de novo...

— Mas ele nem...

Matheus fechou a mão sobre o punho levemente inchado. Concentrou-se para evitar quebrá-lo de vez ao esmurrar a pequena mesa com a cesta de pães e bolos.

— Eu não posso lhe ajudar a conquistá-lo. — Olhou para os lados para se certificar de que não havia ninguém por perto. — Não podemos levar isso adiante, Olívia! Além disso, sabemos muito bem que o marquês estava... está — Matheus suspirou ao corrigir o tempo verbal. — realmente interessado em Olympia.

Olívia deixou a xícara sobre a mesa com tanta força que por pouco o pires não se trincou com a violência do gesto.

Uma moça entrou sala. Cumprimentou Olívia com um gesto elegante, abriu a sombrinha e se dirigiu com passos lentos para o convés.

— Vai fazer tudo o que eu disser, senhor Sobreira e Lopes, ou eu conto para todo mundo o que aconteceu naquela noite depois do baile — Olívia inspirou profundamente. — antes de termos ido para o meu quarto. É isso o que quer?

Matheus soltou o livro e colocou a cabeça entre as mãos trêmulas.

— Não, não é isso o que quero. O que quero é me casar com *vosmecê*, por favor, Olívia, deixe esse capricho para lá... Eu também tenho um título, em breve vou ser um barão e eu posso ser um ótimo marido, o melhor...

— Capricho?! Então, também acha que isso é apenas um capricho?!

— Começou a balançar o leque com mais intensidade. — Que eu quero apenas o título dele? Pois saiba, meu caro, que o que sinto pelo marquês não é nenhum capricho. Eu realmente gosto dele! E quem me garante que vai realmente se tornar um barão?

A pergunta de Olívia atingiu Matheus como um ferro em brasa e o deixou mudo por alguns instantes. Para essa pergunta não tinha nenhuma resposta. Nem ele, nem ninguém poderia garantir que se tornaria barão, bastava um acidente como o que matou o jovem Euzébio e o título dos Sobreira e Lopes seria jogado na cova junto com ele. Matheus se recuperou do choque e tentou se concentrar. O que era impossível sempre que mergulhava no azul dos olhos de Olívia.

— Não precisa mentir para mim... Estamos literalmente no mesmo barco, se lembra? Como pôde se deitar com um homem se ama outro? — Matheus cerrou os olhos.

— O que aconteceu entre nós não teve a menor importância. Lembre-se: eu não sou uma virgem tola e sei muito bem o que quero...

— Com certeza, senhora, nenhuma virgem inocente teria me mostrado tanta experiência e paixão... — ironizou Matheus antes de continuar com seriedade. — E o que a senhora quer mais do que tudo é o título de marquesa... — Matheus encostou-se à cadeira com os lábios crispados.

Olívia voltou a olhar para o mar e ficou em silêncio por um momento. Precisava controlar a respiração que fazia o corpete subir e descer com vigor. Aguardou alguns minutos e olhou para o belo rosto de Matheus. Ele lhe lembrava tanto Euzébio que chegava a ser doloroso. Olívia viu o seu reflexo nos olhos azulados do rapaz e por um momento percebeu toda a dor que ele sentia. Sentiu-se tentada a se levantar para pegar a sua mão, mas um barulho de saias fez com que voltasse a se proteger atrás do leque. Matheus levantou o livro. Olívia aguardou o silêncio retornar à sala antes de continuar com uma voz mais baixa, quase tão doce quanto um carinho.

— Eu tenho certeza de que será um excelente marido, meu caro senhor Sobreira e Lopes. Quem não gostaria de se tornar a baronesa de Vila Rica? — Olhou para o chão. — Mas não eu e *vosmecê* vai me ajudar no que for preciso para que até o fim dessa viagem o marquês de Belavista me peça em casamento. — Olívia sorriu. — Agora que Olympia o mandou se afastar, eu não tenho mais nenhum empecilho e caso ela insista com essa tolice... basta contar a verdade.

— Olívia, por favor... Eu a amo...

— Se me ama de verdade vai querer que eu seja feliz e eu só posso ser feliz com ele...

Matheus olhou para o rosto que o encarava e sentiu o coração ser atingido por uma energia fria que o congelou por dentro. Baixou o rosto para esconder uma lágrima que se formou, concordou com a cabeça e saiu da sala como um general que perdeu a batalha sem olhar para trás. Olívia respirou profundamente. Levantou-se para ir até o deck onde alguns passageiros se aqueciam com os primeiros raios de sol. Abriu a sombrinha de renda, colocou o seu melhor sorriso e saiu da sala com a sensação de confiança que precede as guerras.

Capítulo 45

Envenenada?

Olympia tomou o frugal café da manhã na cabine.
De novo.
Duas torradas sem manteiga e um chá de erva-doce que Severa a forçou a engolir.

Por três dias ela não colocou o nariz para fora do quarto. No primeiro dia, uma dor intensa a fez vomitar várias vezes deixando-a exausta. Sentiu as cólicas movimentarem as suas entranhas como se tivessem vida própria. A dor resistiu aos remédios do médico e só se acalmou quando Severa ministrou uma mistura que aprendeu com a avó e que era extremamente eficiente em casos de envenenamento.

— Acredita mesmo nisso?

— Não tenho como não acreditar, sinhazinha... *Vosmecê* começou a passar mal depois que tomou o chá servido pela vossa irmã. É muita coincidência, não acha?

— Ela não seria capaz, Severa...

— Ela não a mataria, mas deixá-la doente para que não saísse da cabine? Por que não? Todos se preparam para passar o dia em Recife e ela não esconde que está feliz da vida em acompanhar o marquês, sem *vosmecê*.

Olympia permaneceu calada. Cogitava a possibilidade da suspeita absurda de Severa. A escrava não tinha outro argumento e muito menos nenhuma prova, apenas a certeza de que Olívia tentou envenenar a irmã.

— Não, isso seria demais até para a Olívia. Eu me recuso a acreditar. — Olympia se levantou. — Olívia é infantil, impetuosa, apaixonada...

— Tola, invejosa, má... — interrompeu Severa.

— Não, ela não me faria nenhum mal. — Molhou o rosto e o colo com a água de uma jarra de porcelana colocada ao lado da cama e olhou para Severa. — Por favor, não diga mais nada ou vou me aborrecer.

— Como a sinhazinha quiser... — Severa levantou os olhos para o teto. — Precisa de alguma coisa? Vou ter que deixar o navio em breve, mas posso preparar tudo antes de sair.

— Não, obrigada, estou melhor.

— A dor passou?

— Inteiramente, sinto apenas um incômodo, um aperto no peito...

Olympia voltou passar a toalha úmida no rosto. O pensamento se afastou do quarto e foi buscar os olhos do marquês que por um milagre da imaginação passeavam pelo seu corpo como se estivessem realmente lá. Balançou a cabeça para fazer a imagem desaparecer e soube que a desculpa para não ter saído do quarto era outra.

— Algo a incomoda?

— Não...

— Não?

— Eu não posso ceder a nenhum homem e muito menos ao marquês de Belavista. Eu fiz uma promessa...

— Mas...

— Não existe nenhum "mas", Severa. — Olympia esfregou com mais força a toalha sobre o colo como se pudesse retirar o que sentia junto com as células mortas. Mergulhou a toalha na bacia e o humor em um silêncio consternado.

Severa deixou Olympia perdida nos seus pensamentos e começou a arrumar o quarto.

— Vai aceitar a derrota? — Severa dobrou os xales.

— Como assim?

— Olívia sempre achou que o tempo dedicado à educação primorosa que recebeu era uma tolice. A única coisa que a interessava era o casamento. Um bom casamento. Um bom casamento com um nobre e de preferência muito rico. Esse sonho foi nutrido e reforçado pela sua mãe. Lívia não pensava em outra coisa por isso ficou maravilhada com a união com o futuro conde Euzébio Oliveira de Sá.

— E? — Olympia se sentou na cama. — *Vosmecê* cresceu acompanhada pelo pai, cercada de livros, de bons professores, de excelentes administradores. Dedicava-se às lições diárias com afinco e nenhum esforço porque era apaixonada pelas letras. O barão convenceu Lívia a deixá-las partir ao mencionar nobres e até príncipes solteiros do outro lado do Atlântico.

Severa se sentou ao lado de Olympia.

— Se insistir nessa história de promessa, vai ter que se casar com aquele jovem promissor, mas profundamente ignorante, escolhido pela sua mãe. Qual é o nome dele mesmo?

— Isso importa? Eu não o amo.

Olympia entrou no navio para fugir e agora se encontrava mais presa do que nunca.

— Vai se trocar ou permanecer com essa camisola por mais alguns dias?

Capítulo 46

Eufrásia Teixeira Leite

— O que eu faria sem *vosmecê*? Provavelmente, nada... — Severa levantou os ombros e riu.

Foi buscar uma blusa branca com detalhes em renda no decote quadrado e nos punhos afinados que terminavam no antebraço e uma longa saia de cetim preto de corte simples.

Minutos depois, Olympia suspirava dentro das vestimentas que cheiravam a água de rosas. Severa penteava os seus cabelos.

— Obrigada.

Severa voltou a olhar para Olympia com uma grande ruga na testa e os lábios contraídos um contra o outro.

— Os outros passageiros começaram a me fazer perguntas, sinhá... Quando é que *vosmecê* vai sair? Tem certeza de que não quer descer conosco?

— Severa, por favor, eu não posso sair e correr o risco de reencontrá-lo... Vou permanecer a bordo.

— Olívia está incontrolável, ela segue Luiz Batista por todo o navio. Sempre que o vê não o deixa um minuto em liberdade. As pessoas comentariam ainda mais se o escândalo com a sinhazinha Eufrásia não ocupasse todas as línguas maldosas desse navio...

— Quem?

— Eufrásia Teixeira Leite, a herdeira de Vassouras, a sinhazinha ouviu falar dela... Os pais morreram recentemente deixando ela e a irmã muito ricas...

Olympia pensou por um momento e voltou a se concentrar em Severa.

— Claro, quando estive em Vassouras no mês passado, todos comentavam que ela iria para a Europa sozinha com a irmã. Queria escapar dos tios que queriam "cuidar" dela e principalmente da gorda herança.

— Ela está aqui com a irmã! E elas vieram mesmo sozinhas! — exclamou Severa entusiasmada com o tamanho da ousadia.

— Já gostei dela. — Olympia sorriu. — Mas viajar sozinha não chega a ser um escândalo, esses abutres com título de nobreza exageraram mais uma vez...

Severa levantou uma mão para esconder o cochicho.

— Pelo que entendi, ela conheceu um abolicionista aqui no navio, um tal de Joaquim Nabuco. A paixão foi fulminante! Estão falando até em casamento, imagine?! Um noivado em alguns dias?!

— Parece que ela sabe o que quer... eu a respeito... — comentou Olympia com uma ponta de inveja em um suspiro melancólico.

— Desculpe, sinhazinha, mas não é o romance entre a sinhazinha Eufrásia e o abolicionista que importa nesta história e, por falar nisso, até quando vai fugir?

— Eu não estou fugindo, Severa...

— Então, vamos lá fora, está um dia lindo...

— Eu não posso! ELE está lá fora...

— Olympia... — Severa soltou as mechas douradas e pegou nas mãos da jovem. — *Vosmecê* não pode passar três semanas fechada no seu quarto. Esses dias foram a prova disso. O próprio Luiz Batista me perguntou sobre a sinhá... — Severa fez um esboço de um sorriso ao ver o brilho nos olhos de Olympia.

— Ele perguntou por mim?

— Mas é claro... — Severa se encostou na cadeira e olhou para o teto como se esperasse alguma coisa.

Olympia se virou em sua direção e se sentou em frente à escrava.

— Está bem, Severa, *vosmecê* ganhou. O que ele disse?

— Ele quis saber nos mínimos detalhes como estava.

— Sei...

— Ainda bem que consegui convencê-lo de que eram apenas dores femininas e ele me deixou em paz. — Severa revirou os olhos, corando.

Olympia pegou o leque e começou a abri-lo e a fechá-lo batendo-o sistematicamente contra a coxa.

— Como ele está? A cicatriz...

— Bem melhor, em alguns dias o médico vai retirar os pontos. O tratamento é eficiente e a pele do Senhor Marquês colabora de uma forma extraordinária, o médico me confiou que nunca viu nada parecido...

— Não?

— Não, ele me disse "que tinha a impressão de que o tempo passava mais rápido para o marquês e que, se continuasse nesse ritmo, no fim da semana a cicatriz seria apenas uma leve lembrança"... Interessante, não?

— Por favor, continue indo ajudá-lo com os ferimentos, Severa, não sei por que ele não trouxe nenhum escravo de confiança com ele...

— Eu perguntei...

— Ousou perguntar isso?

— Ousei, o máximo que iria acontecer é que ele ignorasse a minha pergunta como fazem os brancos quando não querem ser incomodados.

— O que ele disse?

— Ele hesitou um momento. Pensei que ele não sabia o que responder, mas quando achei que não iria me dizer nada, ele afirmou que não queria nenhum espião da mãe por perto. Parece que esse também foi o mesmo cuidado que teve o colega dele, o senhor Sobreira e Lopes, futuro barão de Vila Rica.

Olympia olhou para Severa, se aproximou e a abraçou com força.

— Não sei o que acontece comigo... Depois que o revi, sem a barba, no convés... Eu... o meu corpo... O que está acontecendo, Severa?

— Talvez a senhorinha se deu conta de que o marquês não era o diabo que imaginava e que ele sempre foi o homem dos seus sonhos...

— Mas isso não me ajuda, Severa. Ele me disse que era a favor do fim da escravidão. Por que mudou de ideia? Como vou manter as minhas promessas agora? O que posso fazer?

— Saia, venha conosco à Recife, vá ao baile de hoje à noite, viva. Se esconder é sempre a pior das opções...

— Por que, Severa, por quê? Eu não quero sair, eu não posso me encontrar com ele, eu tenho que respeitar as promessas que fiz. *Vosmecê* só precisa dizer que ainda não estou bem, que devo descansar mais alguns dias...

— A sinhazinha acha mesmo que pode controlar o incontrolável? O que vai impedi-lo de bater naquela porta? — Severa apontou a maçaneta. — Pelo brilho que vi no olhar dele quando falou da senhorinha, eu acho que nada pode impedir esse homem de conquistá-la. Ele está enfeitiçado, Olympia, e um homem assim é capaz de tudo.

Batidas na porta interromperam a conversa.

Capítulo 47

Beije-me!

— Não é possível! — Olympia encarou Severa com os olhos quase do lado de fora do crânio.

— Eu lhe avisei... — Severa foi até a porta com passos lentos.

Olympia se levantou, olhou assustada para Severa, passou a mão sobre a saia e se jogou como pôde debaixo das cobertas. Severa balançou a cabeça e abriu a porta sabendo exatamente quem esperava.

— Senhor Marquês de Belavista, por favor, entre.

Virgílio tirou o chapéu e varreu o quarto com o olhar. Encontrou Olympia escondida até o pescoço pelas cobertas. O rosto da moça ganhou um tom avermelhado assim que sentiu o peso do olhar do jovem sobre o seu corpo.

— Senhorita, eu não gostaria que visse em mim um homem inconveniente, apenas me preocupei pela vossa saúde e não me contentei com as informações dadas pela sua amável escolta. — Virgílio olhou para

Severa e fez uma leve reverência que fez surgir um sorriso no rosto da escrava.

— Vossa Graça não precisava ter todo esse trabalho. Eu estou melhor, obrigada...

— Como o médico me garantiu... — Apontou uma cadeira com o chapéu e olhou para Severa aguardando a autorização.

— Vossa Graça, me desculpe, gostaria de se sentar? — Severa pegou o chapéu e a bengala e os colocou em um canto.

— Eu não acho que isso seja necessário, Severa. O Senhor Marquês está de saída, não é mesmo? Vai passear por Recife, não foi o que me contou, Severa?

— Falavam de mim?

— De forma alguma, a Severa apenas mencionou que o senhor desembarcaria com a minha irmã.

— Ela me espera, vamos nos encontrar na ponte em uma hora.

Olympia não conseguiu ignorar a informação. Travou o maxilar para segurar o grito de raiva e desconversou:

— Claro, por favor, não se atrase por minha causa...

— Eu ainda tenho tempo e gostaria de passá-lo ao lado da minha companhia feminina preferida, se a senhorita não achar isso muita ousadia de minha parte... — Virgílio sorriu diante da surpresa que se desenhou no rosto da moça e do riso que Severa tentou engolir sem muito sucesso.

— Eu acho que uma visita agora só me deixaria ainda mais cansada... — Olympia olhou para Severa. Implorava ajuda como alguém sem água em um deserto.

A escrava ignorou o pedido e virou o rosto em direção do rapaz, que não tirava os olhos de Olympia.

— O senhor gostaria de um chá? O médico recomendou uma infusão para a senhorinha e eu poderia servi-lo ao mesmo tempo.

— Isso seria ótimo, Severa, muito obrigado.

Olympia fuzilou Severa com o olhar, mas a escrava não se deu ao trabalho de discutir e apenas saiu do quarto. Olympia voltou a se concentrar nas mãos trêmulas que seguravam as cobertas até o seu pescoço para que ele não visse o vestido. Tentou fugir do olhar de Virgílio ao fixar o teto.

— A sua visita não é mesmo necessária, senhor...

Virgílio deixou a cadeira e se sentou na cama ao lado da moça que teve que se controlar para não pular.

— Eu não acho isso prudente, Senhor Marquês, Severa deve voltar a qualquer momento e isso seria entendido como uma enorme afronta...

Virgílio se aproximou ainda mais.

— O que Vossa Graça está fazendo?

Ele se inclinou e olhou Olympia profundamente a uma distância de apenas alguns centímetros. Ela apertou as cobertas contra o pescoço. Precisava resistir à vontade tola de esconder-se completamente. Virgílio sorriu e se abaixou ainda mais. Sentia o calor de Olympia irradiar entre os lençóis e o desejo de beijá-la crescer no peito, mas em vez disso aproximou os lábios da testa da jovem e os encostou delicadamente.

— O que... es-está fazendo? — gaguejou Olympia.

— Verifico se está febril... É assim que as mães francesas fazem...

Olympia tentou não sentir o perfume, a proximidade do peito dele contra o seu corpo e o calor sobre o seu rosto. Ela tentou se mostrar indiferente, mas as mãos agarradas às cobertas com força e os lábios que se entreabriram mostravam o quanto ela falhou terrivelmente na tentativa.

— Eu pensei que o senhor fosse advogado... — conseguiu dizer em um fio de voz.

Ele se inclinou ainda mais.

— Eu sou, mas até um advogado sabe notar quando a temperatura do corpo de uma mulher excede o normal, como a vossa nesse momento, apesar de ter certeza de que isso não tem nada a ver com uma febre ordinária...

Olympia se sentiu acuada. Ela não poderia se mexer ou a farsa estaria lá, nua e crua, diante dos olhos de Virgílio. Ele percebeu o estresse na voz, no tremor dos lábios e no olhar que se jogava desesperado em direção à porta a cada minuto.

— Severa deve estar chegando, senhorita. Mesmo que a cozinha seja dois andares abaixo do nosso e que ela precise subir e descer algumas escadas, ela não nos deixaria sozinhos por muito tempo, não se preocupe... Eu não vou beijá-la... — disse sem tirar os olhos da moça que respirava com mais dificuldade.

— Mas Vossa Graça é muito ousado! Por que acha que me preocuparia com isso? O Senhor Marquês me prometeu que não me beijaria novamente — respirou profundamente para recuperar o fio da meada — e só faria isso se eu lhe pedisse...

Virgílio se aproximou ainda mais. Deixou apenas o espaço para que respirassem entre eles. Olympia pôde sentir o perfume e o hálito quente enquanto os olhos de Virgílio se ancoravam nos seus. O coração da jovem dava saltos no peito. Ela apertou os lençóis com mais força.

— Não é isso o que gostaria agora? Um beijo? Só precisaria me pedir, Olympia...

Ela olhou para os lábios do rapaz que lhe chamavam em um clamor silencioso, em um grito que apenas ela podia ouvir.

— Não... eu... quero... eu... não... por favor, Senhor Marquês...

— O quê?

— Beije-me...

Capítulo 48

Tentação irresistível

Virgílio não esperou uma segunda ordem. Encontrou-se com os lábios da moça. Com delicadeza, os saboreou como uma fruta carnuda e exótica. Ela os entreabriu e ele deixou a língua se encontrar com a dela. Olympia o recebeu com certa surpresa. Devolveu o carinho sem muita habilidade, mas com o mesmo desejo que se espalhava pelo corpo em pequenas ondas de choque. As mãos deixaram os lençóis e se apressaram contra os cabelos e nuca de Virgílio.

— Luiz... — Olympia sussurrou.

O beijo poderia ter se prolongado até o fim da viagem, mas o nome de Luiz sussurrado no seu ouvido, os passos apressados que se aproximavam da porta e o barulho de porcelana se chocando levemente fizeram Virgílio dar um salto em direção da poltrona onde estava minutos antes.

Nesse exato momento, Severa entrou no quarto. Lançou um olhar de soslaio para conferir as bochechas em fogo de Olympia, deixou a bandeja sobre uma mesa e olhou para Virgílio com um sorriso.

— O senhor gosta do seu chá com ou sem açúcar?

— Sem açúcar, obrigado, Severa — respondeu sem tirar os olhos de Olympia.

A jovem voltou a se agarrar às cobertas como se elas pudessem esconder o que estava escrito com todas as letras em seu rosto: desejava Luiz Batista.

Virgílio sentiu um incômodo nesse momento. Pela primeira vez, entendeu que usurpou o lugar do marquês de Belavista. Tremeu ao se sentir um mentiroso barato. Abaixou os olhos para esconder a vergonha que o invadiu. Não deveria enganar Olympia, mas a emoção quando a beijou ainda corria pelas suas veias. Essa energia, essa força, estava por todo o seu corpo e isso era bem real.

Como eu posso estar enganado com relação a essa química, a esse magnetismo? Como? Eu nunca senti isso antes...

Severa serviu Virgílio. Ele agradeceu como a cabeça e tomou a xícara em silêncio. Tentou mostrar indiferença à eletricidade que circulava pelo ambiente, mas apenas aumentou o constrangimento dos que sabem muito e podem falar pouco. Deixou a xícara na bandeja e voltou a se concentrar em Olympia.

— A senhorita me desculpe, não pretendo me demorar mais agora que sei que está... melhor. A vossa irmã deve estar me esperando, se me dão licença.

Olympia ainda tentou dizer alguma coisa, mas os seus lábios permaneceram selados como se quisessem prolongar o gosto do beijo por mais alguns minutos.

Virgílio se levantou, pegou os acessórios e depois de fazer uma leve reverência deixou o quarto.

Capítulo 49

Veneno

Severa fechou a porta e olhou seriamente para Olympia. A única reação da moça foi se esconder inteiramente debaixo das cobertas.
— Pode sair daí, sinhazinha! — Severa puxou as cobertas com força. — *Vosmecê* vai agora mesmo se vestir para ir à Recife.
— *Vosmecê* perdeu o juízo, Severa?! Eu não vou a lugar nenhum. — Olympia voltou a se esconder. — Ele me beijou, Severa, de novo!
— Incrível como isso está se tornando uma rotina. — Severa riu.
— Isso não é hora para brincadeiras, eu estou falando muito sério!
— E eu também! — Severa bateu uma mão contra a outra e as apertou. — *Vosmecê* gosta desse rapaz e ele de *vosmecê*, por que não explica isso a Olívia?
— Porque eu não gosto dele, Severa! EU NÃO GOSTO DELE! — Sentou-se abatida.
— Grite mais alto ainda e, quem sabe, o seu coração a ouça — ironizou.

— Eu... eu... ele... eu não consigo explicar essa sensação de euforia quando estou ao lado dele. Essas fagulhas que queimam a minha pele, esse calor que ganha o meu corpo... Isso é uma doença, Severa, eu estou doente! Só isso poderia explicar essas sensações que surgiram do dia para a noite.

— O que descreve se chama amor e não tem nada a ver com uma doença, minha criança. Quando é que vai entender e aceitar?

— NUNCA! Eu não vou ceder nunca! Entendeu, Severa, nunca! *Vosmecê* esqueceu? Olívia quer Luiz Batista e eu prometi que não ficaria entre eles. — Olympia passou a mão nos lábios.

— Mesmo que seja isso o que mais queira neste momento...

Olympia levantou da cama e fuzilou Severa com o olhar.

— Está bem, minha filha, se a sua irmã quer ficar com Luiz Batista que ela fique com ele.

— Eu não quero disputar ninguém com Olívia... eu prometi, Severa...

— Claro, esse assunto está encerrado. *Vosmecê* gostaria que eu trouxesse o vosso jantar a que horas?

A porta se abriu com violência como se o vento de uma tempestade soprasse com força. Olívia entrou na cabine, fechou a porta atrás dela e se colocou na frente de Olympia com um dedo em riste.

— O que o marquês veio fazer aqui? O que ele veio fazer aqui? — repetiu em um tom bem mais alto.

— Ele veio ver como eu estava...

— Ele acreditou nessa mentirinha infantil? Eu nunca pude imaginar que inventaria esse tipo de subterfúgio para chamar a atenção de Luiz Batista.

— "Mentirinha infantil"? Do que me acusa, Olívia?

— Que a santinha-do-pau-oco atacou de novo, não foi?!

— Acusa-me de inventar a doença?!

— E não foi isso o que fez?

— Pois saiba que tu es a única pessoa que deve ter a consciência pesada! Foi o chá que me deste que me deixou doente!

Olívia olhou para Olympia com os lábios crispados e depois para Severa.

— Eu não acredito que pode pensar algo assim de mim, eu nunca te faria mal. — Olívia apontou Severa com o queixo. — Mas será que ela é tão confiável quanto parece?

— Como ousa? Eu nunca ameaçaria a vida de Olympia e até de *vosmecê* por nada desse mundo, eu criei *vosmecês*!

— Pare! *Vosmecê* não chega aos pés da minha mãe, nunca se coloque no lugar dela de novo!

Olympia sentiu o sangue esquentar as suas veias e a raiva se espalhar com velocidade pelo corpo. Afastou-se para evitar dar um soco na irmã e lhe deu as costas. Foi pior. Olívia pegou no ombro de Olympia e a girou na sua direção.

— Não dê as costas para mim, eu ainda não terminei...

— Sinhazinhas, por favor...

— Não se meta na nossa conversa, sua escrava cretina! — Olívia se virou para encarar Severa que a olhava sem esconder certo desprezo.

Quando ela girou o rosto para olhar de novo para a irmã, não viu os olhos de Olympia, mas a sua mão. O tapa foi tão violento quanto a surpresa. A jovem caiu contra a mesa onde estava o serviço de chá e espatifou bule, xícaras e biscoitos por todo o quarto.

— Olympia *vosmecê* enlouqueceu! — Severa se abaixou para ajudar Olívia.

Olívia permaneceu no chão. Os olhos saltavam da órbita, os lábios tremiam de raiva e as mãos se fecharam em punhos.

— Eu não vou admitir que fale assim de novo com Severa ou qualquer outro escravo, sua idiota mimada! — Olympia colocou as mãos na cintura. — Eu prometi a *vosmecê* que não iria aceitar o pedido de casamento do marquês de Belavista e não aceitei. Eu prometi que o manteria longe e vou cumprir a minha promessa, mas eu não posso impedi-lo de me amar, de vir me ver ou de manter a nossa relação dentro do mínimo necessário exigido pela sociedade — Olympia cuspiu as palavras sem nenhuma pausa entre elas como se fossem dardos velozes e venenosos.

Olívia empurrou a mão de Severa que se prontificou a socorrê-la e se levantou. Ajeitou a saia do vestido e as flores que enfeitavam os cabelos com um movimento ríspido e deslizou entre os cacos de porcelana como uma serpente. Chegou bem perto do rosto de Olympia e sussurrou no seu ouvido:

— Vai mantê-lo longe porque Luiz Batista não a ama. Ele a pediu em casamento para ganhar uma aposta. — Olívia levantou o queixo como acabou de vencer uma prova difícil. — Se não acredita, pergunte a Lucas ou Matheus, todos os amigos dele sabem disso.

Olympia se afastou da irmã como faria alguém mordido por uma cobra. Aturdida, olhou para Severa, que se colocou entre as gêmeas.

— Eu não acredito em uma só palavra — protestou Severa.

Olívia ignorou solenemente a escrava.

— Tu lembras da manhã quando reencontraste com Luiz Batista? Nessa mesma manhã, eu fui até a cabine escolher o vestido do jantar... — Passou a mão levemente sobre o espaldar de uma cadeira. — Quando ele saiu do deck, eu o segui. Ele se encontrou com o paspalho do Lucas, que ria como uma hiena. Feliz da vida com o que iria ganhar com a tal aposta. Achei melhor ficar escondida para saber um pouco mais. O que foi que eles disseram mesmo? — Levantou um dedo e fez um biquinho. — Ah! Que Luiz Batista apostou que receberia o seu "sim" antes da viagem terminar.

Olympia olhou para Severa e a escrava pôde ler no rosto lívido o tamanho da decepção. Era como se ela entendesse o que Olympia pensava. Tudo foi armado: a presença no navio, a recente aceitação do fim da escravidão, o respeito às mulheres, o interesse pelos livros. Nada disso saiu com honestidade do coração do marquês. As frases pensadas e a atitude estudada tinham apenas um objetivo: ganhar uma aposta.

— Eu acredito que deve haver um mal-entendido... Eu sei que esse rapaz ama Olympia. Com certeza ele deve ter uma boa desculpa para o que ouviu e se ele quisesse manter a aposta, por que pagou aos amigos como se tivesse desistido dela?

— Olympia não aceitou o pedido de casamento, sua negra estúpida! Por isso ele perdeu! Mas como a viagem ainda não terminou, ele pediu mais tempo para os amigos.

— Olympia, não acredite na sua irmã...

Olívia levantou os olhos para o céu.

— Sabes agora que ele fazia mais um dos seus joguinhos. Virgílio não a ama e por isso eu tenho todas as chances de conquistá-lo. Continue bem longe dele, combinado, maninha?

Olympia olhou para Olívia com uma imensa vontade de jogá-la através da escotilha, mas achou melhor optar por um golpe mais baixo e provavelmente mais doloroso. Mesmo que não quisesse admitir, sabia que bastava olhar para Luiz Batista e a sua vontade se esvairia como o sal nas ondas do mar. A hora chegou: Olympia precisava se decidir.

— *Vosmecê* acha mesmo que o marquês faria qualquer coisa por mim, Severa?

Severa fechou os olhos em uma fenda como se quisesse ver o que estava por trás do rosto bonito.

— Qualquer coisa... — respondeu Severa feliz ao ver o sorriso sapeca que surgiu no rosto de Olympia.

A jovem foi até a porta, abriu e olhou para Olívia.

— Sabe o que eu acho, "maninha", que se o futuro marquês gosta mesmo de apostas eu vou sugerir uma que vai mostrar com qual de nós duas ele quer ficar...

— Não se atreveria!

— Nos vemos mais tarde no baile. Eu tenho certeza de que ele vai ser inesquecível.

Olympia empurrou a irmã para fora da cabine e fechou a porta.

— Não vai a Recife conosco? — Severa pegou o chapéu e a sombrinha para acompanhar Olívia.

— Não, que o marquês tenha um dia agradável com a minha irmã.

— Eu estou com medo do que vai fazer...

— O marquês de Belavista provar o seu próprio veneno.

Capítulo 50

Canalha

Virgílio saiu do quarto de Olympia, se encostou na porta e fechou os olhos. Pela primeira vez na sua vida, se sentiu vivo como se durante todos esses anos estivesse no meio de uma escuridão e só agora voltasse a enxergar a luz.

Infelizmente, Virgílio se deu conta de que o objeto do amor de Olympia não era ele, mas o marquês de Belavista. Olhou para a mão que segurava a bengala. Respirou profundamente. Tentou recuperar o controle, mas o que encontrou foi uma raiva profunda misturada ao desespero de ter encontrado e perdido a mulher amada ao mesmo tempo.

Apertou a bengala e se distanciou do quarto de Olympia sem saber ao certo para onde ir. Certeza ele tinha apenas uma: não deveria se passar por Luiz Batista. Isso seria contra todos os seus princípios, mesmo se estivesse irremediavelmente apaixonado por Olympia.

Virgílio cumprimentou silenciosamente as pessoas com quem cruzou pelos corredores. Continuou andando sem rumo até sentir uma mão lhe tocar o ombro.

— Luiz Batista! A pancada atingiu o seu ouvido? Faz alguns minutos que lhe chamo... Estão todos indo para a ponte, vamos descer em Recife.

— Lucas... desculpe-me, não quis ofendê-lo, pensava em outra coisa... — Tentou um sorriso que saiu meio torto e, ao mesmo tempo, fez uma leve inclinação com a cabeça e tocou o chapéu.

Lucas observou Virgílio com os olhos semicerrados como se procurasse algo. Depois de alguns segundos abriu um sorriso largo que mostrava dentes pequenos e perfeitos.

— Venha fumar conosco, ainda temos alguns minutos antes de desembarcarmos.

Fumar? Como eu saio dessa...

— Se não se incomoda, Lucas, gostaria de ficar longe dos cigarros e de outros vícios por enquanto, a minha cabeça... — Virgílio apontou para o curativo.

— Claro, claro! Isso deve estar doendo muito... Mas, venha... — Lucas pegou Virgílio pelo braço e lhe indicou o caminho. — Conversar não está fora das recomendações médicas, não?

Virgílio aceitou o convite. Seguiu Lucas com um passo arrastado como se outra direção o tentasse naquele momento. Felizmente para Virgílio, Lucas se bastava. Ele perguntava e respondia, contava a piada e ria, lamentava pelo trabalho dos marinheiros e encontrava argumentos para explicar o porquê do trabalho mal feito. Virgílio tentou acompanhar a conversa apesar dos comentários insuportáveis do jovem companheiro. Precisava obter o maior número possível de informações sobre a situação e fez um esforço sobre-humano para não perder o "norte".

Eles cumprimentaram um casal. Um homem tão alto quando Virgílio com um longo e farto bigode que terminava em pontas e que só tinha olhos para a morena ao seu lado. Esbelta e com um sorriso largo que deixava o rosto anguloso ainda mais belo, atraía todos os olhares, mas não desviava o dela do homem que a cortejava com elegância. Eles se distanciaram.

Virgílio desceu alguns degraus seguido por um taciturno Lucas que não esperou mais um minuto para destilar o veneno.

— Vossa Graça viu que indecência?

— Do que está falando, Lucas?

— Eufrásia Teixeira Leite e Joaquim Nabuco juntos à luz do dia e principalmente à noite... Uma vergonha para todas as mulheres presentes nesta nau...

Virgílio parou por um momento ao entender de quem Lucas falava. Virou o rosto para admirar o casal mítico do século XIX. Lembrou-se vagamente da história conturbada que começou no navio onde estavam, durou quatorze anos entre idas e vindas até o rompimento definitivo do noivado quando ela lhe propôs uma ajuda financeira para a causa da abolição. Ofendido, Joaquim se casou com outra, teve filhos e se tornou um personagem importante na história do Brasil. Eufrásia permaneceu solteira e deixou o mais importante da herança para obras de caridade. O olhar de Virgílio acompanhou o casal que esbanjava essa felicidade mágica dos primeiros momentos da paixão até desaparecer por trás de uma pilastra. Eufrásia e Nabuco não tiveram o tradicional final feliz e Virgílio tremeu diante dessa possibilidade que surgiu no seu caminho como um mau presságio.

Virgílio balançou a cabeça e levou mais um segundo para voltar à 1873.

— Lucas, se não se importa...

— O quê?

— Eu não me lembro muito bem de algumas coisas... Poderia me ajudar?

— Pois não, Senhor Marquês, estou a sua inteira disposição...

— Dom Pedro voltou à Europa?

— Mas é claro, isso aconteceu em 1831. Dom Pedro II assumiu o trono logo depois da Regência, ele tinha apenas quatorze anos. — Lucas olhou para Virgílio e tentou disfarçar uma certa surpresa.

Virgílio mexeu no chapéu, bateu com a bengala nos sapatos e voltou a olhar para Lucas.

— O tráfico de escravos foi extinto?

— Infelizmente, meu amigo, os "Liberais" conseguiram essa proeza há vinte anos. Agora eles fazem de tudo para acabar de vez com a escravidão. Vossa Graça viu aquele homem com Eufrásia? É um abolicionista notório. Ele não tem a menor ideia do tamanho do desastre caso esse movimento consiga liberar os escravos. — Lucas levantou os olhos para o céu e balançou a cabeça negativamente. — Não estamos preparados para isso, "o café é o escravo", quando não pudermos mais contar com os negros não sei como vamos fazer...

— Sempre vai haver uma solução...

Lucas abriu uma porta e com a mão pediu para que Virgílio entrasse. O salão estava iluminado por lustres de cristal que cintilavam em várias cores e tinha inúmeras mesas cercadas por poltronas baixas e confortáveis. Homens de todas as idades jogavam cartas, fumavam ou tiravam uma soneca. O cheiro de tabaco era forte e por um momento, Virgílio sentiu uma náusea lhe incomodar. Respirou fundo e olhou para Matheus que acenava de uma mesa perto de uma ampla janela.

— Senhores... — Matheus fez uma leve reverência e se sentou.

Virgílio seguiu o exemplo e ficou ao lado do jovem que retirava um longo charuto e o acendia com certa displicência. Lucas abriu a casaca, se sentou com as pernas meio abertas e aceitou um dos charutos oferecidos por Matheus. Olhou para Virgílio e sorriu, o que fez com que o empresário sentisse os pelos da nuca se eriçarem. Se Virgílio teve essa intuição assim que viu Lucas, agora ele tinha certeza: estava diante de um canalha, desses com "C" maiúsculo.

— Bom, Senhor Marquês, ou seja lá quem *vosmecê* for... o que conta de novo?

Virgílio olhou para Matheus, que olhou para Lucas como se perguntasse o que ele fazia.

— Lucas? — Matheus ficou vermelho como os tapetes que enfeitavam o chão.

Lucas retirou o charuto e se aproximou dos dois homens.

— Vamos acabar com essa farsa cretina... — Olhou para Matheus, que agora estava pálido, e para Virgílio que fechou os olhos em uma pequena fresta. — Nós dois — Lucas apontou para ele e para Matheus com o charuto — sabemos que *vosmecê* não é o marquês de Belavista. A questão agora é: quem é *vosmecê*?

— Lucas, *vosmecê* prometeu...

— Prometi, mas mudei de ideia. Então, a quem temos a honra?

Capítulo 51

Chantagem

Virgílio olhou novamente para Matheus apenas para se certificar de que ele também desconfiou de que ele não era o marquês. Nesse caso a melhor saída era sempre a mesma: a verdade.

— O meu nome é Virgílio, eu sou engenheiro...
— *Vosmecê* fala de um jeito estranho, de onde é?
— Rio de Janeiro...
— E como veio parar aqui?
— Eu não faço a menor ideia...

Lucas saboreava o charuto e o momento. Matheus apagou o dele ainda pela metade.

— Nós também não...
— Como descobriram?
— Matheus, por que não explica ao nosso convidado o que aconteceu na nossa primeira noite no navio?

Matheus respirou profundamente, se aproximou e cruzou as mãos.

— Houve... um acidente... Luiz Batista, o marquês — olhou para Virgílio e voltou a encarar o mármore rosa do tampo da mesa —, ele caiu. Como lhe contei, eu me joguei no mar para salvá-lo — Lucas começou a bater palmas enquanto lançava uma nuvem de fumaça pelo canto da boca com o charuto entre os dentes —, mas quando o recuperei e o levei a bordo de novo...

Matheus fez uma pausa e afastou a cadeira como se precisasse de espaço para respirar.

— Quando o meu ilustre amigo aqui arriscou a vida dando uma de herói, eu cheguei! Tcharam!

Lucas piscou um olho e Virgílio precisou se segurar na mesa para não arrancar o fígado do rapaz pela garganta.

— Quando Matheus virou *vosmecê* nós soubemos na mesma hora que não se tratava do marquês. Felizmente, os marinheiros não faziam a menor ideia de quem caiu e menos ainda de quem foi salvo naquele momento. Eles não conhecem os nobres que passeiam pelo navio.

— Eu não sei aonde querem chegar...

— Não seja apressado. Eu vou lhe dizer com todas as letras, se ainda não foi capaz de adivinhar porque... — apontou para o peito e levantou o queixo — esse belo rapaz que se encontra à sua frente decidiu manter a sua verdadeira identidade bem escondida de todos os passageiros.

— Lucas, tem certeza do que está fazendo?

— Por favor, Matheus, não seja estúpido! Eu não vou desperdiçar essa chance, por isso é bom que ele saiba de tudo, assim não vai complicar a minha vida.

Lucas puxou a poltrona na direção de Virgílio que precisou respirar fundo ao sentir o hálito com o cheiro forte do charuto.

— Eu não faço a menor ideia de como, ao invés de salvar o marquês, Matheus o recuperou do mar, e isso realmente não me interessa diante da oportunidade de ouro que caiu no meu colo. Sendo mais claro: o meu pai me enviou de novo para a Europa para que pudesse escapar de um assassinato. — Lucas tragou o charuto mostrando um prazer maior do que o necessário. — Nada grave, apenas matei um negro estúpido, mas a punição não foi apenas o exílio até que terminasse a faculdade. Ele cortou os meus rendimentos! Eu vou ficar sem nenhum tostão durante um ano e só porque matei um negro imprestável. Pode imaginar?! Viver na Europa sem dinheiro, isso não é realmente possível.

Olhou para Virgílio e levantou os cantos da boca em um movimento estranho. Virgílio olhou para Matheus e compreendeu exatamente o que estava em jogo: o silêncio deles sobre a sua identidade em troca de dinheiro, muito dinheiro.

— Como o senhor pretende fazer isso? — Virgílio cruzou as mãos sobre a mesa.

— Da mesma maneira que pagou pela aposta com a Olympia: com cheques ao portador e depois disso com transferências para a minha conta na França. Nada complicado, e é claro, sempre com somas que não chamariam a atenção de ninguém, afinal o marquês de Belavista é um homem riquíssimo. Pena que agora ele está morto e alguém tem que aproveitar antes que o corpo apareça, não é mesmo? Enquanto isso, pode usufruir do seu novo título, posses e donzelas...

Matheus se levantou em um impulso. Bateu com os punhos contra a mesa e fez com que todos os homens presentes virassem a cabeça com um olhar reprovador.

— Agora chega, Lucas!

— Não seja estúpido, Matheus, não precisamos chamar a atenção. — Com as mãos, Lucas pediu para que Matheus se sentasse. — O que temos que fazer a partir de agora é bem simples: o engenheiro-seja-lá-como-ele-se-chama banca o marquês e nós guardamos o lucro. E *vosmecê* não precisa ficar nesse estado só porque eu mencionei as "Gêmeas em Flor", todos aqui sabem que só depende do marquês com quem ele vai dormir durante as próximas noites desse cruzeiro...

Lucas não terminou a frase. Ele olhava para Matheus e não viu o soco partir do ombro ferido de Virgílio com velocidade para deixar a marca de uma raiva profunda impressa no rosto do rapaz. Lucas foi atingido com tanta força que caiu de costas no chão e levou com ele uma mesa estreita de madeira com pés curvos e apliques dourados onde ficavam licoreiras em cristal.

Virgílio olhou para Matheus como se pudesse parti-lo em pedaços apenas com a força do pensamento e deixou a sala diante de homens boquiabertos. Matheus se abaixou para ajudar Lucas. O rapaz se levantou meio sem equilíbrio, com a mão no queixo e ódio no olhar.

Capítulo 52

Liberdade

Virgílio ignorou as dezenas de olhos que lhe enviaram farpas venenosas e deixou a sala com passos firmes. Assim que chegou ao corredor, um dos homens da tripulação se aproximou e pediu em um tom baixo, mas firme:

— Por favor, senhor, permaneça a bordo.

— Pois não, estarei na popa.

Acelerou o passo em direção à parte traseira da embarcação. Cruzou com alguns passageiros, que se afastavam apressados para não perderem o desembarque, e os cumprimentou como pôde. Quase todos deixaram o navio.

O silêncio na nau era interrompido de vez em quando pelos passos de algum marinheiro e grasnar de gaivotas. Segurou-se no parapeito e o apertou com força. Precisava resistir à vontade de se lançar no mar para acabar com esse pesadelo. Quem sabe não seria resgatado no Rio de Janeiro no ano de 2016? Ou simplesmente acordaria desse sonho estranho?

Virgílio tremeu diante da evidência: se voltasse para o seu presente, ficaria longe de Olympia. Balançou a cabeça para afastar a ideia e levantou o rosto para ver a cidade. Procurou pela ponte da Boa Vista, mas de onde o navio estava só podia perceber os recortes das fachadas dos casarios coloniais com a sua arquitetura discreta e janelas pintadas de azul. Bateu com o punho fechado na proteção do navio. Perdeu uma oportunidade de ouro: ver a Recife de 1873, mas sorriu ao lembrar que conseguiu se livrar do compromisso com Olívia e esmurrar Lucas de uma só vez.

— Senhor Marquês, está tudo bem?

Virgílio se virou com um movimento brusco. Encontrou o olhar preocupado de Olympia que se protegia do vento com um xale branco como a blusa.

— Olympia... Melhorou?

— Sim, Senhor Marquês, estou melhor, obrigada. E o senhor, o que faz aqui? Pensei que estivesse em Recife nesse momento.

— Mesmo depois do nosso beijo vai continuar me chamando de senhor?

— Sim e espero que mantenha a mesma cortesia à minha pessoa.

— Pois não, senhorita.

— Então, Senhor Marquês, perdeu o passeio?

— Eu tive um... contratempo e a senhorita?

— Eu preferi sentir o gosto da liberdade por algumas horas. —fechou os olhos e inspirou o ar marinho que cheirava a sal e algas —, antes que a minha irmã e Severa retornem.

Olympia sorriu.

— Agora por que não me diz do quê ou de quem estaria fugindo, Senhor Marquês? Por acaso ficou com vergonha de ter me forçado a beijá-lo? — Olympia afastou-se para aumentar a distância entre eles e começou a caminhar.

Virgílio a olhou surpreso. Nunca poderia imaginar que Olympia fosse tão ousada, mas em seguida se lembrou da biografia de Helena. A moça recebeu uma educação refinada e o barão a via como uma igual.

Ele a acompanhou.

— Como pode dizer que eu a forcei a me beijar? Eu lhe prometi que isso nunca aconteceria e não aconteceu.

— O senhor... me c-co-colocou em uma situação... indelicada. Eu não podia... eu não p-pude fa-fazer nada... — A voz esganiçada rebateu sem segurança.

Virgílio se aproximou ainda mais.

— Bastava ter me dito não e a teria deixado como a encontrei. Por que insiste em negar o que o seu peito grita em alto e bom som?

— O senhor é muito pretensioso! — Olympia abriu o leque e se abanou freneticamente. — Como pode imaginar o que se passa dentro do meu peito? O senhor não tem a menor ideia e muito menos a certeza do que sinto pelo senhor ou por qualquer outra pessoa.

— O rubor no seu rosto, as suas pupilas dilatadas, a sua respiração ofegante e o seu coração que bate acelerado são reações que tem habitualmente com todas as pessoas ou apenas comigo? — Virgílio parou e deixou apenas alguns centímetros entre eles.

Olympia pôde sentir o cheiro amadeirado misturado a fragrância mentolada de barba bem feita e o hálito quente dos lábios de Virgílio. Ele só precisaria abaixar um pouco mais o rosto e os seus lábios se encontrariam de novo, mas em vez de fazer o que Olympia parecia ansiar, se afastou deliberadamente. Ao olhar para o rosto da jovem viu um desapontamento mal disfarçado.

— Vai ter que me pedir por cada um dos meus beijos, Olympia — Virgílio olhou para a jovem —, por cada um deles.

Olympia baixou o rosto para esconder as bochechas vermelhas.

— Vai fugir?

Olympia trincou os dentes e fincou a ponta da sombrinha no chão. A tentativa de resistir à vontade de correr para o quarto e se esconder até o dia do Julgamento Final fez Virgílio a olhar de um modo terno. Ela levantou o rosto.

— O senhor tem mesmo muita confiança no seu charme, não?

— Não, eu confio no que sinto pela senhorita e no que a senhorita sente por mim — Virgílio não tirou os olhos da moça que voltava a ficar vermelha como se o seu corpo fizesse questão de contradizer cada um dos seus argumentos —, mas o que acha de me acompanhar em um passeio tranquilo? Fazemos de conta que não sentimos nada um pelo outro. — Mostrou o braço para que ela o acompanhasse.

— O senhor tem certeza? A sua reputação poderia ficar arruinada se alguém o visse em companhia de uma donzela.

— Eu tenho mais medo é pelo estrago que poderia fazer na sua. Acredito que somos os únicos a bordo... — ele terminou a frase com um sorriso que fez Olympia se desmanchar.

— Engano seu, Senhor Marquês, somos quase mil pessoas nessa

travessia e a tripulação permaneceu aqui.

— O que é uma pena. — Se aproximou do rosto da jovem e o tocou levemente.

Olympia deu um tapinha na mão de Virgílio e riu de nervoso. Abanou-se com o leque e voltou a caminhar.

— Agora, por que não me explica do quê ou de quem estaria fugindo, Senhor Marquês?

— A senhorita precisa mesmo fazer essa pergunta? A resposta não seria óbvia?

— Se fosse não teria perguntado, mas não precisa se preocupar em me responder. Se encontrar a solução, guarde para *vosmecê*... Mas não se deixe enganar: nem todas as fugas e muito menos a liberdade são tão evidentes quanto parecem...

— O que quer dizer? — Virgílio avançava no mesmo ritmo dos passos de Olympia.

— Que nem sempre é possível fugir ou ser livre... — A moça observou o voo de algumas aves marinhas que circulavam o porto.

— Eu gostaria de entender melhor o seu ponto de vista, senhorita. *Vosmecê* é branca, rica e livre. Se fosse Severa quem falasse, eu até entenderia essa tristeza que brilhou no seu olhar ao mencionar a liberdade. A senhorita falou como se tivesse as mesmas amarras que a escrava que a acompanha.

Olympia se virou para a cidade. Virgílio repetiu o movimento. Viu homens sobre cavalos e carroças atravessarem as ruas apressados, mulheres negras com vasos nas cabeças, cães que disputavam um osso e outros barcos menores que deixavam o porto ainda mais colorido.

— No seu ponto de vista, as amarras de Severa são as flores do jardim da Inocência, o cheiro do café, a educação que a filha dela recebe, eu e a minha irmã que ela ama como filhas, o meu pai...

Olympia se calou e baixou os olhos.

— Mas no caso de Severa, essas não são amarras, mas âncoras. Severa não poderia viver sem elas, por isso a liberdade como sonham os escravos do meu pai não tem o mesmo significado, nem para Severa, nem para mim.

— *Vosmecê* é contra a libertação dos escravos?! Pensei que lutasse pela causa, me enganei?

— Claro que não! É preciso ter liberdade, só assim podemos saber se queremos partir ou ficar — Olympia encarou Virgílio. — A não ser que possamos comprar qualquer coisa, pessoa e até mesmo a liberdade de escolha...

Virgílio voltou a olhar para o mar sem saber o que responder, pela insinuação era claro que Olympia estava ciente da aposta. Passou um momento em silêncio e se concentrou de novo na moça.

— A senhorita soube...

— Por que insistir nessa ideia de casamento? Eu neguei o seu pedido, *vosmecê* perdeu dinheiro à toa...

— Foi uma ideia tola e mesmo que a considere imperdoável, só posso pedir que me desculpe.

— Não é tão simples assim...

— Tudo é muito simples, somos nós que complicamos. Veja o amor, por exemplo, não consigo pensar em nada mais evidente, um homem e uma mulher que querem ficar juntos.

Olympia levantou os olhos e se encontrou com o olhar de Virgílio, que se aproximou.

— Mas as correntes que os amarram às convenções, às promessas, aos princípios e até a outras pessoas fazem com que ele seja mais complicado do que parece.

— Vossa Graça poderia ser mais claro?

— Eu a amo, Olympia Antunes, e a pedi em casamento. Por que não aceitou o meu pedido se o que vejo nos seus olhos é o reflexo do que sinto por *vosmecê*?

— O senhor diz que me ama, mas fez uma aposta tola e, além disso, prometeu passear com a minha irmã... — disse com um pouco mais de irritação do que gostaria de mostrar.

— A aposta foi de uma estupidez sem limites, paguei o que devia e pedi para que ninguém mais tocasse no assunto que não merece um minuto do seu tempo. Peço mais uma vez que me perdoe...

Olympia olhou para Virgílio, mas não respondeu.

— Quanto ao passeio com a vossa irmã, ela insistiu. A senhorita estava doente, não queria lhe incomodar e muito menos ser deselegante com Olívia.

— Claro — levantou uma sobrancelha —, mas por que descumpriu a sua promessa?

— Eu não tinha a intenção de faltar com o respeito a vossa irmã, senhorita, mas eu estou com a impressão de que alguém ou alguma coisa estão colaborando para que pudesse ficar com a senhorita, a sós.

Virgílio parou, encarou Olympia e sorriu. Ela precisou se segurar na barra da proteção do navio. Ele se aproximou e levantou uma das mãos até a cintura dela. Virgílio percebeu o corpete se movimentar com mais intensidade e a mão apertar o parapeito. O olhar dele se prendeu no dela e a fez parar de respirar.

— Vai me pedir o beijo agora? — Virgílio aumentou a pressão da mão sobre a cintura da jovem e se inclinou em sua direção.

— Eu acho melhor retornar para a minha cabine...

— Por quê? — Segurou-a pelo antebraço.

— Eu fiz uma promessa e não pretendo faltar com a minha palavra.

— Promessa? Qual promessa?

Capítulo 53

Prisão

Olympia não teve tempo de responder.
Virgílio se afastou dela ao ver um grupo de oficiais se aproximar com caras de poucos amigos. Um homem alto com uma estrutura impressionante e olhar firme fez um cumprimento elegante.

— Vossa Graça, marquês de Belavista... senhorita Antunes... — A voz grave que lembrou um trovão fez Virgílio fazer uma leve reverência em direção ao comandante que o olhava com um certo desprezo contido. O oficial lançou um olhar curioso para Olympia. — Estava de saída, senhorita?

— Mudei de ideia...

O comandante se vira para Virgílio.

— Recebi uma queixa formal do senhor Lucas de Toledo Garcia, futuro barão de Tamaracá.

Virgílio cruzou as mãos atrás das costas para evitar qualquer gesto brusco que poderia ser interpretado erroneamente.

— O senhor Lucas de Toledo Garcia me contou que Vossa Graça o agrediu com um soco no rosto. Testemunhas confirmaram a queixa. O marquês poderia me explicar o porquê?

— Pois não, senhor. Ele ofendeu duas damas respeitáveis, uma delas está aqui ao meu lado.

Olympia olhou estupefata para Virgílio. Com a boca aberta em um "O" mudo, se virou para o comandante. O oficial os observou por um momento e coçou a barba espessa em um tom que lembrava as nuvens acinzentadas que deslizavam suavemente.

— O senhor pode resolver as diferenças com o futuro barão quando estivermos de novo em terra firme, por isso peço que, enquanto estiver a bordo, respeite as regras de boa convivência. O senhor vai se manter distante do senhor Lucas de Toledo Garcia?

— Infelizmente eu não posso prometer isso...

— Nesse caso, eu não tenho outra opção. Eu vou ter que mantê-lo detido no seu quarto até a nossa próxima parada. — O comandante encarou Virgílio com o seu olhar esmeralda. — O senhor me criou problemas desde que chegou e alguns dias fechado no seu quarto podem acalmá-lo.

— Mas isso é um absurdo!

— Senhorita Antunes, apesar de ser filha de quem é, esse não é um assunto para ser discutido com mulheres — afirmou secamente sem se dar ao trabalho de olhar para Olympia.

— Isso se mostra totalmente desnecessário, comandante, a senhorita Antunes é uma mulher capaz de expressar as suas próprias opiniões.

— Claro, sobre bordado e costura, mas quem determina as regras do meu navio sou eu e ninguém, muito menos uma mulher, vai me dizer o que fazer.

Olympia se lançou na direção do comandante como se tivesse a intenção de deixar o seu rosto zebrado com as unhas. Virgílio a segurou pelo braço e a olhou com firmeza.

— Eu sei muito mais de finanças e contabilidade do que de costura e bordado, senhor...

— Que seja, mas se a senhorita nos dá licença, agora precisamos terminar esse assunto.

O homem não se deu ao trabalho de olhar para Olympia que mordia os lábios trêmulos de raiva.

— Como dizia, o senhor vai ficar detido no seu quarto e, por favor, seja nobre de verdade. Não use o título comprado pelo seu avô para escapar das regras desse navio ou, ao invés da sua cabine, o senhor vai para o espaço reservado para os oficiais insubordinados. Já basta o acidente quase fatal que vou ter que explicar aos meus superiores... — O oficial ajeitou o paletó da farda, olhou para os dois marinheiros que o acompanhavam e balançou a cabeça positivamente. — O senhor vai ser escoltado até a sua cabine...

Virgílio olhou para Olympia, que, pela postura corporal, estava a um passo de esmurrar o comandante, fez uma leve reverência e sorriu. Ao se aproximar do seu quarto lembrou-se de Olympia falando de liberdade. Agora ele não estava apenas preso em um século que não era o dele e apaixonado por uma mulher que pensava que ele era outro homem, como também estava proibido de ir e vir, restrito à cabine em um navio que atravessava o Atlântico.

"Nada pode ficar pior...", pensou.

Nesse instante ele se lembrou do Titanic e gargalhou nervosamente.

Capítulo 54

Plano

Olympia o viu seguir os oficiais, fechou as mãos contra o leque e o apertou com força. A raiva que sentiu a fez trincar os dentes. Nesse momento, sentia-se minúscula, impotente, incapaz e furiosa por não ter conseguido defendê-lo. Só percebeu que ainda tremia quando tentou dar um passo e as pernas cambalearam. Segurou-se em um banco e respirou fundo. O marquês foi preso e ficaria encarcerado na própria cabine durante dias. Ela obteve exatamente o que queria: ficar longe do homem que fazia o seu corpo agir por conta própria, como se estivesse possuído por algum espírito maligno. Mas a sensação de vitória e alívio não veio, no lugar dela apenas a certeza de que não poderia passar nem um dia sem vê-lo.

Ao chegar na cabine, as mãos ainda tremiam. A chave caiu duas vezes antes de entrar na maçaneta. Fechou a porta atrás dela e se encostou vencida. Uma angústia violenta apertou o peito. Desatou os laços do vestido e começou a dar passos rápidos de um lado para o outro. As anáguas se arrastavam pelo chão em um barulho que lembrava uma vassoura de palha sobre o assoalho de madeira. As imagens se repetiam diante dos olhos vermelhos: a expressão furiosa do comandante, a calma com a qual o marquês enfrentou a situação e a vontade que teve de gritar que ninguém iria prender aquele homem.

A cabine ficou pequena depois de alguns minutos. Com as mãos fechadas em punhos e passos apressados, ela só tinha um rosto em mente: Lucas.

Olympia começou a procurar o futuro barão de Tamaracá pelo salão de jogos que estava vazio e sendo limpo pela tripulação. Empurrada pela determinação, foi até a popa, a proa, a enfermaria e ao restaurante para voltar sem sucesso até o corredor onde ficava o seu quarto. Não fazia a menor ideia onde Lucas dormia e mesmo se soubesse não poderia bater na porta dele. Ele seria capaz de contar para quem quisesse ouvir que ela tentou seduzi-lo.

— Maldição! — gritou antes de entrar de novo na cabine.

Tentou ler um livro, mas ele foi jogado na parede junto com toda a frustração que sentia. O bordado foi deixado de lado depois de furar os dedos e rasgar o tecido em pedaços. Perdeu a fome e não conseguiu engolir uma única garfada do almoço. Jogou-se contra o sofá. Olympia tentava entender por que não parava de pensar naquele sapo insuportável, que se tornou um príncipe encantado repentinamente. Só conseguiu chegar a uma conclusão: ela não sabia quando e muito menos como isso aconteceu, mas o seu coração encontrou o seu dono e ela sorriu.

Seus pensamentos foram interrompidos pelos sons de batidas na porta.

— Sinhazinha?

— SEVERA! Oh, meu Deus, que bom que chegou! Entre, entre... — Olympia pegou na mão da escrava e a fez sentar-se perto de uma escotilha. — Onde está Olívia?

— Foi para o quarto dela. A sua irmã está com um humor de ogro. Ela foi insuportável durante o passeio. Gritou com os escravos que a carregavam na liteira, esnobou o almoço, menosprezou o pobre Matheus que só tem olhos para ela. — Severa olhou para o céu claro que via através do vidro redondo. — E *vosmecê*, sinhá? O que fez todo o dia aqui sozinha ou será que não ficou exatamente sozinha? Cruz credo, sinhá! Pare um minuto, está me dando uma gastura com esse vai e vem...

Olympia se sentou e pegou nas mãos da escrava.

— *Vosmecê* não vai acreditar...

— *Vosmecê* não tem ideia das coisas nas quais acredito, minha sinhá.

Olympia fechou brevemente os olhos, colocou a mão no peito como se isso pudesse acalmar o coração que galopava acelerado e depois de alguns segundos voltou a encarar Severa.

— O marquês...

— O que tem ele?

— Ele foi preso!

Severa olhou para Olympia com os olhos esbugalhados e se levantou.

— Preso?! Como assim? Conte-me tudo, sinhá...

— Eu e o marquês estávamos na popa...

— Sei...

— Estávamos apenas conversando, Severa...

— Repito: sei...

— Enfim, o comandante chegou com dois brutamontes e o prendeu. O marquês bateu no futuro barão de Tamaracá...

— Mas isso é maravilhoso! Há muito tempo eu torcia para que alguém fizesse isso, pena que não fui eu mesma quem deu um soco no imbecil do Lucas...

— Severa!

— É verdade, esse branquinho de meia-tigela não vale um réis! E o quê mais?

— Lucas fez uma queixa e agora o marquês está preso na cabine dele até a nossa próxima parada.

— Minha nossa Senhora!

Olympia voltou a andar de um lado para o outro fazendo a saia varrer o chão da cabine em torno do seu corpo esbelto.

— O que eu posso fazer, Severa?

— Nada, apenas esperar que ele saia da prisão... Não era o que queria? Ficar longe do marquês?

— Não dessa maneira, Severa...

Olympia sentiu a força invisível que a atraía para perto daquele homem enigmático com frases, ideias e costumes tão estranhos lhe atingir como um raio e ela não conseguiu segurar o calafrio que percorreu a sua coluna. Severa a abraçou com carinho e enxugou uma lágrima furtiva e indiscreta.

— Existe mais alguma coisa que gostaria de me contar?

— O marquês com quem conversei hoje, esse homem que me assombrou nos meus sonhos e que não tem nada a ver com o arrogante Luiz Batista, parece ter saído de algum lugar desconhecido onde o respeito pela capacidade e inteligência das mulheres é real, tangível. Ele me defendeu diante do comandante em vez de me mandar embora como qualquer outro homem teria feito. — Olympia pegou uma das mãos de Severa. — Quem é esse homem e porquê ele mexe comigo dessa maneira?

— *Vosmecê* sabe muito bem quem ele é, sinhá, mas talvez só agora tenha descoberto o que sente por ele.

— Eu não sei o que sinto, tudo é tão confuso... — Olympia colocou o rosto entre as mãos.

— Nesse caso, vamos nos concentrar no que aconteceu, onde ele está?

— Na cabine dele. Ele foi preso injustamente, Severa...

— Não, se ele bateu mesmo naquele verme. Agora, venha. — Severa se levantou e pegou Olympia pelo braço até levá-la para se sentar na penteadeira. — *Vosmecê* tem que escolher o que vai usar no jantar de hoje à noite, tenho que ver Olívia em seguida.

— *Vosmecê* perdeu a cabeça? Como vou pensar em jantar ou qualquer outra coisa com Luiz Batista preso?

— Ele está preso, sozinho, e acho que vai ter que receber o jantar dele, não é mesmo? *Vosmecê* não tinha algo para conversar com ele? Conseguiu falar com ele sobre a sua ideia hoje pela manhã?

— Não, fomos interrompidos...

— *Vosmecê* quer uma oportunidade melhor?

Olympia olhou de soslaio para Severa, que deu um sorriso no canto da boca que dizia mais do que muitas palavras.

— *Vosmecê* não insinua que... — Olympia sentiu as bochechas ficarem vermelhas e baixou os olhos. — Ir na cabine de um homem solteiro poderia acabar com a minha reputação se alguém me visse...

— "Se"...

— Severa, por favor não brinque com isso...

— Eu não brinco e muito menos insinuo nada, eu mesma posso levar o jantar dele quando for trocar o curativo. O médico tirou os pontos e a cicatrização está bem acelerada, o Senhor Marquês tem uma pele remarcável... O comandante não vai desobedecer as ordens do médico e eu posso cuidar da limpeza do quarto também...

— O que evitaria que a arrumadeira viesse espionar o que fazemos...

— Hum-hum.

— Eu acho que preciso falar com o comandante no jantar. Eu vou com esse aqui. — Olympia apontou o vestido com cintura marcada que terminava em uma ponta, pequenas mangas bufantes e uma longa cauda em tafetá bordado pendurado no guarda-roupa.

— É lindo, o azul combina com os seus olhos e o decote "princesa" valoriza o seu colo. Agora vamos ajeitar esses cabelos. Não podemos perder tempo, a notícia da prisão do marquês deve chegar aos ouvidos da sua irmã rapidamente e eu preciso estar com ela para evitar que ela faça uma estupidez...

— O que acha que ela pode fazer?

— Qualquer coisa... — Severa foi até a caixa de joias separar o que Olympia iria usar no coque.

— Como ir até a cabine do marquês?

— Por exemplo... — Severa riu da ironia da situação e voltou a ficar séria em seguida. — A senhorita tem que resolver o que quer fazer...

— Eu sei, Severa, e eu esperava falar com ele no baile.

— Vai ter que mudar de estratégia... Por que não me conta qual foi a ideia brilhante para tirar *vosmecês* desse vespeiro?

— Luiz Batista é conhecido por gostar de apostar...

— Ai! Não gostei disso — Severa colocou dois pentes em forma de libélulas no coque —, mas estou ouvindo...

— Ele me pediu perdão pela aposta sobre o nosso casamento...

— Isso foi bom, mas ainda não consigo gostar do rumo da sua conversa. O que pretende realmente, sinhá?

— Se o marquês conseguir fazer com que Olívia desista dele durante a viagem e ela me diga isso com todas as letras, eu me caso com ele. — Olympia terminou de colocar os brincos e se virou para Severa aguardando a sua reação.

Severa parou e olhou para Olympia, indignada.

— Ele é um cavalheiro, um nobre, por que acha que faria isso?

— Um "cavalheiro" que apostou com os amigos que eu lhe daria a minha mão até o fim da viagem...

— Isso não foi muito nobre da parte dele, eu reconheço, mas ele lhe pediu perdão; e, Olympia, ele me parece desesperado...

— Se o for caso, ele vai ter que provar...

— Olympia, *vosmecê* vai colocar o marquês em uma situação muito delicada. — A escrava colocou um colar com uma água-marinha em formato de gota no pescoço da moça.

— Eu sei, mas se ele me ama como *vosmecê* mesmo disse, ele vai dar um jeito de fazer com que Olívia desista dele, se ele quer mesmo se casar comigo é o que vai ter que fazer.

Severa ajudou Olympia com a roupa de baixo, com a armação do vestido e com os inúmeros laços, depois se abaixou para fechar as fivelas dos sapatos de boneca forrados com o mesmo tecido azul-escuro.

— Eu não sei se essa é uma boa ideia...

— Vamos descobrir hoje à noite. Vou precisar de *vosmecê* para poder falar com o marquês.

Severa tremeu ao pensar na possibilidade de que a jovem poderia ser pêga em flagrante e engoliu em seco.

— Olívia vai estar no salão e com certeza também vai querer ir até a cabine, mas com um objetivo bem diferente do que levar o jantar...

— Severa! Por favor...

— *Vosmecê* está pronta. Eu me encontro com a senhorinha na sala de jantar.

— Mas... e o plano? Como vamos agir?

— Não se preocupe, eu vou pensar em alguma coisa.

Capítulo 55

Acordo

Severa saiu do quarto e uma hora depois as gêmeas iluminavam a sala de jantar com os seus vestidos em cetim brilhante azul e verde. A fumaça de charutos e cigarros se misturava aos perfumes caros e doces, os lustres de cristal espalhavam pontos luminosos e coloridos pelas paredes e o som suave dos violinos não atrapalhava as trocas de confidências entre os passageiros o que não impediu que olhares indiscretos se pousassem sobre as jovens. Olívia procurou Lucas e Matheus, e Severa não pôde evitar que a sua mão segurasse o braço da moça.

— Não se preocupe, Severa, eu não vou dar nenhum escândalo — Olívia se soltou da escrava. — *Vosmecê* os viu, Olympia?

Olympia levou os olhos para a esquerda e para a direita e balançou a cabeça negativamente. Elas se dirigiram até a mesa redonda decorada com uma toalha de linho branca e flores no arranjo de centro que ocupavam regularmente e deixaram que Severa se acomodasse primeiro. A presença da escrava na mesma mesa causou incômodo e embaraço no primeiro dia de navegação, mas Olympia convenceu o comandante de que só iria até o salão se a sua escrava tivesse a autorização para frequentá-lo. Apesar da solução encontrada – uma mesa bem distante das outras – as más-línguas não demoraram a inventar as mais criativas histórias sobre a amizade entre as três mulheres.

Nesse mesmo momento, Olívia sentiu o olhar de Matheus sobre ela. A moça virou o rosto e lá estava ele, elegantemente vestido com uma casaca preta e calça e gravata brancas conversando displicente com Lucas, perto do bar. Olívia não pensou dois minutos e se lançou na direção do rapaz, seguida de perto por Olympia, que apenas teve tempo de pedir para que Severa permanecesse sentada. A negra olhou ao redor com a certeza de que as conversas informais que normalmente terminavam em negócios agora tinham um sujeito de predileção: a briga do marquês de Belavista e se levantou em direção das gêmeas.

As moças fizeram uma leve reverência e os dois rapazes responderam ao gesto com um movimento de cabeça.

— Senhoritas...

— Senhores...

— Será que poderíamos conversar, senhor Lopes e Sobreira? — Olívia abriu um sorriso amável.

Olympia cruzou o olhar de Olívia que observava a atitude de profundo tédio do futuro barão de Tamaracá.

— Pois não, como posso lhe ser útil?

Olívia olhou para a irmã e para Severa que se reuniu ao grupo.

— O que houve com o marquês de Belavista? — perguntou ao mesmo tempo que encarou Lucas.

— Ele agrediu o futuro barão de Tamaracá. — Matheus apontou para Lucas.

— Ele é um bruto! — Lucas mostrou com empáfia o lábio inferior cortado e muito inchado.

Olympia deu um passo para a frente, mas Severa segurou-a pelo braço.

— Ele deve ter tido um ótimo motivo para isso. — Olympia fuzilou Lucas com o olhar.

— Misericórdia! Agora entendo por que o marquês ficou tão furioso! Eu tinha razão: *vosmecês* parecem as irmãs Bolenas loucas pelo rei...

Lucas riu de forma tão escandalosa que Severa precisou pegar Olympia pelo braço para afastá-la da presença do rapaz. Ao mesmo tempo, Matheus pegou na mão de Olívia e seguiu de perto os passos de Severa. O riso de

Lucas acompanhou-os como uma energia nefasta fazendo-as tremer da cabeça aos pés. Olívia retirou a mão do braço de Matheus e olhou para ele como se fosse um bandido.

— O que esse estúpido fez, Matheus?

O rapaz começou a suar em gotas e a apertar uma mão contra a outra. O olhar dele ia de Olívia para Olympia e voltava para Olívia. Ele estava vermelho e profundamente sem jeito.

Severa se aproximou e disse com uma voz baixa:

— Olívia por que não leva o senhor Lopes e Sobreira para tomar um pouco de ar, ele não me parece muito bem. O jantar ainda não foi servido, acho que *vosmecês* têm tempo de discutir calmamente sobre o que aconteceu.

— E *vosmecê*? Não vai me espiar?

— Não, nós vamos esperar por *vosmecê* na mesa.

— Eu também gostaria muito de saber o que houve... — Olympia procurou o olhar de Matheus.

— Todas nós, minha filha, mas o senhor Lopes e Sobreira é mais próximo de Olívia, eu tenho certeza de que ele vai ficar mais à vontade se conversar a sós com ela...

Olympia olhou para Severa e entendeu a manobra. A jovem apenas inclinou a cabeça e as duas se afastaram. Diante da fúria que sentia, Olívia não percebeu nada e apenas seguiu Matheus em direção ao convés. Os passos deles podiam ser ouvidos em todo o navio. Olívia olhou para os lados para se certificar de que estavam sozinhos e foi a primeira abrir a boca.

— O que o Lucas disse?

Matheus se afastou olhando para as mãos que apertava uma contra a outra, fechando os punhos de vez em quando e os reabrindo como se precisasse ganhar tempo.

— A mesma coisa que ele afirmou agora há pouco: que *vosmecês* estão loucas pelo marquês...

Matheus fechou os punhos e encarou Olívia.

— Eu amo *vosmecê*, Olívia, por que não acabamos com isso? Eu quero me casar — insistiu.

— Eu lhe disse que não posso me casar com *vosmecê*, por favor, não insista mais... O que Lucas fez hoje foi mais do que um insulto, ele poderia ter nos causado graves problemas.

— Ele não vai fazer nada, ele também poderia perder muita coisa...

— Não podemos confiar nele, Matheus.

Olívia se aproximou do rapaz e molhou os lábios.

— *Vosmecê* faria mesmo qualquer coisa por mim, como disse?

— Tudo...

Olívia se aproximou ainda mais e Matheus sentiu o calor da jovem esquentar o seu peito. Ele quis levantar as mãos e abraçá-la, mas permaneceu imóvel hipnotizado por uma força com a qual não queria e não podia lutar. Ela levantou um braço e tocou no rosto do rapaz, que tremeu com o toque ligeiro da mão enluvada e se afastou.

— Livre-se de Lucas, ele não pode terminar essa viagem...

— O que disse?

— Lucas é um perigo, não podemos deixar que ele arruíne o meu plano.

— *Vosmecê* não está sugerindo que eu o ma...

— Isso mesmo, *vosmecê* precisa matá-lo. — Olívia ajeitou a luva sem demonstrar nenhum sentimento.

Matheus se afastou de Olívia como se tivesse recebido uma punhalada. Ele olhou para o mar, para as poucas pessoas que passeavam distraídas e voltou a se concentrar na jovem que parecia tão fria e indiferente quanto a lua.

— Eu não posso fazer isso!

— Mas vai fazer ou vou contar o nosso segredo para todo mundo...

— Ninguém acreditaria...

— *Vosmecê* gostaria de tentar a experiência?

— Não... — Matheus abaixou os braços.

— Por favor, Matheus...

— Com uma condição... — Matheus se aproximou e tocou levemente na mão de Olívia. — *Vosmecê* será minha onde, como e enquanto eu quiser. Se *vosmecê* não quer se tornar a minha esposa, então será a minha amante.

Olívia se virou de costas para o rapaz para esconder o tremor que correu pelo seu corpo, ela prometeu que não voltaria a se deitar com ele, mas agora as coisas complicaram e ela precisava tirar Lucas do seu caminho. Tudo teria valido a pena depois que ela estivesse casada com o marquês. Respirou fundo, voltou a olhar para Matheus, sorriu e estendeu a mão.

— Vamos jantar, elas devem estar preocupadas...

— E a minha resposta?

— À meia-noite, no meu quarto.

Capítulo 56

Nas sombras...

Severa não conseguiu conter o sorriso ao colocar alguns bolinhos dentro da bolsa antes de sair discretamente da sala de jantar. O plano da escrava era mais do que arriscado. Era quase suicida. Se algo desse errado, a reputação de Olympia estaria perdida para sempre. Mas ela faria tudo pela sua menina encontrar o amor e, consequentemente, a paz. Nem que para isso usasse estratagemas nada convencionais como o láudano nas guloseimas servidas com um sorriso encantador aos guardas de plantão na porta do marquês.

Severa entrou. Depois de uma breve reverência, começou a fazer o curativo em um Virgílio surpreso pela maneira como ela começou a conversa:

— Vossa Graça quer saber se Olympia o ama? Por que não pergunta a ela? Vossa Graça tem pouco menos de três semanas para desatar esses nós ou essa história vai terminar aqui — Severa fez um gesto com a mão e apontou o piso — nesse navio. É o que quer?

— A situação não é simples, Severa... Eu não sou quem Olympia pensa que sou...

— Todos nós guardamos um lado secreto, obscuro até de nós mesmos. Eu tenho certeza de que, se conhecer Olympia mais de perto, também vai perceber que ela lhe esconde muita coisa... Para começar que realmente o ama...

— O que me sugere?

— Que lute, que brigue por ela...

— Eu tenho medo de magoá-la caso ela descubra quem eu realmente sou...

— O medo é um sentimento que faz agir ou que paralisa... —Limpou o ferimento antes de colocar uma nova camada do bálsamo. —Nunca sabemos qual vai ser a nossa reação, não é mesmo? A Inocência é um bom exemplo. O barão Antunes é justo e bom. As condições de trabalho são humanas e eu tenho certeza de que muitos dos escravos que hoje estão na fazenda gostariam de ficar se pudessem escolher. O que não impediu que muitos fugissem.

— O que é fácil de entender...

— Oh! Não se engane... A maioria tem medo...

— Claro, medo de permanecer escravo a vida toda.

— Não, porque essa realidade eles conhecem e sabem como lidar com ela. Como Vosssa Graça, eles têm medo do amanhã... Esse desconhecido que encontramos todas as manhãs e de quem não temos nenhuma informação. Do futuro, do fim da escravidão, de um novo começo... O que vai ser dos escravos se um dia eles se tornarem mesmo livres? Os fazendeiros vão mantê-los ou abandoná-los como cavalos velhos sem utilidade? Eles... Nós vamos receber o apoio necessário para seguirmos em frente com dignidade? Estamos sendo preparados para esse futuro de trabalho pago com a educação e formação necessárias? Ou vamos apenas ser tirados de um dia para o outro da senzala, onde, apesar dos pesares, existe comida e teto, para sermos jogados na rua? Será que essa não vai ser uma nova forma de escravidão? Vamos estar presos de novo, mas à pobreza, à falta de estudo e, consequentemente, à ausência de futuro.

Virgílio parou e olhou profundamente para a escrava. Ele nunca pensou nisso. Para Virgílio, a luta pela liberdade era a única coisa necessária e que o resto viria com o tempo, mas ao se lembrar das diferenças entre as populações negras e brancas do Brasil atual, das dificuldades que os negros encontravam ainda no século XXI, sentiu o peso da inconsequência e da falta de cuidado nessa delicada ponte entre a escravidão e a liberdade e um calafrio percorreu a sua espinha. Virgílio percebeu que o muito que foi feito na realidade ainda foi pouco. Severa não tinha a menor ideia, mas na sua sabedoria ela descrevia o futuro, um futuro que ainda exige muito sacrifício e que mantém os negros em grilhões invisíveis e muito mais difíceis de serem destruídos.

— Eu não estou com medo...

— Está com tanto medo quanto Olympia... Agora só posso esperar para ver se esse sentimento vai paralisá-los ou fazê-los agir. Como esse navio, o tempo continua o seu curso, Senhor Marquês, e não sabemos até quando vamos ouvir o tique-taque...

Severa deixou a cabine e Virgílio aguardou por um momento. Ao ouvir o deslizamento e a queda dos marinheiros, abriu a porta cuidadosamente. Ajeitou os marinheiros sobre as cadeiras e se afastou com rapidez até o quarto de Olympia.

Uma hora mais tarde, Matheus fez o percurso alguns andares acima e em sentido inverso e se aproximou da cabine de Olívia com passos silenciosos. O rapaz teve o cuidado de verificar que não havia ninguém por perto. A essa hora, os passageiros foram descansar e a sua presença passaria despercebida. No horário marcado, a mão dele se imobilizou sobre a maçaneta.

Olívia a girou sem fazer barulho e a porta se abriu para Matheus entrar. Ele fechou a porta atrás dele e permaneceu encostado nela por alguns segundos. O rapaz admirou Olívia em uma camisola esvoaçante de seda amarela sob o penhoar transparente no mesmo tecido que ia até os pés. Ele deu um passo e ela fechou o laço com pressa em um gesto instintivo como se o olhar do jovem fosse o suficiente para deixá-la nua.

— Eu posso voltar para a minha cabine. — O rapaz recolocou as luvas que acabou de tirar.

— Não. — Ela pegou as luvas e a cartola e os deixou com cuidado em cima de uma mesa.

— *Vosmecê* tem certeza de que é isso o que quer fazer? Matar o Lucas é uma medida drástica demais. Sem mencionar no que vai se tornar... —

Matheus suspirou. — Isso pode arruinar as nossas vidas, Olívia... — Ele se afastou e começou a olhar para o mar lá fora que lhe lembrou o olhar azul e transparente de Olívia: lindo e repleto de segredos e perigos.

Olívia se aproximou e tocou no ombro do rapaz. Matheus tremeu ao toque e virou o rosto para encarar a jovem que abria os laços do penhoar. Ela fez um carinho no rosto dele e deu um novo passo em sua direção ao sentir o perfume amadeirado. Matheus abaixou os olhos e deixou os seus lábios se encontrarem com os dela e nesse momento ela soube que ele estava completamente perdido, enroscado na teia que ela teceu. Matheus era dela, a presa estava lá à sua inteira disposição e ela iria aproveitar cada minuto do que ele poderia lhe oferecer antes de devorar a sua alma.

Capítulo 57

Sozinhos

Olympia não mexia um músculo diante da porta. Com o canto do olho, viu Severa se afastar até desaparecer no corredor. A jovem sentiu o peso da chave na mão e hesitou por mais um momento. Finalmente, girou a maçaneta. Abriu a porta, fechou-a rapidamente e deixou a testa contra a madeira por um momento com receio de abrir os olhos. Suspirou e se virou para se encontrar com o olhar escuro de Virgílio. O rapaz estava sentado em uma das poltronas da cabine e o luar que entrava pela escotilha pintava o quarto com tons claros e escuros de azul dependendo de onde tocava o raio de luz.

— Senhor Marquês. — Olympia fez uma leve reverência e olhou para o jovem que se levantou se aproximou sem fazer barulho.

— Por que fez isso?

— Eu precisava falar com o senhor...

— Mas está correndo um risco enorme, poderia ter esperado o fim da minha "pena". — Sorriu.

Olympia se afastou com um passo para trás ao sentir o calor do rapaz cada vez mais perto. Ele não teve dúvidas e se aproximou dando início a uma dança silenciosa que eles apreciavam muito, mesmo sem ter consciência disso.

— Não, não poderia esperar, eu precisava acabar com essa situação hoje. — Desviou os olhos do rosto intrigado do rapaz.

— A senhora deve estar mesmo desesperada ou Severa não teria colocado o sonífero nos bolos.

— Eles dormiram rapidamente? — Olympia foi até a mesa com tampo em mármore que ficava perto de duas poltronas.

— Quase que imediatamente...

Ele se aproximou um pouco mais e olhou para Olympia curioso.

— A senhora me disse que gostaria de "acabar com uma situação". Deve ser algo de extrema importância para me sequestrar durante a noite — ironizou com um sorriso.

— Não foi um sequestro... Eu prefiro "ato de liberação" — respondeu ao tirar as joias dos cabelos que começavam a cair em uma cascata dourada pelas costas.

Virgílio desviou o olhar e se virou para a parede como se Olympia tirasse o vestido e não algumas joias. Abaixou a cabeça e fechou os olhos para controlar a ereção que começava e perguntou com uma voz neutra:

— O que a senhora quer de mim?

— Eu quero lhe fazer uma proposta.

Virgílio se virou novamente e se encontrou com o olhar transparente de Olympia que parecia refletir a água-marinha que ela tinha em volta do pescoço.

— A minha irmã, Olívia...

— Eu sei muito bem quem é a sua irmã, senhora...

— Olívia deseja se casar com *vosmecê*, como deve ter percebido.

— Ela não é muito... — Virgílio olhou para o teto procurando a palavra adequada — sutil...

— Eu sei e sinto muito por isso, mas acho que encontrei um jeito de resolver tudo...

— O que seria esse "tudo"?

— O senhor me disse que gostaria de se casar comigo...

— Eu disse...

— O senhor mudou de ideia?

Virgílio vacilou. Lembrou-se de que usurpou o lugar do marquês e agora com a chantagem de Lucas a situação ficou ainda mais complicada. Ele não queria que Olympia soubesse quem ele era por outra pessoa, mas como contar a verdade? Como explicar que veio do futuro?

— Aonde a senhora quer chegar?

Olympia deu alguns passos sem muita direção enquanto apertava a saia do vestido e respondeu sem olhar para o jovem:

— Eu quero fazer uma aposta.

Virgílio sentiu todos os seus músculos se enrijecerem e permaneceu travado como se tivesse sido coberto por uma camada de cimento. Olhou para a porta tentando encontrar uma saída, mas a única coisa que passava pela sua cabeça era que o imbecil do marquês fez uma aposta estúpida.

— Olympia, eu lhe pedi perdão. Não podemos esquecer esse assunto? Aliás, a senhora não me contou como ficou sabendo...

— Olívia o viu no salão de jogos com Lucas e os seus amigos. Parece que o senhor perdeu muito dinheiro...

— Não, eu perdi a mulher que amo... e só posso esperar ser perdoado por esse ato inglório. — Virgílio voltou a sentir o seu coração se embalar ao perceber a proximidade com a jovem adorável que corava cada vez mais.

— A sua aposta com o Lucas está terminada, ela não tem mais nenhuma importância, vamos agora tratar da nossa...

Virgílio não pôde segurar o lábio inferior que se abriu em um movimento de surpresa ao mesmo tempo que os seus olhos quase saltaram das órbitas.

— É muito simples, o senhor corteja e conquista a minha irmã...

Virgílio quis tentar dizer alguma coisa, mas Olympia o impediu com a mão.

— Por favor, me escute...

— Isso não está sendo fácil, senhora...

— Tenha paciência, eu vou explicar tudo. Assim que conquistar Olívia, apenas faça com que ela desista do senhor antes da viagem terminar. Quando ela me disser com todas as letras que não quer mais saber do senhor eu vou estar livre para aceitar a sua mão.

— Mas por que tudo isso? Por que não dizer à sua irmã que gostaria de casar comigo? Não seria mais honesto e mais simples? — Virgílio tocou no braço da moça que se arrepiou imediatamente com o contato.

— Porque eu prometi à Virgem que não me casaria até que a escravidão fosse proclamada e também garanti a Olívia que não ficaria entre *vosmecês*! — afirmou com veemência.

Olympia desviou o olhar de Virgílio e colocou a mão sobre a joia que reluzia sobre o seu colo. Ao voltar encarar Virgílio, ele lembrava alguma estátua grega com os olhos fixos sobre a sua boca entreaberta. Ela não soube em qual momento se encontraram, nem como, até que sentiu o gosto de Virgílio se espalhar pelos seus lábios.

Virgílio parou de pensar nos seus dilemas existenciais, nos problemas de ética e esqueceu completamente a sua estrita e bem conceituada conduta moral. Ele amava e desejava aquela mulher e a queria mais do que tudo, agora, naquele momento. Começou a desatar os nós do vestido elegante como se fosse um profissional da costura e ajudou a jovem a se desfazer das roupas volumosas em dois tempos. Pegou-a no colo e deitou-a com suavidade sobre a cama para retirar as meias de seda em seguida.

Virgílio encarou Olympia como se ela fosse única, o que realmente era para ele, e tocou nos lábios da moça com suavidade. Viu o desejo de Olympia nas imensas pupilas dilatadas e nas cores que deixavam o seu rosto delicado ainda mais irresistível. Sorriu agradecido por viver pela primeira vez o que muitos descreviam como amor. Abaixou-se e beijou-a com doçura. Mordiscou um dos lábios enquanto as suas mãos deslizavam pela roupa de baixo e se aventuravam pelo corpo da moça. Ele queria que aquele momento durasse a vida inteira, que o tempo tão caprichoso que o fez se reencontrar com Olympia se esquecesse dele e deixasse-o naquela cabine pelo resto dos seus dias, mas um nome sussurrado no seu ouvido quando começava a abrir as pernas da jovem para descobrir os seus mais íntimos segredos o fez parar.

Lá estava ele de novo, entre Virgílio e Olympia, no momento mais impróprio para isso.

— Luiz Batista... Eu amo *vosmecê*...

Virgílio sentiu a sua mão se fechar em um punho e os seus olhos brilharem com um sentimento que nunca viveu antes. Virgílio se deitou com todas as mulheres que desejou na vida, todas, mas nenhuma delas teve a importância que tem Olympia. Olhou para a jovem, se levantou e parou no meio do quarto sem saber o que fazer.

— O que houve?

— Eu não sei como lhe dizer isso...

Olympia pegou o vestido que estava no chão e cobriu o peito.

— O que aconteceu? Eu o decepcionei? Claro! — Ela levantou o vestido para cobrir o rosto que agora estava molhado com lágrimas que escorriam sem nenhuma barreira. — É óbvio! Eu estava a um passo de me deitar com *vosmecê*, como poderia confiar em mim, como iria querer se casar comigo depois... depois disso!

— Não, Olympia, por favor! Não é nada disso... — Virgílio abriu os braços e tentou convencer a jovem de que o que ela pensava não tinha nada a ver com a realidade. — Eu amo *vosmecê* e o que mais quero na vida é tê-la em meus braços e me fazer seu, inteiramente...

Mas Olympia apenas se encurvou e se escondeu ainda mais atrás do vestido. Virgílio ficou estarrecido: conseguiu piorar a situação. O empresário se sentou ao lado dela na cama, mas ela se virou de costas para ele apenas sussurrando que ele deixasse o quarto.

— Não, eu não vou deixar *vosmecê* nesse estado... — Ele começou a fazer carinhos nos cabelos da moça e se encontrou com o olhar úmido da jovem. — Eu quero mais do que tudo que *vosmecê* seja minha hoje e sempre...

— Não ficou aborrecido comigo?
— Não, eu fiquei aborrecido... comigo...
— Por quê?
— Porque... — olhou para o teto da cabine e respirou profundamente — porque eu me apaixonei por alguém. — Tocou no rosto da moça. — E esse alguém é *vosmecê*, Olympia, mas eu não sou quem pensa... Eu não sou...

— O que quer dizer? Não é virgem? Por favor, não brinque com isso, Senhor Marquês, todos nesse navio sabem disso. Pelo que ouvi falar, o senhor é um cliente assíduo do Alcazar. — Olympia corou até o último fio de cabelo ao mencionar o puteiro mais renomado do Rio de Janeiro. — E *vosmecê* quer saber mesmo o que penso? Que se danem as convenções, Senhor Marquês! Se eu nunca me deitei com ninguém foi porque nunca me apaixonei, mas por que uma mulher tem que se dobrar às regras impostas pelos homens? Por que não podemos demonstrar o desejo que sentimos? Por que precisamos fingir que somos bonecas de porcelana sem alma que em vez de corpos temos receptáculos sagrados para filhos? A virgindade é uma tolice exigida pelo homem e nenhuma mulher deveria se curvar a ela. — Olympia olhou altiva para Virgílio e deixou que um sorriso iluminasse o seu rosto para continuar em um tom mais baixo como o ronronar de um gato. — Pois saiba que eu o quero como nunca quis nenhum homem e eu o quero agora...

Virgílio riu e respirou fundo para controlar a ereção dolorosa.

— Eu gostaria que fosse tão simples assim...

— Por que não me conta? Eu acho que posso decidir sozinha se é ou não "tão simples assim"...

— Olympia, eu não quero perdê-la de novo... nem para a sua irmã, nem para a morte, nem para o tempo...

— Por que me diz tudo isso? A minha irmã precisa entender que nos apaixonamos. — Levantou os olhos. — Só Deus sabe como isso aconteceu, mas morte ou tempo? Somos jovens, temos todo o tempo do mundo.

Virgílio fechou os olhos para encontrar a coragem necessária para dizer a verdade à Olympia, o momento chegou.

Capítulo 58

Verdade

— Eu não sou o marquês de Belavista.
— Perdão?!
— Eu não sou o marquês de Belavista.
Olympia apertou o vestido contra ela e se levantou.
— O que quer dizer com isso?
— O que disse: eu não sou o marquês de Belavista. O meu nome é Virgílio. Eu sou engenheiro e vivo no Rio de Janeiro, no ano de 2016. — Olhou de soslaio para Olympia que deixou o queixo cair. — Por alguma brincadeira do destino vim parar aqui exatamente onde e com quem eu mais desejava.

Olympia permaneceu muda. Olhava para o rosto do rapaz enquanto o seu se desmanchava em lágrimas silenciosas. Virgílio quis se levantar, secar aquelas lágrimas com os lábios, mas achou melhor esperar. Por longos minutos, aguardou que ela o jogasse para fora da cabine, que arremessasse uma luminária na sua cabeça, que gritasse todos os palavrões que conhecia uma dama da sociedade carioca de 1873, que chamasse o comandante para encarcerá-lo dessa vez para sempre, mas nada disso aconteceu.

Olympia se aproximou, se sentou ao lado dele e tocou levemente no rosto dele.

— Eu sabia. Eu soube no momento em que o vi naquela manhã. Era *vosmecê* o homem mascarado dos meus sonhos...

— Hum?!

— Há anos eu sonho com um estranho. Ele usa uma máscara que cobre o lado esquerdo do rosto. Eu me habituei a conversar, a voar, a me divertir e até... a ter muita intimidade com esse homem que frequentava o meu sono quase todas as noites e que por uma estranha coincidência deixou de aparecer quando conheci *vosmecê*.

Virgílio não conseguiu dizer uma única palavra e muito menos fazer qualquer gesto. Por essa reação ele não esperava. Observou Olympia expressar o que ela sentia como se as frases fossem o bálsamo que ambos precisavam para curar todas as feridas.

— Eu não poderia explicar como soube que o homem que estava na minha frente naquele momento não era, não podia ser o marquês de Belavista. Eu apenas soube. Sim, eu não posso negar que Luiz Batista é um homem que tem os seus talentos, mas eu nunca me senti assim antes, mesmo que por um momento ele soube ludibriar os meus sentidos.

Olympia levantou o rosto e parou por um instante como se percebesse um detalhe estranho na história.

— Mas se *vosmecê* não é o marquês, onde ele está?

— Eu não faço a menor ideia...

— Mais alguém sabe?

— Lucas e Matheus. Eles me recuperaram no dia em que o marquês caiu no mar.

— Oh! Meu Deus! — Olympia colocou a mão sobre a boca. — Precisamos conversar com o comandante, dizer o que houve, explicar que temos um homem desaparecido e acabar com a chantagem do Lucas.

— Como chegou a essa conclusão?

— Lucas é venal. Todos conhecem o seu péssimo caráter e ele precisa de dinheiro, só não consigo imaginar por que Matheus estaria envolvido nisso...

— Talvez pelo mesmo motivo?

— Não, o pai de Matheus é muito rico... Deve haver algo mais, mas não faço nenhuma ideia do que pode ser... — Olympia abaixou os ombros e olhou para as mãos. — *Vosmecê* também me disse que veio do futuro?

— Ano de 2016.

— Minha Santa Maria Madalena! Eu gostaria que o senhor me explicasse como chegou aqui e como poderia provar que veio do futuro.

— Eu não sei como vim parar aqui. — Virgílio pegou na mão da moça. — Nunca vou poder explicar isso nem para mim mesmo, mas sobre o futuro eu poderia lhe dizer que a escravidão no Brasil vai terminar em 1888, que as mulheres vão ter direito ao voto, que vamos inventar máquinas que vão substituir os cavalos, que vamos poder viajar pelo céu, que vamos viver duas guerras mundiais, que o homem vai colocar os pés na Lua e eu não teria como provar nada disso, mas as minhas joias...

— Que joias?

— Uma medalha com a data do meu batizado e um anel de formatura que estavam comigo no dia em que cheguei, se pudéssemos mostrar a um especialista ele poderia lhe dizer que elas não são dessa época.

— Por que precisamos de um especialista se a data está gravada na joia?

— Qualquer um poderia forjar uma inscrição, um especialista pode lhe dizer se a peça é realmente o que lhe digo...

— A baronesa de Fonte Nova pode nos ajudar...

— Nós precisamos de um especialista de verdade, Olympia.

— A baronesa não admira as joias apenas como ornamento, ela é uma estudiosa do assunto, uma colecionadora.

— E pela rapidez da sua resposta posso jurar que essa baronesa está por perto...

— Cabine 36.

Olympia sorriu, mas Virgílio abaixou os olhos.

— O que houve?

— As joias sumiram.

— Não, não sumiram, elas devem estar com Lucas, só precisamos achar um jeito de recuperá-las.

Virgílio olhou para Olympia e se aproximou.

— Você, é assim que vamos nos tratar no futuro, é a mulher mais extraordinária que encontrei.

— Como devo lhe chamar?

— Virgílio.
— Sem títulos?
— Nenhum.

Virgílio cravou o olhar nos olhos de Olympia e levantou a mão para fazer um carinho sobre a pinta ao lado dos lábios da moça.

— Eu também sonhei tantas vezes com você que eu acordava ansioso para que a noite chegasse o mais rapidamente possível para que pudesse tocá-la, beijá-la, amá-la...

— Como? Quando?

— As "Gêmeas em Flor", eu comprei a Inocência e me apaixonei no momento em que a vi no quadro e mesmo tendo lutado contra isso durante meses, perdi inexoravelmente a batalha. Eu sou seu, Olympia Antunes, desde aquele momento em que os meus olhos cruzaram com os seus naquela tarde quente de 2016.

— Eu não poderia imaginar nada tão criativo, romântico ou irreal. *Vosme...* Você parece um sonho, um sonho que sonhei inúmeras vezes sem ter noção de que dormia, foi *vosm...* você que me tirou da minha hibernação, Virgílio.

Virgílio deixou os seus lábios se encontrarem com os de Olympia e eles recomeçaram de onde pararam, mas dessa vez sem medos ou barreiras. Virgílio sentiu todo o seu corpo clamar por aquele momento e ele parou de tentar entender, de resistir e naquele instante decidiu ser apenas honesto com o que sentia.

Virgílio desnudou a jovem com a delicadeza que o momento exigia, tirou as roupas e ambos se amaram pela primeira vez.

Capítulo 59

Fome

Os primeiros raios da manhã atravessaram a escotilha. A poeira suspensa foi transformada em minúsculos pontos brilhantes e uma criança com muita imaginação veria uma invasão de fadas coloridas.

Virgílio percebeu a respiração serena de Olympia no mesmo ritmo que a sua e sorriu. Nesse instante mágico em que o sono não o deixou totalmente e a consciência não voltou a despertá-lo por inteiro, sentiu-se leve como nunca esteve antes. Olympia se mexeu e virou de costas para o rapaz. O quadril dela se encostou na coxa do jovem. Foi o suficiente para que Virgílio se virasse instintivamente e a abraçasse de forma protetora. O perfume de flores do pescoço de Olympia despertou todos os sentidos de Virgílio e a mão do rapaz passou a fazer pequenos traços na pele aveludada como se escrevesse alguma coisa. Ela se arrepiou ao toque e se mexeu novamente, mas, desta vez, em sua direção para abrir os olhos em seguida.

— Ainda não acredito que dormi com você.

— Acho tão estranho quando me chama de... você...

— Em público vou manter o tratamento dessa época.

— Vi algumas pessoas usarem o "você" no lugar no lugar do "tu", mas, mesmo assim, ainda soa bizarro aos meus ouvidos... *Vosmecê* veio mesmo do futuro?

— Hum-hum... — Virgílio tocou os lábios de Olympia com um dos dedos.

— Ainda não acredito que me deitei com o homem dos meus sonhos.

— Literalmente?

— Literalmente — ela repetiu com um sorriso tímido. — Eu sonhei com *vosmecê* várias vezes nos últimos anos...

— Acreditaria se eu lhe contasse o mesmo?

— Não. — Ela riu ao se aconchegar no peito do jovem.

— Eu não consigo imaginar como e por que eu vim parar aqui, mas só posso agradecer e esperar que esse milagre não termine nunca.

— Eu não vejo nenhuma razão para terminar, só precisamos contar a minha irmã que não é o marquês e ela vai nos deixar em paz. Não vamos mais precisar da aposta idiota que sugeri.

— Foi uma ideia ousada...

— Tola, foi uma ideia tola. Olívia pode ser perigosa e só mesmo uma tola poderia subestimá-la.

— E se vai ser tão simples lidar com a Olívia, o que pretende contar aos seus pais?

Olympia parou um momento e Virgílio pôde ver nos traços contraídos que ela não pensou nisso.

— Como contar aos meus pais que conheci e me apaixonei pelo rapaz que me assombrou durante anos em meus sonhos? Como explicar que não era o marquês, mas outra pessoa? — continuou em um tom mais baixo, quase um sussurro. — Um homem sem um nome e muito menos títulos? Um desconhecido que veio do futuro? Como eles poderiam acreditar nisso? — Apertou um lábio contra o outro.

— Não precisamos pensar nisso agora, Olympia. Vamos encontrar as respostas que buscamos no momento certo e enquanto isso não acontece eu vou amar você.

Virgílio pegou-a pela cintura e aproximou-a dele. O rapaz pôde sentir o calor do corpo da moça se propagar pelo seu aquecendo-o e acordando-o definitivamente. Ele tocou os seus lábios e beijou-a com suavidade enquanto as suas mãos se tornavam mais ávidas por cada pedacinho da pele de Olympia. Ela cruzou uma das pernas sobre o rapaz e ele puxou-a sobre o seu quadril surpreendendo-a. Virgílio baixou-a contra o seu torso e beijou-a com vontade fazendo as línguas se encontrarem para saciar a fome que sentia. Ele estava faminto de Olympia e a beijou novamente, deixando uma das mãos correrem pelas costas da moça enquanto a outra apertou as suas pernas. Virou-a sobre a cama e começou a beijar os pequenos seios arredondados que se tornaram rijos com o movimento hábil da língua de Virgílio. Ele se abaixou e separou as pernas dela que com uma certa hesitação, mas o olhar incandescente e curioso de Olympia o fez continuar para mostrar a ela uma nova forma de prazer. Na noite anterior, Virgílio foi doce e delicado, mas agora a paixão insana que sentia por essa mulher acordou e ele desejou que ela se tornasse dele ainda com mais vigor. Virgílio sentiu Olympia se contorcer, gemer, se arrepiar. Tudo nela era excitação, tudo nele era um espelho do desejo dela. Olympia estava prestes a ser invadida de novo por essa sensação estranha e deliciosa e, quando esse momento chegou, Virgílio a penetrou com um movimento firme. Eles dançaram a mesma dança em movimentos perfeitos e sincronizados e quando ele chegou ao ápice, uma nova onda de prazer a fez tremer. As respirações aceleradas e os corações em uníssono se acalmaram aos poucos, voltaram a um ritmo mais pausado até adormecerem um nos braços do outro.

Batidas discretas soaram à porta. Longínquas, pareciam chegar de outro mundo e demoraram a acordar o casal que apenas se mexeu na cama. O som se tornou mais violento, urgente e invasivo e junto às mãos uma voz firme chamava Olympia.

— Sinhazinha? Sinhazinha, abra, é Severa.

Olympia colocou um penhoar sobre a pele nua e Virgílio se apressou para vestir as roupas de baixo, as calças e a camisa, mas quando Severa entrou no quarto com uma bandeja de café da manhã nenhum dos dois conseguiu esconder o que aconteceu minutos antes.

— Bom dia, sinhazinha, Senhor Marquês, dormiram bem?

Na pergunta de Severa não havia nenhuma ironia ou sarcasmo, mas apenas uma genuína preocupação.

— Achei mais prudente ir buscar o café na cozinha antes que o movimento começasse, assim pude pegar um pouco mais do que o necessário para a sinhazinha e o "prisioneiro" que tenho que visitar em seguida. —

Severa piscou o olho para Olympia. — Espero não ter atrapalhado nada e agora se me dão licença vou até o quarto de Olívia. Acho que o Senhor Marquês pode ajudar a sinhazinha com o espartilho, não?

— Severa!

— Olympia, todos nós sabíamos o que iria acontecer aqui essa noite, até mesmo a sinhazinha, então vamos parar de usar meias palavras. Precisamos encontrar uma saída para que o marquês retorne ao seu quarto. Olívia não vai se contentar com os repetidos "nãos" que o comandante lhe deu. Ela está se esforçando para ver o marquês e vai conseguir mais cedo ou mais tarde.

— Nesse caso eu devo voltar à cabine o mais rápido possível.

— Isso não pode ser feito agora e muito menos sem uma preparação. Os guardas estão na porta da cabine e eu não vou poder drogá-los de novo durante o dia.

— Eu tenho certeza de que pensou em alguma coisa, Severa — Olympia pegou um biscoito.

— Mas é claro, sinhazinha! Eu vou procurar um uniforme para o marquês e me informar sobre os horários de troca da guarda, só vamos poder fazer isso uma vez, não podemos nos arriscar.

— E nesse tempo, o que devo fazer?

— Eu tenho certeza de que o marquês vai usar a imaginação para isso. — Severa levantou uma sobrancelha. — Só não saia da cabine, e Olympia, precisamos manter a sua irmã afastada daqui.

— Severa, também vamos precisar entrar no quarto do Lucas.

— Não ouso nem perguntar o porquê.

— Depois eu lhe explico e agora vá ou vai chegar atrasada com o café de Olívia. Vou me arrumar e encontro com *vosmecê* no convés daqui a uma hora. — Olympia olhou de relance para Virgílio e ele mordeu um dos lábios com um sorriso. — Duas horas — corrigiu corando até a raiz dos cabelos.

— Eu vou levar a bandeja de café da manhã para a cabine do marquês e depois que pegar o café da sinhá Olívia na cozinha e levar até ela, volto na cabine do marquês para lavar algumas roupas e deixar o quarto como se tivesse sido usado. *Vosmecê* fez muito bem em pedir ao comandante para que eu continuasse o tratamento, o que me permite levar as refeições e arrumar o quarto evitando que a arrumadeira apareça por lá. Até que a ideia de Olívia de ficarem separadas e bem longe uma da outra não foi tão ruim assim, não é mesmo?

Dizendo essa frase, Severa deixou o quarto carregando a bandeja. Olympia fechou a porta, mas foi a mão de Virgílio que a trancou enquanto o jovem se inclinava para um novo beijo.

— Pensei que iria ter que pedir por cada beijo...

— Isso mudou depois de ontem, agora venha tomar café, estou faminto!

Capítulo 60

Ira

Do lado de fora do corredor, passos rápidos, acelerados pelo pela ira de se sentir passada para trás, se encaminharam para a cabine a alguns metros dali e chegaram diante dela correndo. Olívia abriu e fechou a porta do quarto o mais rapidamente que pôde apesar da mão que segurava a chave ainda estar trêmula.

Severa chegaria a qualquer minuto.

A respiração estava descontrolada e as sobrancelhas se uniram em uma única linha dura e fria que criava uma sombra nos olhos azuis marejados. Os punhos fechados começaram a bater na porta para se voltarem contra o vestido que usava. O som do tecido se rasgando parecia os gritos que Olívia gostaria de deixar sair da garganta, mas ela os abafou junto com a raiva que queimava em seu peito.

Depois de uma noite em claro nos braços de Matheus, ela o fez partir da cabine antes do alvorecer com uma ideia bem precisa do que faria assim que ele a deixasse sozinha: uma visita surpresa ao marquês. Para a sua sorte, os guardas dormiam. Eles não viram a jovem entrar e muito menos sair minutos depois. Olívia não precisou pensar muito para deduzir onde estaria o rapaz, mas assim que chegava na cabine para surpreender Olympia com o marquês, ela ouviu passos e se escondeu o suficiente para ver Severa se afastar com a bandeja.

Olívia olhou para o espelho oval e com a moldura dourada decorada com anjos e o seu reflexo foi mudando aos poucos à medida que a luz da manhã invadiu o quarto e a cólera deu lugar a algo ainda mais perigoso. Não era possível distinguir amor ou ódio, mas com certeza um dos dois estava presente. Olhou para o serviço de chá e reteve a vontade de quebrá-lo em mil pedaços, estilhaçá-lo com fúria e muito barulho imaginando que cada pedacinho de porcelana era na realidade os traços do rosto delicado da irmã apenas alguns minutos mais velha do que ela.

Olívia jogou o vestido rasgado dentro de uma das malas, vestiu a camisola e se deitou languidamente na cama fria. Os traços da jovem se transformaram, ficaram mais leves. Os seus lábios se abriram e fecharam como se ela conversasse com ela mesma e a linha firme das sobrancelhas se desfez deixando a beleza voltar a iluminar o rosto da jovem. Nesse momento, ela soube o que precisava fazer para acabar de vez com o romance da irmã e com um sorriso, adormeceu.

Capítulo 61

Ardil

— O que faz aqui? — perguntou um marinheiro assim que viu Severa fechar a porta da sala de armas e uniformes.

A tentativa de ser discreta aparentemente não funcionou. Severa fechou os olhos e os abriu lentamente. Procurava uma ideia enquanto uma gota de suor apareceu na sua testa. Era a terceira vez que se aventurava por essa parte do navio na esperança de recuperar a farda que o marquês precisava para retornar à cabine e agora que ela conseguiu chegar tão perto não iria retornar de mãos vazias. A escrava abriu o sorriso mais inocente do mundo. Precisava inventar uma desculpa muito boa para estar em um lugar proibido aos passageiros e respirou aliviada ao ver o jovem grande, robusto e tão negro quanto ela, mas ainda em plena adolescência que a encarava com curiosidade. Severa fez uma reverência como se estivesse diante do próprio imperador e se levantou com cautela analisando se o resultado que queria foi atingido.

— Não é necessário fazer uma reverência como essa para um marinheiro como eu.

— De forma alguma, meu senhor, é necessário sim. O senhor é digno da mais alta consideração não só da minha humilde pessoa, mas de todos os passageiros. Toda a tripulação é preciosa e não estaríamos apreciando a viagem sem a vossa prestimosa ajuda. — Ela inclinou de novo a cabeça com o mais profundo respeito.

— O que a senhora faz nessa área do navio?

— Algo que me desagrada profundamente, mas que não pude negar, afinal foi o comandante quem me pediu pessoalmente.

— O que poderia ser isso? — O rapaz se inclinou na direção de Severa visivelmente interessado no rumo da conversa.

— O senhor deve saber que o prisioneiro, o marquês de Belavista, está sob os meus cuidados...

— Não, eu não sabia, o meu posto é na casa das máquinas, eu vim aqui apenas para trocar de uniforme. — Apontou para a farda suja de óleo. — Eu sei apenas que o marquês brigou com alguém e foi preso até segunda ordem.

— Exatamente, e é por causa dessa "segunda ordem" que estou aqui. O comandante não pode liberar o marquês até que o navio chegue em Bordeaux em alguns dias, mas como essa é a nossa última parada ele achou que não seria um problema se o nobre ganhasse algumas horas de liberdade, afinal ele está se comportando muito bem.

— O marquês vai desembarcar?

— Vai. O comandante não quer ser visto como alguém sem autoridade pelos seus homens e me pediu para pegar um uniforme e deixar à disposição do marquês para que ele saia sem ser reconhecido. O senhor não acha isso um absurdo?!

— O comandante sabe o que faz. Não sou eu quem vou discutir as ordens do meu superior e a senhora, que não passa de uma escrava, deveria saber melhor do que eu o que isso significa. — Levantou o queixo para se convencer de que estava com razão apesar da grosseria.

— Mas é claro! Por isso eu não poderia me negar a fazer o que o comandante pediu — ela se aproximou do jovem e colocou um dedo sobre os lábios —, exigindo ainda, o mais nobre segredo sobre o assunto. O senhor acredita que não pude falar sobre isso nem com as minhas sinhás?!

— Isso muito me alivia, pois saiba que da minha parte ninguém vai tomar conhecimento do ardil do comandante, ele é um homem bom e eu confio plenamente nas suas decisões. O comandante deve ter uma boa razão para pedir o que pediu, agora vá, é melhor que ninguém mais a veja. O desembarque vai começar em alguns minutos.

— Claro, claro! O senhor tem deveras razão. O comandante está cercado de homens voluntariosos, ele soube escolher a dedo a tripulação e eu direi o melhor que puder do senhor desde que me encontre de novo com o comandante.

— Não comente sobre o nosso encontro. Ele não pediu segredo, mulher?

— Perdoe-me a minha ignorância, senhor. — E ao colocar uma mão sobre o peito de maneira teatral, concluiu: — Ainda bem que pude contar com a sua sabedoria para me ajudar nesse assunto espinhoso.

Severa voltou a se inclinar. Pelo canto do olho viu que o rapaz estufou o peito.

"Todo bajulador vive à custa daquele que o escuta". A raposa de La Fontaine conseguiu o que queria e agora eu tenho que cair fora daqui o mais rápido possível antes que esse "corvo" entenda o que aconteceu, pensou Severa ao se lembrar da fábula do escritor francês antes de lançar um olhar terno ao marinheiro e se afastar com rapidez carregando com ela a farda dentro de uma cesta.

Severa chegou pouco tempo depois à cabine de Olympia ainda sem recuperar o fôlego e os batimentos que permaneciam acelerados como se o marinheiro tivesse decidido segui-la, o que como o meu caro leitor deve ter imaginado, não aconteceu. Em seguida, bateu à porta.

— Sinhazinha?

— Entre, Severa. *Vosmecê* está bem?

— Estou, estou... Ufa! Minha Nossa Senhora, o que não faço por essa menina...

— O que houve?

— Um marinheiro me pegou quando saía da sala.

— Ele a repreendeu? Conseguiu recuperar a farda?

— Felizmente era um jovem sem muita experiência e ele não vai nos trazer problemas. — Ela levantou os olhos com a esperança de ser ouvida por algum anjo da guarda. — Olympia está?

— Ela saiu para ver a irmã. Olívia continua muito gripada?

— Foi o que ela disse à Olympia? — Severa levantou os olhos para o céu. — Coitadinha, não? — ironizou a escrava com um bico. — Mas veja, Senhor Marquês — Severa puxou um pedaço da farda para fora da cesta —, consegui a farda! O senhor vai poder voltar para a cabine. Os horários da troca de guarda estão aqui.

Virgílio pegou o papel e o analisou por mais tempo do que seria necessário.

— Vai ser mais difícil do que imaginou?

— Muito mais. — Virgílio guardou as informações no bolso do paletó.

— Senhor Marquês — Severa tocou no braço do rapaz —, isso precisa ser feito hoje. No fim do dia, o navio embarca para a França e não podemos nos arriscar mais. A qualquer momento o comandante vai querer falar com o senhor antes de chegar na Europa.

— *Vosmecê* tem razão. Eu vou me trocar.

— Agora, se o senhor me dá licença, eu vou me encontrar com a sinhá.

— Ela a espera na biblioteca.

Severa inclinou a cabeça e deixou a cabine apressada.

Capítulo 62

Chave

Severa encontrou Olympia em frente a uma mesa onde uma xícara de chá intocada esfriava. Os olhos fixos em uma página amarelada estavam marejados, mas por alguma razão que não conseguiu explicar Severa teve certeza de que Olympia não chorava por causa da história contada naquelas linhas.

— Sinhazinha, aconteceu algo com Olívia?

— Olívia está gripada, mas vai melhorar em breve. Avisei que voltaríamos para ficar com ela um pouco mais tarde. — Seca uma lágrima com o dorso da mão enluvada. — Vim tomar o chá aqui para espairecer um pouco.

— O que a perturba, sinhazinha?

— Eu. Não. Sei. — A jovem fechou o livro. — Eu não faço a menor ideia de como vou viver esses últimos dias dentro desse navio com ele tão perto e tão longe.

— Por que essa aflição? Faz dias que enganamos todo mundo e em breve estaremos em Bordeaux.

— E depois, o que vai acontecer? — Olympia bebeu todo o chá em um único gole como se fosse uma taça de cicuta, deixou a xícara e pegou nas mãos da escrava. — Ah, Severa! Eu não consigo parar de pensar em outra coisa a não ser vê-lo, abraçá-lo, beijá-lo...

— Vai precisar se controlar, sinhazinha. A sua irmã anda bem desconfiada de que está acontecendo alguma coisa, ela me perguntou várias vezes. Ainda bem que ela pegou a gripe, que Deus me perdoe — Severa fez o sinal da cruz —, e se acalmou por esses dias ou teríamos tido problemas. — Suspirou aliviada.

— Severa, como isso é possível? Eu o amo tanto que tenho a impressão que vou explodir.

Severa apertou as mãos da jovem e enxugou outra lágrima intrometida que veio se juntar à conversa.

— É possível, sim, o amor pode ser muito maior do que nós mesmos e ao mesmo tempo que isso é assustador, é extraordinário. Eu gostaria que todos tivessem a chance de viver o que vive agora, Olympia, porque amar e ser amada é uma bênção.

— Uma bênção?! — Olympia se levantou e começou a andar em círculos sem tirar os olhos de Severa. — Não, no meu caso é uma maldição!

— Do que fala, sinhá? *Vosmecês* formam um casal lindo. Eu tenho certeza de que uma união entre os Antunes e os Bragança de Castro vai ser motivo de muita festa.

Olympia se encostou em uma estante sentindo um pouco mais o movimento do navio aos seus pés.

— Sinhazinha? *Vosmecê* está bem?

— Não. Severa, sente-se, eu preciso dividir isso com alguém.

— Ai, minha Nossa Senhora, não gostei desse calafrio que senti. Diga, minha menina, o que lhe aflige desse jeito?

— Eu não poderia estar apaixonada por ele e muito menos ele por mim. Isso não deveria ter acontecido, não poderia estar acontecendo... Severa, quando estou com ele, o mundo desaparece. Não existe mais ninguém, mais nenhum som que não seja a sua respiração, não há mais nada além da beleza daquele rosto que me persegue acordada ou dormindo. Ele só precisou me olhar por um segundo e me tocar para que as palavras que decorei e as barreiras que levantei sumissem por milagre e a minha alma se fragmentou em mil pedaços me deixando só com a maior de todas as evidências: eu o amo, amo, amo! — Olympia levantou as mãos sobre o rosto como se quisesse esconder o que sentia. Esconder dos outros e principalmente dela mesma. — E quando ele me pediu para que eu o beijasse... eu não hesitei e... ele me beijou! Eu tentei me desvencilhar dele como se fugisse do diabo em pessoa querendo me convencer de que ele não era real. — Ela apertou a saia com as mãos e olhou como um náufrago que vê uma ilha para Severa que pôde ver o tamanho da dor que a jovem sentia.

Severa se levantou lentamente e se aproximou da jovem com um olhar terno. Ela a pegou nos braços e a fechou em um abraço maternal enquanto acariciava as mechas douradas que se movimentavam displicentemente.

— Sinhazinha, eu realmente acredito que estar apaixonada é uma bênção, mas se toda essa preocupação tem a ver com a vossa irmã, eu continuo achando que ela não o ama de verdade...

— Mas ela o ama, ela mesma disse isso um milhão de vezes... e novamente esta manhã... — Olympia abaixou o olhar.

— Eu não acredito em nenhuma dessas vezes...

— É possível amar e odiar a mesma pessoa, Severa?

— Sim, minha filha, isso também é possível...

— Mesmo que ela seja a minha irmã?

— Mesmo que ela seja a sua irmã. — Severa a abraçou com força.

Olympia deixou as lágrimas banharem o seu rosto em uma vã tentativa de se sentir melhor antes de se separar de Severa e a encarar com seriedade.

— Oh, meu Deus! Isso não tem mais nenhuma importância, Severa. — Olympia secou uma nova lágrima. — O marquês está morto.

Severa olhou atônita e em silêncio para Olympia por um momento.

— Eu não entendi, sinhá. Eu acabei de falar com o marquês...

— Não, *vosmecê* não falou com o marquês.

Severa levantou uma sobrancelha.

— Então, quem é aquele homem com quem a sinhá dorme há dias?

— O nome dele é Virgílio, ele é do Rio...

— O fantasma dos seus sonhos nunca foi o marquês?

— Não. E agora, eu estou apaixonada por um estranho que não sei quem é e que não tem nome, nem título. Como eu posso contar isso aos meus pais? Eles vão me deserdar.

— O barão é um homem razoável e ele sempre vai proteger *vosmecê*, se ama mesmo esse rapaz ele vai lhe dar o seu apoio.

— Será mesmo, Severa? E a minha mãe, vai concordar com isso?

— A sua mãe vai ser bem mais dura... Ela vai querer saber tudo sobre ele.

— Mas eu não tenho as respostas às perguntas que ela vai me fazer. Eu não sei quem ele realmente é e ele diz ainda que veio do futuro.

— Como assim?

— Do futuro, do ano de 2016. Ele não sabe como chegou aqui, só se lembra de ter sido salvo por Matheus e Lucas.

— Hummm... — Severa olhou para as mãos por um momento e voltou a se concentrar em Olympia. — E o marquês?

— Não sabemos o que houve com ele, parece que desapareceu no oceano. *Vosmecê* entende agora por que estou perturbada? Parece que preciso trocar a minha felicidade pela tristeza da minha irmã. O que Olívia vai dizer quando souber que o marquês morreu?

— Eu não sei, mas acho melhor escondermos isso até o último momento.

— Não, eu preciso contar a ela, mas ainda não tive a coragem necessária. Isso está doendo tanto, Severa.

— O que *vosmecê* acredita que vai acontecer quando Olívia souber que o marquês e Virgílio não são a mesma pessoa?

— Se ela souber que Virgílio não é o marquês, ela vai deixá-lo em paz.

— Eu gostaria muito que isso realmente acontecesse, mas, por favor, não se precipite. Esse rapaz, o Virgílio, ele tem como provar que veio do futuro?

— Ele me disse que estava com algumas joias quando foi resgatado, se encontrarmos as joias podemos esclarecer esse mistério.

— Por isso precisa da chave do quarto de Lucas. Nesse caso acho melhor nos apressarmos. Soube que ele desceu no porto e vai passar o dia bem longe do navio, como todos os passageiros estão fazendo. Acho que esse é um bom momento de dar uma vasculhada em certa cabine. — Severa tirou uma chave de dentro de um bolso com um sorriso maroto.

— Como conseguiu?

— *Vosmecê* acreditaria se dissesse que ele simplesmente esqueceu na porta? — afirmou com uma risada.

Capítulo 63

Baronesa

— Pode entrar.
— Baronesa, obrigada por me receber e desculpe por lhe incomodar. — Olympia fez uma reverência elegante.
— Entre, entre, *vosmecê* chegou bem na hora.

Olympia deu um passo inseguro, seguida de perto por Severa.

— Venha, segure aqui — pediu a dama que usava um monóculo sobre o olho esquerdo e tinha na ponta dos dedos gordinhos uma pulseira em ouro cravejada de pedras que cintilavam no mesmo tom de azul dos olhos da baronesa. — O fecho está quebrado e a marquesa de Ilha Grande me pediu para consertá-lo.

Ela fez um ponto delicado com a solda e depois de alguns minutos voltou a abrir e fechar a pulseira para ver se estava tudo em ordem.

— Pronto! — Sorriu satisfeita e avaliou orgulhosa o trabalho bem feito.

A baronesa tirou o monóculo e o guardou dentro de um saquinho de veludo antes de colocar a pulseira em uma estreita caixa de madeira forrada em cetim vermelho.

— Senhorita Antunes, como posso ajudá-la? *Vosmecê* também quebrou alguma coisa?

— Não, o motivo da minha presença aqui é outra.

— Hummm... O que seria? — A baronesa esticou as costas com as mãos nos quadris largos e se levantou. De pé, movimentou os ombros e o pescoço roliço enfeitado com uma gargantilha em pérolas do tamanho de bolas de gude.

— Todos ouvimos falar do seu talento com as joias e eu não poderia deixar passar a oportunidade. Quando soube que a senhora estava entre nós decidi reverter um erro que foi feito por alguém por quem a minha avó tinha muito apreço e por isso ela nunca se atreveu a pedir para que o erro fosse corrigido.

— Erros de gravação são bem comuns, infelizmente, mas eu não estou em meu gabinete, não tenho todos os meus instrumentos aqui. — Apontou para a escrivaninha onde estavam diversos frascos de vidro com etiquetas diferentes e uma série de pequenas ferramentas. Pegou uma jarra em prata e se serviu um copo com água.

— Senhora baronesa, me desculpe, não pretendia atrapalhá-la. A senhora vai descer para passar o dia fora do navio?

— De forma alguma, estou cansada e não vejo a hora que essa viagem termine, tenho várias encomendas em atraso. Venha, vamos ver o que posso fazer com a sua joia.

Ela puxa as mangas bufantes do vestido em seda floral rosa e azul com babados no colo e pequenos laços na altura do busto e abre espaço na escrivaninha transformada em um ateliê.

Olympia retirou a medalha e o anel de Virgílio e os entregou à baronesa. Ela recolocou o monóculo, pegou uma lupa e analisou primeiro o anel e, em seguida, a medalha para recomeçar a mesma operação detalhada minutos depois. A mesa onde a baronesa trabalhava estava banhada pela luz e as joias espalhadas sobre o tampo de madeira cintilavam em cores variadas fazendo os olhos de Olympia ganharem pontos luminosos. Ela torcia uma mão contra a outra sem perceber que a velha senhora a observava.

— Onde foi mesmo que a sua avó encomendou as joias?

— Não me lembro do nome do mestre joalheiro. Faz muito tempo... — Olympia abaixou o olhar em direção ao chão.

— Hum... claro, claro... — A baronesa pegou um imã e testou as peças. — O ouro não é um metal magnético. — Depois de dizer isso ela pegou um pratinho, colocou os objetos no centro e pingou algumas gotas de um líquido transparente. — Se o ácido nítrico permanecer inalterado podemos ter certeza da qualidade do ouro. — Respirou fundo e voltou a olhar para Olympia.

— Essas joias são verdadeiras e de uma qualidade indiscutível, mas *vosmecê* tem certeza de que a vossa avó as encomendou em Vassouras?

— Por que a dúvida?

— Não reconheci a assinatura do joalheiro e muito menos o que significam os objetos gravados nas laterais da magnífica safira. Essa medalha de batismo também é inusitada.

— Por quê?

— Eu nunca vi um trabalho assim e não posso explicar o por que, mas gostaria de encontrar esse joalheiro, ele ou ela tem muito talento. O que significaria essa gravação: VLM, Rio, 25 de Setembro de 1990? — A baronesa mostrou a medalha à Olympia.

A jovem hesitou por um momento, passou uma das mãos sobre a têmpora e respondeu:

— Esse é o problema, não fazemos a menor ideia. Mamãe me deu essa medalha como uma lembrança da vovó, mas ela não soube me dizer o que significava a gravação.

— Que estranho... por que alguém gravaria uma data no futuro em uma medalha de batizado? — comentou a baronesa com a corrente entre os dedos. — *Vosmecê* está me contando tudo, minha filha?

— Mas é claro, senhora, por que me pergunta isso?

— Coisas de gente velha, não se preocupe. O que gostaria de fazer?

— A senhora poderia fazer uma nova gravação?

— O que gostaria de gravar?

— Como a medalha me pertence, pensei em OA, Chimborazo, 12 de Abril de 1873.

— Se permite a curiosidade de uma velha, por que o navio e essa data?

— Foi quando embarcamos e para mim essa viagem é um marco. Eu sei que a partir dessa data, a minha vida não vai ser mais a mesma.

— Imagino que um pretendente lhe espera na Europa...

Olympia sorriu sem graça e abaixou o rosto em uma tentativa frustrada de esconder o rubor que coloriu o rosto.

— *Vosmecê* pode me dar alguns minutos, não vai ser longo.

— Podemos esperar aqui?
— Claro.
— Severa, poderia nos buscar um chá e alguns biscoitos?
— Imediatamente, sinhá.

Severa deixou a cabine e, assim que ouviu a negra se afastar, Olympia se aproximou da baronesa.

— A senhora poderia fazer outra gravação no anel, por favor?
— O que gostaria de deixar para a eternidade?
— "Nem o tempo pode nos separar".
— Hummm... sugestivo. O anel também foi da sua avó? — Estranhou a baronesa.
— Não, foi um presente dela ao meu avô, eles foram casados por 50 anos.

A baronesa sentiu o peso da recente viuvez lhe atingir e fez um esforço para sorrir antes de mergulhar em seguida na execução do trabalho.

Capítulo 64

Armadilha

Virgílio permaneceu com o olhar fixo na farda. As mãos cruzadas atrás das costas pareciam mesmo atadas uma a outra.

Há dias, Virgílio e Olympia viviam um idílio secreto na cabine dela alternado por momentos onde ele ficava sozinho lendo e remoendo o milagre que vivia. Nessa convivência, ele descobriu em Olympia uma mulher forte, inteligente, sedutora, carinhosa e segura de si. Uma mulher com quem ele dividiria todos os dias da sua vida com a maior facilidade do mundo, porque tinha certeza de que a sua vida não lhe pertencia mais.

Virgílio se abaixou e pegou a farda. Ele a apertou contra as suas mãos. O coração errou um batimento. O momento da separação chegou, mas um novo lampejo de esperança voltou a brilhar em seus olhos como o raio de sol que iluminou o quarto assim que as nuvens o deixaram em paz. Em apenas alguns dias, eles estariam na França. Ele só precisaria pedir a mão dela aos pais. Tudo daria certo.

Virgílio fechou os olhos ao sentir um novo aperto no peito. Não, não seria assim tão simples e ele sabia disso.

— Oh! *Vosmecê* ficou irreconhecível nessa farda! — A moça chegou e deu a volta em torno de Virgílio.

— Senhorita — respondeu Virgílio com um sorriso e uma ampla reverência antes de explodir em uma risada e levantá-la nos braços. — eu a amo como nunca pensei que pudesse amar alguém.

— Eu também. — Ela se aproximou e devolveu o beijo com um ardor renovado.

Minutos depois, Virgílio usava as suas mãos para percorrerem o corpo esbelto da moça e a temperatura do quarto começou a subir.

— Espere, eu preciso lhe mostrar algo. — Ela pegou as joias que estavam na bolsinha redonda em cetim pendurada no punho e as entregou a Virgílio.

Ele pegou a medalha, constatou a nova gravação e levantou o anel lendo com um sorriso a frase que foi acrescentada.

— "Nem o tempo pode nos separar".

— Não, nem o tempo, nem a morte e muito menos a minha irmã — Ela sorriu, se aproximou de Virgílio e tocou o rosto do rapaz com o dorso da mão.

— Se me olhar assim, não vou conseguir levar o plano adiante e passo mais uma noite com *vosmecê*. — Virgílio a beijou primeiro na pinta e depois nos lábios.

Ela retribuiu o beijo, tocando no seu torso e segurando nos seus cabelos.

— Hummm... desse jeito vai ser mesmo difícil sair daqui. — Ele a abraçou e as suas mãos desceram até o quadril da jovem.

— Está tudo pronto, *vosmecê* pode voltar para a sua cabine.

— Agora?

— O navio está quase vazio... Mas se quiser ficar mais um pouquinho comigo...

— Hummm... no que está pensando, Olympia?

— E se nós saíssemos? — Ela se jogou na frente dele sem esconder a excitação da aventura.

— Nós?! O que quer dizer com isso?

— *Vosmecê* está com a farda, a cicatriz quase desapareceu, está fazendo um dia lindo lá fora e ainda temos muitas horas antes que o navio saia daqui. — Ela começou a fazer círculos com um dedo no peito do rapaz e o desceu até a altura da cintura.

— *Vosmecê* tem certeza de que essa é uma boa ideia?

— Não vejo porque não seria. — Ela encostou o rosto no peito dele. — Por favor, Virgílio, vamos descer, eu tenho certeza de que *vosmecê* não aguenta mais ficar preso nesse quarto, mesmo que seja comigo. — Ela beijou o rapaz mordiscando os seus lábios antes de olhá-lo como se encarasse um doce. — Vamos respirar um pouco de ar fresco. Em alguns dias vamos estar na França, essa é a nossa última oportunidade. Ninguém vai reconhecê-lo...

— Acho que *vosmecê* teve uma ideia louca e maravilhosa. Mas antes, quero que faça uma coisa para mim.

— O quê?

— A medalha e o anel agora são seus. Prometa-me que vai usá-los sempre, até que possa colocar uma aliança de verdade no seu dedo.

A jovem levantou a corrente com a medalha onde Virgílio colocou o anel e o beijou com um sorriso de canto. Ela respirou fundo, deu alguns tapinhas no rosto para afastar o choro e fez um bico ao sentir o metal frio se alojar entre as curvas dos seus seios.

— Eu nunca vou retirá-los. Agora vamos viver um pouco, pedi a um dos marinheiros para providenciar um bote.

— Parece que planejou tudo para me fazer uma surpresa...

— Até os mínimos detalhes, Virgílio... — Mordeu um dos lábios. — E essa surpresa você não vai esquecer nunca mais.

Capítulo 65

Ambição

Minutos depois Severa acordou com uma dor violenta que apertava a base do crânio.

Olhou ao redor e a imagem turva do quarto de Olívia demorou a entrar em foco. Quando percebeu que a cama da gêmea demoníaca estava vazia, ela forçou os olhos a ficarem abertos e começou a sacudir o corpo de Olympia adormecido ao seu lado.

— Sinhá, acorde! — ordenou a escrava ao balançar o ombro da moça semi-inconsciente no sofá. — A sua irmã nos drogou. Olympia, acorde!

— Severa?!

Severa levantou. Tropeçou, quase caiu, mas se equilibrou ao se segurar em uma cadeira. Pegou a jarra, jogou um pouco de água na bacia, molhou o rosto, umedeceu uma toalha e a entregou à Olympia.

— Eu não sei o que levou a sua irmã a fazer isso, mas com certeza não foi coisa boa.

— Severa, Olívia estava doente, com dores de cabeça horríveis. Depois de vermos a baronesa, viemos visitá-la. Ela nos serviu o chá e pediu para que ficássemos até que a dor passasse. Eu a vi adormecer...

— Teatro, tudo teatro. Ela deve ter subornado o médico e sabe Deus quem mais para nos convencer de que estava realmente doente.

Olympia franziu a testa por um momento e se levantou de supetão.

— Virgílio!

— *Vosmecê* acha que ela foi até a cabine?

Olympia não se deu ao trabalho de responder, levantou a saia do vestido e saiu correndo. Abriu a porta e depois de percorrer a cabine duas vezes achou a cesta com o uniforme vazia.

— *Vosmecê* não acha que...

— Ela desembarcou... com ele.

— Lucas?! O que faz aqui, *vosmecê* não desembarcou? — quis saber Olympia ao ver o jovem apoiado contra a soleira da porta com um ar de enfado.

— Eu saí mais cedo para providenciar tudo e voltei apenas para buscar a senhora, a vossa irmã lhe aguarda. — Lucas descruzou os braços do peito e fez um elegante movimento com a mão ao ver que um taciturno Matheus se aproximava.

— O que está acontecendo aqui, Lucas? Matheus?

— Eu acho melhor *vosmecê* perguntar a vossa irmã. — Matheus indicou o caminho que elas deveriam seguir. — Um bote nos aguarda.

O trajeto do navio à terra se passou em um silêncio estranho. Ninguém se atreveu a dizer nada e a tensão que crispava os rostos ganhava eco no mar agitado. Olympia enxugou as lágrimas misturadas às gotas de água salgada que se precipitavam sobre eles com o movimento aleatório do barco a remo. Eles desembarcaram com a ajuda de um marinheiro em uma praia distante do vilarejo. O grupo andou por alguns metros com certa dificuldade. Os sapatos de salão, as muitas camadas de anáguas e saias longas ficaram pesadas com a areia molhada e o calor deixou as roupas ainda mais desconfortáveis.

— Minha irmã querida e a escrava intrometida! — Olívia fez uma reverência profunda. — Chegou a hora de retirar a cortina!

Virgílio se levantou surpreendido ao ver os olhos de Olympia sobre o seu torso nu e o espartilho metade aberto da irmã que guardava a medalha de batizado e ela entendeu que eles tinham feito amor. Matheus chegou à mesma dedução e se lançou contra Virgílio para tentar acertá-lo com um ganho de direita. O rapaz conseguiu se esquivar, mas a areia o desequilibrou e Matheus teve tempo e perícia para uma nova tentativa, dessa vez com sucesso.

— Seu porco! — gritou Matheus. — Na praia?! *Vosmecê* a seduziu nesse lugar imundo?

— Matheus, por favor, não é hora para esse ciúme ridículo. — Olívia se aproximou do jovem enquanto fechava os laços do espartilho, dava um beijo no anel e piscava para a irmã. — Tu sabias o que eu planejava, quem deve estar surpresa é a minha irmã inocente — falou com desprezo pedindo para que ele se afastasse. — Então, Olympia, vamos resolver isso?

— Olívia?! — Virgílio olhou para as joias que cintilavam no colo da moça sem entender o que acontecia.

— Olívia, exatamente. A mulher com quem acabou de se deitar se chama Olívia e não Olympia como esperava... Virgílio.

— Tu sabias? — finalmente Olympia saiu do choque.

— Mas é claro, sei de tudo desde o começo. — Ela soltou um suspiro teatral e continuou: — Eu estava lá quando houve o acidente. Tu e a escrava foram dormir, mas eu voltei para o convés e encontrei o marquês bêbado como um gambá nos braços do Matheus, que tentava animá-lo. — Olívia começou a andar de um lado para o outro. — Aquele imbecil não parava de chamar o seu nome, de dizer que estava apaixonado e, quando eu cheguei, ele continuou jurando o seu amor. — Olívia fez uma pausa e olhou para a irmã sem esconder a ira que brilhava no seu rosto. — Eu tentei convencê-lo de que éramos iguais, que ele não veria a diferença... Nem com as luzes acesas é possível ver a diferença... — Abriu um sorriso malvado em direção de Virgílio.

— Nesse momento, ele se levantou — intercedeu Matheus. — e afirmou que nunca amaria outra mulher, que Olívia poderia se parecer, mas nunca seria igual a irmã, que ela não chegava perto da inteligência, da sabedoria, da generosidade de Olympia...

— Eu me joguei contra ele e bati com toda a força que encontrei...

— Ele perdeu o equilíbrio e caiu — completou Matheus sem levantar os olhos presos ao chão — para salvar a reputação de Olívia e o marquês e me joguei no mar.

— Mas em vez de recuperá-lo, você me salvou — concluiu Virgílio ainda atordoado.

— Eu vi tudo e chamei ajuda. Com o reforço dos marinheiros trouxe Matheus e o falso marquês a bordo — afirmou Lucas. — Felizmente os marinheiros não conhecem os passageiros, mas eu, Matheus e Olívia percebemos na hora o que aconteceu.

— *Vosmecês* sabiam de tudo? — Olympia torcia uma mão contra a outra segurando o desejo de quebrar todos os dentes da irmã.

— Sabíamos e cada um de nós prometeu guardar segredo.

— Por quê? — perguntou Severa.

— Por quê? Lucas precisa de dinheiro e o marquês vivo ou morto tem muito dinheiro, Matheus está apaixonado por mim e faz tudo o que eu quero. — Ela lançou um beijinho para o rapaz, que fechou os olhos envergonhado. — E quanto a mim, se ele se chama Virgílio, Luiz Batista ou Afonso não me interessa. — Olívia empurrou a mão no vazio com um sorriso de desdém. — O que eu quero é o título dele e é por isso que nós vamos nos casar assim que chegarmos na França.

— Não, não vamos — afirmou Virgílio.

— Se não se casar comigo eu vou contar a todos que tu mataste e tomaste o lugar do marquês de Belavista.

— E como pretendes fazer isso sem se envolver com o acidente? — perguntou Olympia.

— Quem disse que Virgílio matou o marquês no navio? Até hoje, todos sabem que o marquês está preso na sua cabine. Ninguém acreditaria nessa história absurda de que recuperamos outra pessoa do mar. Mas um marinheiro muito parecido e até mais bonito que o marquês que rouba o lugar dele para usurpar a sua fortuna me parece muito plausível e essa praia é um ótimo cenário para um homicídio, não acha, minha irmã?

— Não!

— Sim! Se ele não aceitar esse casamento, ele não volta para o navio.

— Olívia, *vosmecê* enlouqueceu?!

— Fique fora disso, sua negra cretina, intrometida e metida a besta! — Olívia empurrou Severa, que caiu sentada sobre a areia.

— Eu não vou aceitar nenhuma chantagem. Eu amo Olympia.

— Acreditas mesmo que os meus pais vão aceitar um Zé Ninguém como marido de Olympia? Eles nunca permitiriam esse casamento e se aparecer na pele do marquês, eu, Lucas e Matheus contamos para todos que é um impostor, um marinheiro de quinta que tomou o lugar do marquês aqui nessa ilha.

— Lucas quer ganhar dinheiro com essa maracutaia, mas você, Matheus, você é um homem bom, por que faz isso? — Virgílio ajudou Severa a se levantar e abraçou Olympia.

— Eu a amo, faria qualquer coisa por ela.

— Como pôde aceitar o que ela está fazendo? — quis saber Olympia.

— Ela me prometeu que eu seria o seu amante, aliás, como nós já somos.

— Olívia, por favor, vamos acabar com essa loucura — pediu Olympia e olhando para Virgílio implorou: — Eu amo esse homem.

Olívia se aproximou com passos lentos como uma cobra que observa a sua presa e se prepara para o ataque.

— Conversem a sós por um momento, mas quando aquele navio zarpar, apenas o meu noivo, o marquês de Belavista, vai poder embarcar.

— Tudo isso por um título? Um título que o Matheus também poderia lhe dar! — explodiu Olympia.

— Por que ter um barão se eu posso ter um marquês? Nós voltamos em algumas horas, mas não tentem fugir ou fazer qualquer tolice. Vamos estar por perto e com Severa como garantia.

— Não teria coragem de fazer mal a ela.

— Eu não apostaria nisso, irmãzinha.

Capítulo 66

Despedida

Olympia tentou se controlar, mas o choro que veio lavar o seu rosto parecia ter vida própria. Virgílio a abraçou com força. Tentava acalmá-la, enquanto tentava encontrar uma saída lógica para a situação, mas logo ele percebeu que não poderia haver nenhuma possibilidade razoável. Tudo o que vivia era um absurdo desde o começo e o fim dessa história, por mais triste e sombrio que fosse, parecia ir pelo mesmo caminho onde havia mais perguntas do que respostas.

— Eu amo você...

Virgílio ouviu as palavras saírem da sua boca com tanta naturalidade que o surpreendeu novamente.

— Eu amo você... — repetiu a frase com a mesma força, o mesmo impacto, o mesmo alívio ao assumir algo que desde o princípio lhe pareceu totalmente evidente. Mais uma vez ele disse em alto e bom som o que o seu coração e a sua alma não podiam mais esconder ou negar, mas algo ainda o incomodava. Ele sentia que uma parte do seu corpo lutava com o fato de estar apaixonado como se por alguma razão essa parte obscura e teimosa soubesse que esse amor estava condenado. Ele sentiu uma dor lhe atravessar como se houvesse um espinho encravado no coração.

— Eu amo você...

Ele amava Olympia como nunca amou nenhuma outra mulher e ao mergulhar no olhar dela, viu que ela sentia o mesmo. Nesse momento, limpou as lágrimas que percorriam o rosto criando linhas brilhantes, se inclinou e a beijou, com delicadeza, como se fosse a última vez. Mordiscou os lábios e deixou as suas mãos deslizarem pelas muitas camadas de tecidos nobres abraçando-a como um náufrago que encontra uma boia. Ela se levantou na ponta dos pés para poder alcançar o seu rosto e o envolveu entre os seus braços.

Ela se afastou alguns centímetros, olhou para os seus olhos apreensivos e disse em um sussurro:

— Eu amo *vosmecê*, eu quero *vosmecê*, eu preciso de *vosmecê*. Agora.

Ela começou a abrir os laços que fechavam o vestido. Ele sentiu a respiração ficar mais ofegante e o seu membro apertar as suas calças quando viu os seios firmes protegidos por uma fina camisola apenas esperando que ele os acariciasse. E ele o fez, deitando-a na areia minutos depois. Virgílio pegou na mão de Olympia e a fez tocar o seu membro enquanto retirava o seu vestido e o espartilho. Ele se deitou sobre ela e abriu uma das pernas com um dos joelhos.

Ela não resistiu e ele voltou a se concentrar no rosto diáfano que lhe sorria sem esconder uma nuvem de tristeza, como se o que estivessem vivendo fosse uma despedida. Virgílio voltou a saborear os seus seios enquanto um dos seus dedos descobria o seu mais bem protegido segredo. Olympia se contorceu de prazer e se abriu ainda mais levantando o quadril, ele continuou fazendo movimentos delicados e circulares até que sentiu o corpo dela tremer em espasmos violentos. Olympia deixou escapar um gemido em um suspiro e sem poder mais esperar ele a penetrou, primeiro com delicadeza, e depois com mais firmeza, sentindo as unhas dela arranharem a sua pele. Ele se movimentou suavemente sem tirar os olhos do rosto em chamas e ao se encontrar com os lábios generosos não pôde mais resistir e se jogou dentro dela, por inteiro. As respirações se acalmaram e depois de uma longa respiração ele a abraçou.

— Eu amo *vosmecê*.

— Eu também. — Olympia se aninhou no peito do rapaz. — O que vamos fazer, Virgílio?

— Precisamos ganhar tempo. A sua irmã quer me case com ela, mas para isso precisamos chegar na França.

— O que sugere? Não pode se casar com ela...

— É claro que não, mas precisamos estar em terra firme, longe dessa ilha. Quando chegarmos em Bordeaux pensamos no que vamos fazer.

— Vai fingir que é o noivo dela?

— Por alguns dias, Olympia, temos que nos certificar de que vamos desembarcar na França em segurança. A sua irmã está desequilibrada e pode fazer mal a Severa e a *vosmecê*, o que eu não posso permitir.

— Se não concordar com esse noivado, ela vai deixá-lo aqui. Acredita mesmo que ela seria capaz disso?

— Ainda duvida?

Olympia pensou por um momento e movimentou a cabeça de um lado para o outro.

— O que fazemos agora?

— Esperamos que eles venham nos buscar como prometeram...

Virgílio acordou sobressaltado. O corpo quente e suado dele ainda abraçava Olympia adormecida. Eles respiravam no mesmo ritmo embalado pelas ondas que se encontravam suavemente com a areia. As mãos se mantinham entrelaçadas e o peso de uma das pernas da moça estava sobre o ventre bem desenhado do rapaz. Virgílio se lembrou de tudo. Da praia, do bote que chegava sorrateiramente e ele teve a certeza de que o sonho que teve na Inocência foi uma lembrança desse momento. Uma certeza o atingiu como uma nova esperança: talvez ele pudesse mudar o curso do destino. O rapaz acordou Olympia e se levantou, dessa vez eles não o pegariam desprevenido.

Tarde demais.

Os homens que desceram do bote encontraram um homem forte e hábil com os punhos, mas ainda em desvantagem: Virgílio estava desarmado. Sem levar em conta o número superior dos agressores, ele revidou os socos, rasteiras e outros golpes que recebeu, mas o toque frio do cano de uma pistola sobre a sua têmpora esquerda o fez parar imediatamente.

— Não seja tolo ou acabo com *vosmecê*.

— O que está fazendo, Lucas?

— Seguindo com o plano.

Virgílio tentou se mexer ao ouvir um grito de Olympia: ela se debatia enquanto era levada para o bote pelos homens.

— Virgílio! — o grito que era pura agonia se repetiu algumas vezes, cada uma delas mais fraco e mais longe.

— Não mexa um músculo ou explodo o seu crânio sem pensar duas vezes. — Lucas destravou a pistola.

— Onde está Olívia? Eu vou aceitar a proposta dela.

— Claro que vai, por isso mudamos o plano.

— Como assim?

— Acha mesmo que Matheus e eu iríamos permitir que Olívia Antunes se casasse com um "ninguém"? Não, meu caro, Olívia também foi manipulada e fez exatamente o que Matheus sugeriu que ela fizesse. Agora ela está bem quietinha, dormindo como um anjo junto da escrava depois de beber um café oferecido pelo senhor aqui. Quem *vosmecê* pensa que fornecia o *laudanium* a Olívia?

— Virgílio! — gritou Olympia mais uma vez ao arranhar o rosto de um dos homens para evitar ser colocada no bote.

— E qual é o plano?

— Simples: Matheus me prometeu uma quantia de dinheiro indecente. — Umedeceu os lábios e fez uma careta de escárnio. — E aqui entre nós, eu confio muito mais em um nobre do que em um "zé ninguém", e Matheus, como sabe, está apaixonado por Olívia.

— Vão me deixar aqui — Virgílio cerrou os punhos e lançou um olhar para o bote.

— Exatamente...

Virgílio tentou um movimento para recuperar a arma, mas o estampido o derrubou e fez o sangue colorir a areia.

— Virgílio! — gritou Olympia ao ouvir o tiro.

— Esse foi só de raspão. O próximo vai abrir um buraco do tamanho de um pêssego na sua cabeça! — Lucas olhou de relance para o bote e viu um aceno em sua direção. — Agora se me dá licença, eu tenho uma vida de rico para viver na Europa. *Au revoir, monsieur!* — e dizendo isso, Lucas deu uma coronhada em Virgílio e correu para o bote.

Semi-inconsciente, Virgílio se arrastou para o mar. Levantou-se aos tropeços e se lançou nas ondas com braçadas vigorosas para tentar alcançar a embarcação.

O tiro de raspão abriu um talho no ombro esquerdo e o sangue que se esvaía levava embora a força e a consciência do rapaz, que continuou com as braçadas por um bom momento impulsionado apenas pela determinação, até que a noite e um turbilhão formado pelas ondas que cresciam em força alimentadas pela tempestade que começava o engoliram.

Terceira Parte

Hoje

Capítulo 67

Coma

Virgílio sentiu a cabeça pesada e uma leve tontura. Os olhos se abriram lentamente. Tentou levantar uma das mãos para protegê-los da luz, mas ela parecia presa a alguma coisa. Os pássaros da fazenda e as ondas se chocando contra o navio se silenciaram, no lugar deles, apenas um som sistemático como um bipe era o barulho de fundo. Os olhos do engenheiro piscaram mais uma vez e os objetos sem contorno ganharam foco. Ele estava em um quarto inteiramente branco. Girou a cabeça à direita e viu o que parecia ser uma ampla janela protegida por cortinas verdes, girou lentamente, mas, dessa vez, para a esquerda e se encontrou com Helena. A historiadora estava adormecida na cadeira com um livro nas mãos. Piscou novamente e levantou os olhos, os seus braços estavam no meio de um emaranhado de cabos ligados a várias máquinas. Tentou mexer as pernas, mas só conseguiu movimentar os pés. A cabeça girou novamente em direção à Helena e ele começou a chamá-la, mas a voz não saiu. Concentrou-se e tentou de novo com toda a força que pôde encontrar.

— Helena... Helena! — repetiu com uma voz arranhada e rouca.

Desta vez, Helena acordou.

— Oh! Meu Deus! — exclamou com as mãos juntas em uma oração. — Meu Deus, Virgílio! Oh! Graças a Deus!

Ela apertou o botão do controle remoto guiando a cadeira em direção à cama onde Virgílio estava deitado. Procurou a mão dele e a beijou com o cuidado e o carinho de uma mãe que reencontra o filho depois de meses de separação.

— Espere um minuto, eu preciso avisá-los de que você acordou! — Ela levantou uma das mãos pedindo para que ele esperasse. — Eu volto em um instante.

— Não, Helena, espere, o que aconteceu? Que lugar é esse?

Ela não respondeu, apenas levantou novamente uma mão e, da soleira da porta, lançou um beijo e uma frase entusiasmada:

— Eu estou tão feliz, Virgílio!

Helena fez a cadeira atravessar a porta e desapareceu pouco depois.

Virgílio permaneceu olhando para todos os cantos do quarto, os móveis, os objetos, as flores que traziam um pouco de vida e cor para o ambiente monástico. Gotinhas de suor começaram a brilhar na sua testa enquanto os seus olhos passeavam por cada detalhe. Ele se sentiu como uma criança que brincava de ligar os pontos. Virgílio tentava encontrar uma sequência entre eles e, mais do que isso, precisava encontrar uma conexão entre esse quarto de hospital e ele.

— O que aconteceu? O que estou fazendo aqui? Helena! — Os gritos roucos eram acompanhados de movimentos cada vez mais violentos nos punhos.

Helena entrou no quarto seguida por um grupo de médicos e enfermeiros. Um deles, baixinho de óculos, sorriu para Virgílio e lhe deu um tapinha amigável sobre um dos pés.

— Seja bem-vindo, meu caro! Eu sou o doutor Ramos.

O médico ajeitou os óculos em aro de tartaruga no mesmo tom dos olhos dele, pegou a prancheta de metal que estava em um bolso da cama e se concentrou por alguns minutos em uma pequena reunião com a sua equipe. Eles verificaram os equipamentos, fizeram alguns exames e trocaram frases incompreensíveis diante de um Virgílio perplexo e de uma Helena aliviada. O empresário fez algumas perguntas a um e a outro, mas todos pareciam decididos a ignorá-lo apenas anotando as informações nas pastas com capas metálicas e verificando a velocidade dos medicamentos que caíam em gotas nos sacos de soro.

— O que aconteceu? — pediu mais uma vez ao segurar o punho de um dos médicos.

O médico baixinho retirou o estestoscópio em volta do pescoço e o guardou em um dos bolsos da bata, olhou para a equipe e pediu para que eles saíssem. Helena começou a deixar o quarto quando Virgílio a chamou.

— Acho que isso vai ajudá-lo... Você pode ficar, Helena — concordou o médico.

Ela sorriu e se aproximou da cama. O médico tocou levemente na mão de Virgílio e o olhou nos olhos.

— Você se lembra de alguma coisa?

Virgílio se lembrava claramente de Olympia, de ter feito amor com ela, dos dias vividos no navio, de ter entregado as joias a mulher que ele amava, mas que descobriu ser a sórdida Olívia, das ciladas organizadas por ela e das apostas mais absurdas, porém, mais uma vez, como no dia em que Matheus lhe explicou onde ele estava, ele achou melhor usar a cautela.

— Não...

Helena se aproximou e pegou uma das mãos do empresário.

— Houve um acidente — começou o médico. — Você saiu da fazenda em uma noite de tempestade violenta, não viu um animal e destruiu o seu carro com você dentro dele.

Virgílio olhou para Helena, que apenas concordou com a cabeça antes de dar um beijinho na mão do rapaz.

— A sua sorte foi que a sua empregada não foi para casa naquele dia. Ela contou à polícia que você sugeriu que ela dormisse na fazenda para não correr nenhum risco. Sílvia me contou — continuou Helena com a voz embargada — que tentou impedí-lo como pôde de sair naquela chuva, mas você não escutou, dizendo apenas que precisava ver o prefeito. Assim que o carro saiu da fazenda, ela alertou os bombeiros.

— Os freios falharam e o acidente foi muito grave, ainda não sabemos como sobreviveu. Você sofreu vários traumatismos. — O médico deu um passo em direção aos pés da cama e pegou a pasta metálica. — Simplificando bastante: você quebrou as pernas em vários lugares, teve uma hemorragia interna e passou o último mês em coma.

Virgílio olhou para Helena com a boca aberta.

— Mas isso não é possível, eu não estava aqui todo esse tempo... Helena... Eu não saí da fazenda... Eu me lembro dos trovões e dos relâmpagos e de ter caído na cama... Quando eu acordei no dia seguinte, eu estava...

Virgílio achou melhor parar quando viu a expressão no rosto do médico. Mais uma palavra e ele teve a certeza de que seria sedado.

— E agora está tudo bem, doutor? — perguntou com a sua conhecida calma.

— Você acordou! Isso é o mais importante. Vamos fazer mais alguns exames, mas como não houve nenhuma lesão na coluna, você só vai precisar de descanso e de fisioterapia para voltar a velha e boa forma, aliás, se não fosse um atleta, não sei como o teríamos encontrado. Vou deixá-los à vontade, mas não o canse muito, Helena.

— Pode deixar, doutor, obrigada.

Virgílio esperou que o médico saísse do quarto e apertou a mão de Helena.

— Helena, eu não estive aqui esse tempo todo... Eu me lembro claramente do que aconteceu. Eu falei com Sílvia, pedi para que ela ficasse na fazenda e depois peguei a chave do carro. — Virgílio olhou para o alto como um pescador que lança o anzol para puxar um peixe que está bem no fundo. — Ouvi um estrondo violento e vi um clarão, depois acordei no Chimborazo...

— Chimborazo?

— Isso mesmo... e pela sua expressão parece que conhece esse nome...

— Você não se lembra? Eu conheço sim, além de ter pesquisado sobre ele para a minha biografia, eu e Lúcia lemos muito sobre esse navio no último mês.

Foram interrompidos por batidas na porta.

A porta se abriu com cuidado e a cabeça de Lúcia se inclinou para dentro do quarto como se aguardasse autorização para entrar.

— Oh! Então é verdade! Você é o assunto dessa ala do hospital, Virgílio. — Lúcia sorriu e se aproximou de Helena lhe dando três beijinhos no rosto.

— Lúcia veio visitá-lo todos os dias depois que saía da faculdade. Como eu tenho mais tempo, fiquei revezando com a sua mãe, que, aliás, deve chegar a qualquer momento. O seu irmão também veio lhe ver várias vezes, mas ele precisou retornar ao Rio por causa da empresa.

Virgílio soltou um suspiro angustiado, ele percebeu pela primeira vez que, enquanto vivia o seu estranho e absurdo romance com Olympia, ele deixou toda a vida que conhecia e as pessoas que amava para trás. Ele sentiu um aperto no peito e respirou fundo para controlar a vontade de sair correndo para abraçar a família.

Virgílio olhou para o teto e voltou a se concentrar em Helena e Lúcia que permaneciam ao seu lado com uma estranha expressão que misturava alívio e ansiedade.

— Quem começa? — Virgílio olhou para Helena depois para Lúcia como alguém que lança uma partida de um jogo.

Helena levantou uma das mãos e sorriu.

— Você se lembra da enxaqueca, da Sílvia, do estrondo violento e do clarão da tempestade, certo?

— Exato...

— O estrondo foi o barulho do seu carro ao se chocar contra uma árvore e o clarão provavelmente veio dos faróis dos bombeiros. O acidente realmente aconteceu naquela noite, Virgílio, fomos informadas logo depois. Eu e a Lúcia fomos as primeiras a chegar ao hospital.

Virgílio olhou para Helena e depois para Lúcia. O seu rosto estava contraído, ele não se lembrava de nenhuma dessas informações apenas do navio e de Olympia...

— Isso não é possível, Helena, eu não saí da fazenda e quando acordei estava em 1873! — Ele tentou levantar a cabeça, mas desistiu assim que uma dor violenta subiu pelas suas pernas. — Eu estive todo esse tempo com ela, com Olympia, eu entreguei as joias, vejam elas...

Virgílio fez um esforço, levantou a mão e mostrou o dedo onde deveria estar o anel de formatura. Ele olhou para Helena e Lúcia e sorriu.

— Vocês viram, o anel e a corrente. — Ele passou a mão no peito. — Não estão mais comigo, eu realmente entreguei para Olympia.

Helena olhou para Virgílio e mordeu o lábio inferior. Ela se afastou, foi até a bolsa e pegou um saquinho de onde retirou o anel e o colar.

— Eles me pediram para guardá-los, foram os bombeiros que retiraram as joias do seu corpo.

Virgílio sentiu o seu estômago dar uma volta e a sua garganta se fechar diante de mais um choque. Os seus olhos incrédulos iam de Helena para Lúcia passando pelas joias que ela segurava em uma das mãos.

— Não, não, não! Essas joias não poderiam estar aqui. Eu dei de presente para Olympia. — Virgílio pegou na mão de Helena com força. — Vocês precisam acreditar em mim! Eu estive com ela, eu me apaixonei, nós nos apaixonamos! Eu passei o mês inteiro com ela e... — Ele olhou para os pés e para a porta como se a saída para o século XIX estivesse ali. — Eu preciso voltar, agora! Eu tenho que voltar! Olympia! OLYMPIA!

Virgílio teve a impressão de que era enganado de novo como foi naquele navio. Ele sabia que era impossível, que o que viveu era um absurdo, mas sentiu em todo o seu corpo que esteve naquele navio, naquele século e amado aquela mulher como nenhuma outra.
— Eu tenho que voltar ao navio! Helena, eu preciso sair daqui!
— Isso não vai ser possível, Virgílio, você viveu o impossível e isso não se reproduz duas vezes.
— OLYMPIA! Eu preciso reencontrá-la... Olympia!
Helena tentou segurar Virgílio, que começou a se debater na cama, Lúcia apertou o botão de emergência e segundos depois uma das enfermeiras entrou no quarto. Ela ajudou Helena a segurar Virgílio, que corria o risco de se machucar ainda mais, e Lúcia saiu como uma flecha gritando por ajuda pelo corredor. Poucos minutos depois uma seringa aplicada no cabo transparente do soro levou Virgílio para um sono profundo.

Capítulo 68

Casa

Virgílio reabriu os olhos devagar. A luz do começo da manhã que se espalhava pelo quarto era suave e amarelada. Ele respirou profundamente e sentiu um leve odor de álcool.

Virou o rosto, Helena não estava lá.

Procurou o controle para chamar a enfermeira, mas antes de apertar o botão uma jovem de formas arredondadas com um sorriso largo entrou no quarto com uma bandeja e uma sacola.

— Bom dia Virgílio! Que trabalhão que nos deu ontem, hein, rapaz?! Está com fome?

Ela pegou a mesinha com rodinhas onde colocou a bandeja, deixou em cima da cama ao alcance de Virgílio e abriu a sacola de onde retirou alguns pedaços de queijo, um bolo perfumado com canela e biscoitos amanteigados de limão.

— Tudo feito em casa pela Helena! — A moça piscou um olho. — Você deve estar faminto, mas coma com calma. Eu venho lhe ajudar com o seu banho em seguida antes que o médico venha lhe dizer qual vai ser a sua rotina a partir de hoje.

— Onde está Helena?

— Ela foi para casa, mas deve voltar mais tarde no horário de visita. A sua mãe veio vê-lo ontem, mas você dormia.

— Qual é o seu nome?

— Bárbara.

— Obrigado, Bárbara.

Ela sorriu e saiu fechando a porta atrás dela. Virgílio olhou para a bandeja. Ele se lembrou dos pratos sofisticados que experimentou no navio, mas os sabores e os cheiros agradáveis pareciam tão distantes que ele teve a nítida impressão de que comeu há alguns séculos. O empresário bebeu o café com prazer e degustou o bolo com calma enquanto tentava juntar os pedaços dessa história estranha. Ele estava de volta a 2016, onde tudo começou. Mordeu um biscoito, voltou a olhar para o dedo vazio e se lembrou das joias na mão de Helena. Como as joias poderiam estar com ele ali, naquele momento, se ele entregou a Olympia? Virgílio tomou um novo gole de café.

As joias... Elas são a chave..., pensou Virgílio pegando um novo biscoito. *Eu as perdi durante o cruzeiro, elas surgiram na caixa dentro do quadro, eu adormeci com elas no meu corpo e quando acordei no navio elas continuavam lá. Eu entreguei as joias a Olívia pensando que era Olympia... Eu sei disso, eu vivi isso... Então, como elas podem estar aqui?*

Virgílio juntou os pedaços da mesma teoria várias vezes, em hipóteses diferentes, cada uma mais absurda do que a outra, mas não conseguiu chegar a nenhuma conclusão lógica.

O dia seguiu o ritmo maçante da rotina em uma cama de hospital. Bárbara retornou para ajudá-lo com um banho de gato e depois de contar que não sabia se continuava ou terminava com o namorado ciumento, mas que era "lindo", deixou o quarto novamente. O silêncio absoluto era interrompido a cada duas horas por novas enfermeiras que verificavam os medicamentos, a temperatura, lhe entregavam comprimidos e trocavam os curativos das feridas causadas por dias e dias deitado.

O doutor Ramos entrou no quarto no começo da tarde com uma pasta azul e olhou para Virgílio como um pai que surpreende um adolescente pegando o carro escondido. Ramos fechou a porta atrás dele, pegou uma cadeira e a colocou ao lado do empresário.

— Assim que acordou, eu lhe disse que não sabia como conseguimos salvar você. Ontem, você tentou se levantar e deu um trabalho enorme para permanecer nessa cama. Com o acordo da sua mãe, eu decidi tratá-lo como um homem. Nessa pasta — Ele levantou o documento, abaixou sobre os joelhos e abriu os elásticos. — estão algumas fotos tiradas por um dos bombeiros. Elas são chocantes, mas depois do que aconteceu ontem e de todo o trabalho que nos resta pela frente, acho que não podemos perder tempo com sutilezas. Você vai ver essas fotos. Eu permanecerei aqui até você entender que precisa ficar calmo e nessa cama até que esteja pronto para começar os exercícios que o farão andar de novo.

O médico se levantou e começou a passar uma foto depois da outra diante dos olhos de Virgílio. A primeira mostrava o carro destruído pela metade. A poltrona no passageiro desapareceu no tronco da árvore.

— Você deve ter tentado evitar a árvore em um reflexo, por isso o choque foi mais brutal do lado do passageiro, se estivesse acompanhado...

O médico não precisou concluir a frase e pegou outra foto, nela a cabeça de Vírgilio estava sob o *airbag* coberto de sangue. Virgílio se lembrou de que ainda não viu o seu rosto desde que acordou e não fazia ideia do que esse sangue em volta da sua cabeça poderia significar.

— O meu rosto...

— Apenas escoriações e uma ligeira marca no alto da testa que vai ficar escondida pelos cabelos, mas as cicatrizes das duas operações que fizemos para juntar os seus ossos, essas você vai guardar para o resto da vida. Para o seu bem, eu espero que sejam as últimas...

Ramos pegou uma nova foto. Havia pedaços de vidro espalhados por todo canto, as pernas de Virgílio pareciam ter se juntado ao abdômem e em vários pontos era possível ver os ossos que atravessavam os músculos. Virgílio balançou a mão e virou o rosto quando Ramos tentou lhe mostrar uma nova foto.

— Eu entendi, doutor, obrigado.

— Ótimo, nesse caso eu lhe peço para que deixe a equipe cuidar de você para que possamos lhe ajudar a sair daqui o mais rápido possível. — O médico guardou as fotos. — Se cooperar com o tratamento vai poder andar em alguns meses.

Virgílio olhou para o médico, segurou a vontade de gritar que se apoderou dele, abaixou a cabeça e sorriu.

— Eu vou fazer o melhor possível, doutor.

— Muito bem, vou pedir ao fisioterapeuta para que venha vê-lo. Ele vai preparar uma série de exercícios que vai ter que fazer todos os dias. Quando estiver convencido de que tudo vai bem, vou lhe dar alta, mas se você cooperar isso não vai demorar e vai poder voltar para casa em breve.

O médico deu um tapinha no pé de Virgílio e saiu do quarto.

— "Casa"...

Virgílio repetiu a palavra e sentiu o seu espírito flutuar no quarto enquanto tentava encontrar algum sentido em toda essa história.

"Casa", como eu posso voltar para casa sabendo que ela nunca vai estar lá me esperando... Rio ou Inocência? Tanto faz. Sem Olympia, o conceito de "casa" simplesmente não existe.

Virgílio repetiu a palavra baixinho como se fosse um encantamento mágico. Esperava que de alguma maneira a força do seu pensamento pudesse levá-lo de volta ao Chimborazo, de volta para os braços de Olympia, de volta para casa...

— *Casa, casa, casa...*

Capítulo 69

Carta

A mãe de Virgílio deixou o quarto do hospital com um lenço na mão. Ela voltava ao hospital todos os fins de semana. Com o marido que exigia uma série de cuidados não foi possível deixar o Rio e se instalar na fazenda como ela cogitou em um primeiro momento. Ao conhecer Helena, no dia seguinte ao acidente, a historiadora a convenceu de que poderia confiar Virgílio a ela. Helena apertou a mão dela, sorriu e entrou no quarto com uma cesta de vime coberta com um pano de prato quadriculado sobre os joelhos.

O cheiro do pão de queijo fresquinho se espalhou pelo quarto e fez Virgílio salivar.

— Estava ansioso para lhe ver, Helena.

— Eu tenho certeza, meu caro. A Lúcia está chegando, ela trouxe o café. — Helena virou para a porta. — Olha ela aí!

Lúcia entrou com um sorriso e um passo apressado. Os saltos faziam barulho na cerâmica cinza-claro do quarto e ela era o retrato da elegância com uma calça jeans larga com cintura alta e uma blusa azul de mangas bufantes com um jabô. A maquiagem leve e os cabelos soltos em cachos delicados deixavam o seu rosto bem maquiado luminoso.

— Olá, Virgílio, dessa vez vamos tentar conversar com calma, certo?
— Certo.

Lúcia deu a volta na cama, pegou a mesa retangular com rodinhas colocou a garrafa de café em cima e a aproximou de Virgílio. Enquanto isso, o empresário apertou um botão que levantou a cabeceira deixando-o sentado. Lúcia serviu o café e Helena entregou a cestinha com os pães de queijo à Lúcia.

— Agora, senhor Virgílio, será que pode nos dar um minuto da sua atenção? — Helena abriu um sorriso maroto.
— Pois não, senhora...
— O médico nos contou que mostrou as fotos do acidente. Você ainda tem alguma dúvida sobre isso?

Virgílio baixou os olhos.
— Não.
— Você também não parece ter nenhuma dúvida de que esteve com Olympia no Chimborazo, certo? — Lúcia entregou o copinho de plástico com a bebida fumegante para Helena.

Virgílio voltou a levantar os olhos que, dessa vez, mostravam um brilho intenso.
— O que querem dizer?
— Nós temos uma hipótese. — Helena piscou um olho. — Você quer ouvi-la?

No lugar da resposta, Virgílio apenas levantou a mão de Lúcia e a beijou agradecido. Helena pegou um pão de queijo e começou:
— Na noite do acidente, Sílvia ligou para todos os contatos que encontrou no seu telefone. Eu consegui chegar ao hospital em companhia da Lúcia no comecinho da manhã, assim que a tempestade deu uma trégua. Você passou a noite na sala de cirurgia.

Virgílio soltou a mão da Lúcia preocupado.
— Como a Sílvia obteve a minha senha?
— Vamos lhe explicar isso depois... — respondeu Helena evasiva enquanto comia um novo pão de queijo. — O importante é que ela salvou a sua vida, Virgílio...
— O que aconteceu naquela noite, Helena?

— O médico lhe contou: você sofreu um acidente horrível. O seu carro virou sucata. O que é que passou pela sua cabeça para sair durante aquele inferno?!

Virgílio deu um longo suspiro.

— Eu precisava recuperar a carta que estava com Rubens...

Helena parou por um momento, deu alguns tapinhas na mão do rapaz, foi até a bolsa e girou para Virgílio balançando as páginas amareladas.

— Essa aqui?! Ele me entregou no dia seguinte ao acidente.

Virgílio tentou se abaixar para abraçar Helena, mas uma dor o impediu de continuar o gesto e ele voltou a se sentar tranquilamente sobre o travesseiro.

— Pode ficar quietinho, rapaz, nada de movimentos bruscos.

— A carta de Olívia... Ela está completa?

— Está...

— Helena, Lúcia, eu preciso lhes contar... — Virgílio passou a mão pela barba de muitos dias. — Mas não sei por onde começar, mesmo achando que apenas vocês seriam capazes de entender...

— Algo extraordinário, eu imagino...

— Eu estive no navio, Helena, eu não sei como, mas o que eu sei é que passei o último mês muito bem acordado, nos braços de Olympia, em 1873. — Ele olhou para Lúcia e Helena como se a sua vida dependesse dessa resposta. — Vocês acreditam em mim?

— Como não poderíamos acreditar, Virgílio, sabemos onde esteve todo esse tempo e com quem. — Helena levantou as páginas amarelas. — Está tudo aqui.

Helena se ajeitou na cadeira, abriu a carta e recomeçou a leitura:

"Eu me fiz passar pela minha irmã e me encontrei com Virgílio, esse era o nome dele, e o convenci a sair do navio disfarçado como um marinheiro enquanto Severa e Olympia dormiam no meu quarto."

Helena mostrou a página para Virgílio apontando a frase tremida.

— Não deve ter sido fácil assumir o que ela fez a irmã... — comentou Helena antes de continuar.

"Droguei Olympia e Severa com um sonífero colocado discretamente nas suas xícaras e as deixei no meu quarto. Troquei de roupa com ela e fiz o mesmo penteado que ela gostava de usar, em um coque alto e fofo e fui para o quarto dela. Virgílio aceitou o convite sem desconfiar de nada."

— Isso lhe lembra de alguma coisa? — Lúcia sorriu.
Virgílio apenas concordou com um leve movimento feito com a cabeça e Helena continuou a leitura.

"Eu expliquei, usando até os trejeitos da minha irmã, que poderíamos aproveitar o dia enquanto o navio estivesse ancorado. Ele hesitou por um momento temendo pela nossa segurança, mas um beijo foi suficiente para convencê-lo. Desembarcamos, nos amamos, e Virgílio me prometeu um amor que nem o tempo poderia apagar. Olympia e Severa chegaram à praia acompanhadas de Lucas e Matheus. Não preciso explicar os detalhes do que houve depois que contei tudo, principalmente da mentira de que estava apenas interessada no título do marquês que Virgílio fingia ser. No começo, era realmente essa a minha motivação, mas eu me apaixonei de verdade pelo estranho misterioso, por isso Matheus o matou, ele sabia, sempre soube que eu nunca me casaria com ele se Virgílio estivesse por perto. Olympia se fechou em um isolamento profundo e quando ela descobriu que estava grávida um mês depois, achei melhor aceitar o pedido de casamento de Matheus Júlio Francisco Sobreira e Lopes, futuro barão de Vila Rica... e acelerei o casamento."

Helena fez uma pausa para respirar e olhou enviesado para Virgílio que – de olhos fechados – parecia reviver cada frase. A historiadora abaixou os olhos e voltou a se concentrar no papel.

"Olympia se aproximou novamente de mim quando o filho dela nasceu, mas eu traí a minha irmã novamente."

Helena levantou o rosto e encarou Virgílio, que agora a olhava de volta com os olhos esbugalhados. Uma lágrima escorreu pela sua bochecha e ele bateu com a cabeça contra o travesseiro algumas vezes.
— Um filho?!
— Olívia teve cinco filhos, mas Olympia teve apenas um... com você... — Helena suspirou. — Antônio... era assim que ele se chamava... foi o meu antepassado.

Virgílio olhou para Helena sem perceber que a sua boca se abriu em um movimento automático.
— Antepassado?!
— Hum-hum... O seu filho foi o meu tetravô ou algo assim...
— Como isso foi possível? Como tudo isso aconteceu? Como o meu filho pode ser o seu antepassado?

Helena pegou na mão do rapaz e a beijou.
— Você acha mesmo que nós temos alguma chance de obter alguma dessas respostas? Elas se perderam no mar, naquele mesmo dia em que Matheus o recuperou e semanas depois quando ele o fez retornar para o século XXI pelo mesmo oceano. Nunca vamos poder reunir todas as peças de um quebra-cabeças que não poderia ter existido. — Ela passou uma mão no rosto de Virgílio. — Você viveu algo extraordinário, inacreditável, impossível... e eu estou aqui... eu sou o resultado desse milagre, e milagres, Virgílio, milagres, não se explicam — afirmou Helena antes de voltar a se concentrar na leitura.

"Com a morte prematura do barão, voltamos para o Brasil. Dissemos para todos que o filho era meu e do Matheus e evitamos o escândalo. Olympia se dedicou integralmente àquele menino, retrato vivo de Virgílio e, graças a Deus, do meu pai. O ciúme voltou a me dilacerar mais uma vez e eu a afastei, proibindo que ela nos procurasse ou contaria a todos a origem bastarda do menino. Ela aceitou a situação e nós nos

mudamos para o Rio de Janeiro. Com o apoio de Severa, Olympia assumiu os negócios do nosso pai com afinco e investiu a maior parte da herança que recebeu em orfanatos e escolas para moças negras. E eu nunca mais a vi até o dia que recebi uma carta. Eu peguei o meu filho e fui para a Inocência para vê-la uma última vez. Ela se despediu de Antônio e depois ficamos sozinhas em um momento que me assombra até hoje. Como pude ser tão vil e egoísta? A juventude não justifica tais atos, mas um coração apodrecido e uma alma corrompida pelos mimos em excesso e total de falta de valores pode se perder. Essa verdade veio até mim ao ficarmos envolvidas por um silêncio pesado, longo e doloroso. Vi no olhar de Olympia todo o sofrimento que causei à minha irmã e que, mesmo assim, ela me perdoou. 'Salvastes o meu filho, ele tem um nome graças ao teu casamento. Eu sei que fez esse sacrifício por mim, por ele. Eu a agradeço por isso, minha irmã'. A voz rouca interrompida pelos acessos de tosse e um fôlego curto ainda ecoam na minha memória e me acordam no meio da noite me fazendo suar frio. 'Eu o matei quando quis manipular Matheus, eu o matei'. Eu repeti essa frase de joelhos aos pés da cama. A dor queimava no meu peito e lágrimas deixavam rastros no meu rosto contorcido e envelhecido pelo remorso. Nesse instante, percebi o porquê de tanta inveja, de tanta vontade de obter o que Olympia tinha. No rosto plácido da minha irmã estava o reflexo de luz que brilhava em seu interior. Não havia mágoa ou tristeza. Nem mesmo a doença cruel parecia ter tirado dela o que ela tinha de mais precioso. 'Por um momento', ela me disse, 'eu acreditei estar tão morta quanto Virgílio e a odiei por isso, mas esse sentimento começou a ocupar muito espaço, tanto que não havia mais um minuto em que não pensasse em como destruiu a minha vida até que um milagre chamado Antônio aconteceu. Eu dediquei cada centímetro do meu coração a ele. Mesmo longe, eu o amei, amo e vou amar sempre. Virgílio me deu em poucas semanas o amor suficiente para muitas vidas e o presente mais precioso: um filho. Eu fui e sou feliz graças a esses momentos intensos que dividimos e que continuam vivos no meu peito. Nada, nem ninguém poderia me tirar isso, nem mesmo tu, minha irmã. O amor que sinto por Virgílio iluminou os meus passos e as minhas decisões. Ele me falou de um futuro no qual também acredito e lutei com todas as forças para que se realize. Eu escolhi refletir a luz que ele me inspirou. Tu a tens dentro de casa, desfrute da presença de Antônio. És uma excelente mãe, por isso não deixe que as sombras a consumam como fizeram com Lucas, que se matou por causa das dívidas de jogo. Ainda é possível mudar esse infortúnio, basta se perdoar. Eu a perdoei há muito tempo'. Oh! Minha querida Bilga, como poderia me perdoar? Eu quis devolver o colar e o anel de Virgílio, presentes do homem que ela amou, mas ela pediu para que ficasse com eles e que um dia os entregasse a Antônio, e junto com eles, a verdade. Eu nunca terei coragem para fazer isso, amo Antônio como um filho. Continuo egoísta, mesquinha e covarde! Por isso, peço, imploro, minha cara Bilga, que mantenha as joias como um tesouro precioso dentro da caixa em marchetaria que lhe dei de presente e que a guarde em um lugar secreto atrás do quadro: um dos raros momentos de alegria na nossa conflitante relação fraternal. Espero que um dia Antônio possa me perdoar o que fiz a ele e a Olympia. Espero mais ainda que eu mesma possa enterrar esse sentimento atroz que me consome até hoje e não me deixa dormir. Não há um dia em que eu não pense em Olympia e não me arrependa do que fiz.

Perdoe-me, perdoe-me, perdoe-me, minha irmã...

Olívia"

Helena levantou os olhos brilhando em lágrimas. Ela olhou para Lúcia e encarou Virgílio.

— Eu sinto muito...

Capítulo 70

Respostas

Virgílio sentiu a lava que queimava no seu peito explodir em lágrimas desesperadas. Ele levantou as mãos sobre os olhos envergonhado enquanto soluçava como uma criança sem brinquedo de Natal.

Helena se aproximou e Lúcia se levantou da cadeira.

— O que aconteceu? O que foi tudo isso? Um filho?! Por que a carta ainda estava no quadro?

Virgílio baixou as mãos e olhou para Helena com uma expressão de súplica.

— Por favor, me ajudem...

— A sua última pergunta é a mais simples de responder: nós acreditamos que Bilga achou melhor não contar a verdade a Antônio mantendo as joias e o segredo do seu filho dentro do quadro — sugeriu Lúcia.

Helena pegou na mão de Virgílio.

— Por favor, tenha paciência, vamos lhe contar tudo — Helena tomou fôlego como se fosse um atleta diante de uma nova competição e continuou: — Quando o acidente aconteceu, Rubens me procurou.

— Aquele cretino...

— Desculpe-me tê-lo feito acreditar que ele era um mau caráter, Virgílio, eu me enganei completamente a respeito de Rubens. — Helena levantou uma mão e a colocou contra o peito. — *Mea culpa*[2]. A maioria dos políticos não vale um peido... — afirmou Helena em um impulso. — Oh! Não me olhem com essas caras, eles não valem mesmo!

Helena terminou o copinho de café e entregou a Lúcia.

— Eu não falava com ele há anos, mais exatamente desde o dia em que recusei o seu pedido de casamento para me casar com outro... — Helena deixou escapar um suspiro. — Enfim, o meu finado marido conseguiu me provar com algumas fotos que Rubens me traía. Eu não quis conversar, não aceitei a desculpa de que a moça era uma prima que veio passar as férias com a família e que ele a levou para pegar o trem naquele dia. Os meus ouvidos ficaram surdos aos seus argumentos e aos da família dele, eu não acreditei nele, nem no irmão e muito menos na mãe dele. As imagens foram mais convincentes.

— E você me disse que elas mostravam apenas abraços e beijos na bochecha.

— Muito mais do que era permitido em público naquela época, não é, Lúcia?! — Helena abriu um sorriso triste. — Enfim, ele me procurou e me contou que encontrou a carta na fazenda...

— A Sílvia confirmou essa versão, ela viu o prefeito encontrar o papel quando saiu da fazenda — disse Lúcia.

— Ele me pediu desculpas pela chantagem e me implorou o seu perdão, dizendo que a única coisa que queria era me devolver a Inocência. A fazenda que tanto eu amava e que o meu falecido marido não me ajudou a preservar...

— Ele era alcóolatra... — lembrou Lúcia.

— Rubens se colocou de joelhos e me disse que nunca deixou de me amar e que tentou de todas as maneiras evitar a minha ruína. Eu soube nesse momento que ele pagou várias vezes as dívidas que o meu finado marido fez em inúmeros bares, quando precisei de dinheiro para o enterro dele, quando não achava comprador para os terrenos, quando caí do cavalo

---

2 *Mea culpa*: expressão em latim que significa "minha culpa".

e fiquei assim. — Helena apertou o tecido da calça e levantou os olhos para Virgílio. — Eu passei semanas em coma e Rubens veio me ver todos os dias, foi ele que pagou todas as despesas do hospital e da enfermeira que me ajudou em casa. Na minha inocência, como Lúcia me contou na época, eu achei que o dinheiro vinha de uma poupança que fiz em segredo, mas que o meu marido tinha descoberto e esvaziado muito tempo antes. Eu pedi para ela cuidar dos assuntos financeiros enquanto me recuperava.

— Eu sempre soube que Rubens era apaixonado por Helena e que ele a ajudou em segredo durante anos, sempre contando com a minha discrição até o episódio do projeto da Inocência.

— O condomínio fechado — relembra Virgílio.

— Isso mesmo, um condomínio fechado que Rubens embargou todas as vezes que o projeto apareceu na sua mesa. Não era ele o mentor da ideia como imaginamos...

— E quem era, então?

— George.

— George?! — Virgílio repetiu incrédulo.

— Ele iria ganhar milhões se conseguisse um terreno próximo de um lago. Infelizmente ele recebeu inúmeros "nãos" e quando viu a grande chance ir embora ficou desesperado. Foi ele que organizou a agressão que matou Hervé.

— Não é possível... — Virgílio sussurrou.

Lúcia se aproximou da cama.

— Quando Marie recusou de novo a sua oferta ele contratou Sílvia para espioná-lo. No dia em que voltou para Inocência e que ele sugeriu levar o carro para lavar, ele danificou os freios. Depois ele esperou. Com você morto ele não teria dificuldade para comprar a fazenda. Ele foi ao Rio várias vezes para conversar com o seu irmão sobre isso e Augusto estava convencido de que a fazenda era um péssimo negócio.

Virgílio permaneceu mudo. Não havia nenhuma palavra em todo o seu vocabulário que pudesse traduzir o que sentia e em silêncio ele pediu para Helena continuar.

— Quando Rubens me disse que não tinha nada a ver com o condomínio e que essa ideia era de George comecei a ligar uma coisa com a outra. Falamos com a polícia e descobrimos que Sílvia sabia sobre os freios e tinha ficha por outros crimes. A sua sorte foi que Sílvia ficou com medo de pegar uma pena por tentativa de homicídio, por isso ela avisou os bombeiros. Ela não conseguiu ir muito longe durante a fuga e também está presa. O julgamento vai ser no mês que vem — Helena pegou na mão de Virgílio —, mas eu acho que o que você quer saber mesmo não tem nada a ver com a Inocência...

Virgílio balançou a cabeça de um lado para o outro.

— Se o acidente aconteceu, como eu posso ter tanta certeza de que estive no navio... de que abracei Olympia... de que a amei... Tudo isso foi um sonho?

— Não, Virgílio, o que você viveu foi real, mas não do jeito que imagina...

Uma enfermeira entrou no quarto, conferiu a velocidade do soro, entregou dois comprimidos para Virgílio e se afastou com passos rápidos deixando o quarto como tinha entrado, em um silêncio de túmulo.

Lúcia voltou a servir uma nova rodada de café e entregou o copinho a Virgílio com um sorriso.

— Você esteve em 1873, mas há um ano quando caiu no mar durante o cruzeiro pelo Atlântico.

— Quando perdi as joias?

— Você não perdeu as joias nesse momento, Virgílio, você as entregou a Olívia quando ela se passou por Olympia — concluiu Helena.

— Você caiu em 2016 e foi recuperado por Matheus em 1873 usando as joias.

— Passamos as últimas semanas pesquisando tudo sobre o Chimborazo e os passageiros que viajaram no navio naquele ano.

— Descobrimos que houve realmente um acidente naquela travessia, que um dos passageiros caiu no mar completamente bêbado e que ele foi salvo por um amigo. Você adivinha o nome dele?

— Luiz Batista...

— Isso mesmo: Luiz Batista Alberto de Bragança Menezes e Castro, futuro marquês de Belavista.

— Matheus pegou você no lugar do amigo, os ferimentos deixaram o seu rosto irreconhecível e olhando uma foto de Luiz Batista encontramos algumas semelhanças, vocês tinham praticamente a mesma altura, cor dos olhos e cabelos.

Lúcia deixou a garrafa, deu a volta na mesa, procurou algo na bolsa e entregou uma pequena foto a Virgílio. O empresário pegou o velho documento amarelado e sentiu novas lágrimas queimarem o seu rosto, lá estava Luiz Batista, de casaca e cartola segurando uma bengala elegante.

— Tão diferente... e ao mesmo tempo...

— Tão parecido... — confirmou Helena.

— Foi o que achamos assim que vimos a foto.

— O que houve com ele?

— Não sabemos, o futuro marquês sumiu da história depois do fim da viagem. Os pais processaram a companhia responsável pela viagem, mas a verdade é que o jovem desapareceu completamente como se não fizesse mais parte deste mundo.

— O que acham que aconteceu?

— Só conseguimos chegar a uma conclusão — Helena olhou para Lúcia procurando o seu apoio. — Ele morreu.

— Como assim?!

— Quando você caiu na fenda temporal e foi resgatado por Matheus, o verdadeiro Luiz Batista deve ter sido engolido pelo mar e, apesar do seu corpo nunca ter sido encontrado, isso justificaria o seu desaparecimento.

Virgílio continuou olhando para a foto em silêncio.

— Então, o que vivi neste último mês...

— Foram lembranças do que aconteceu há um ano — respondeu Lúcia.

— Mas eu me lembrei das nossas conversas, da teoria louca da Lúcia... Não nos conhecíamos há um ano...

— Com certeza você deve ter sofrido um trauma gigantesco: a dor da queda no navio, entrar em outra dimensão temporal e retornar no mesmo momento. A sua memória sofreu uma pane que deve ter sido restaurada com o acidente de carro — explicou Helena.

— Lembranças...

— Isso, Virgílio, apenas lembranças de ontem e de hoje misturadas em uma sequência que lhe ajudou a reviver o que aconteceu...

— Lembranças... — repetiu o rapaz com o olhar vago.

Virgílio permaneceu com os olhos na foto que começou a receber gotas cada vez mais insistentes de um choro guardado por muito tempo, talvez por tempo demais.

Capítulo 71

Fé

O olhar vazio permanecia inalterado, apenas a leve respiração indicava que havia alguma vida naquele corpo inerte. Com uma mão no bolso da calça do terno e a outra segurando os sapatos, Virgílio repetia o mesmo ritual que iniciou desde que desistiu de reencontrar Olympia. Parado de frente ao mar ele acompanhava o sol nascer. Durante uma hora, mantinha os olhos ancorados no movimento e no ronronar incessante das ondas enquanto o seu espírito atormentado continuava preso ao ano de 1873. Um dia após o outro, Virgílio seguiu essa rotina religiosamente. Os camelôs deixaram de perguntar se ele queria um chapéu ou água de coco, os esportistas passaram a ter olhos apenas para os relógios eletrônicos que registravam a performance e as jovens se resignaram de chamar a sua atenção com biquínis provocantes.

Aos poucos, Virgílio conseguiu o que queria: se tornar invisível, isolado em um mundo à parte onde mulheres e homens elegantes lhe saudavam com cortesia e um par de olhos azuis iluminava a sua vida. A vontade de continuar dentro desse mundo que o passado apagou era tanta que Virgílio precisou de um momento para entender que aquela senhora com um cabelo cacheado e estranhamente amarrado em um coque fofo falava com ele.

— Você deve mesmo precisar desse encontro...

Foi a frase que ele conseguiu entender quando o seu olhar se abaixou para encontrar com a velhinha. Virgílio apenas franziu o cenho contrariado lembrando um atleta interrompido em plena prova.

— Pois não?

— Tenho algo para lhe dar...

Dizendo isso ela abriu a bolsa em tecido colorido e tirou uma caixinha de fósforos embalada com cuidado com um papel de presente prateado.

— É para você. — Ela estendeu a mão e olhou para Virgílio, que continuou exatamente como estava, sem mexer nenhum músculo.

— Eu acho que a senhora se enganou. Eu não quero comprar nada, agora se me dá licença... — Virgílio voltou a olhar para o mar se fechando na sua bolha imaginária antes de terminar a frase.

Ela pegou na longa saia, deu dois passos e se colocou na frente dele. Virgílio soltou uma respiração mais forte como um touro diante de uma capa vermelha. Abaixou novamente o olhar e observou por um momento o rosto marcado. Viu tantas linhas sobre a pele dourada que se esse rosto fosse um livro ele seria grosso como o Inferno de Dante.

— Ele não está à venda, é um presente para você... — Mostrou a caixinha sem demonstrar nenhuma irritação ou desencorajamento.

— O que tem aí dentro?

— Uma pedra, mais precisamente um pedaço de quartzo branco...

— E por que a senhora insistiria em atrapalhar o meu momento de concentração para me entregar essa pedra? — Virgílio tentou manter a voz em um tom agradável, mas pelo tremor que passou pelo corpo da velhinha e pelo passo que ela deu para trás, eu diria que ele não conseguiu.

Ela respirou fundo e voltou a se aproximar mantendo o contato visual.

— Concentração? Pareceu-me mais uma fuga... Mas isso não me interessa, eu estou aqui com a missão de entregar essa pedra para você e eu vou concluir o que vim fazer. Ela representa um dos nove dons do Espírito Santo e ela escolheu você...

Virgílio virou o corpo em direção da senhora. Abaixou os ombros e o rosto com uma profunda indiferença como quem diz: "e daí"?

Ela respirou fundo, olhou para o céu sem nuvens e continuou:

— Todos os meses, em nove dias muito especiais, eu recebo... uma visita. A partir desse momento eu preciso encontrar as pessoas certas para cada um dos dons que me foi confiado. Na semana passada, entreguei a "cura" a uma moça que sonhava em ser enfermeira e a "palavra" a uma mulher honesta interessada em começar uma carreira política.

Virgílio não conseguiu segurar o riso.

— E qual seria o meu dom? Amor?

— A fé.

Virgílio parou de rir e estreitou os olhos em uma linha tão fina que eles praticamente desapareceram sob as sobrancelhas espessas.

— Fé?

— Fé em você, no que viveu e no que ainda vai viver...

Virgílio percebeu o seu punho se fechar dentro do bolso da calça, ele deu as costas à velha e um primeiro passo que indicava que a conversa terminou.

— Apenas os tolos dão as costas ao extraordinário e você não é tolo, não é, Virgílio?

Virgílio parou instantaneamente como se anjos o tivessem transformado em uma estátua de sal. Voltou-se novamente para a velha. A encarou e encontrou no olhar dela, tão escuro quanto o dele, algo que poderia oscilar entre a certeza absoluta do que ela fazia e uma profunda bondade. Virgílio se sentiu abraçado por esse olhar tão parecido e ao mesmo tempo tão distante do seu. Soltou os sapatos e se aproximou.

— Por que a senhora se considera extraordinária? É apenas uma velha, provavelmente sem a razão, que incomoda as pessoas...

— Faz semanas, meses, que você não tem uma conversa como essa com ninguém. A solidão está de mãos dadas com você, eu posso vê-la, senti-la... — Ela olhou em volta de Virgílio. — Você se perdeu na sua própria sombra e mesmo depois de ter encontrado a luz que mostrou o caminho certo quis permanecer na escuridão. Você está recebendo uma segunda chance. Por que não a aceita?

— Porque eu não tenho motivos para acreditar em mais nada. Eu perdi a minha fé nas pessoas, no amor, no extraordinário...

— Pois ela o reencontrou. — A velhinha voltou a estender o braço com o pacotinho que refletia os raios do sol e criava luzes brilhantes no rosto de Virgílio.

Ele olhou para a velha e para o pacote, mas a mão continuou dentro do bolso sem mostrar o mínimo movimento.

A velha se abaixou e deixou o pacotinho dentro do sapato.

— O que está fazendo?

— Essa pedra é apenas uma representação física da fé, e ela é sua. Mesmo que não pegue a caixa e a leve para casa, ela vai continuar sendo sua. Eu terminei a minha missão. Adeus, Virgílio.

— Como sabe o meu nome?

Ela sorriu.

— Algumas respostas são difíceis até para alguém como eu. Agora por que não se concentra em encontrar a luz?

— Eu a encontrei e a perdi... — disse Virgílio sem acreditar que abria o coração para uma desconhecida em plena praia do Leblon.

— A luz sempre permanece conosco quando a encontramos e se a luz na qual pensa for uma moça...

Virgílio a encarou taciturno e ela continuou:

— Eu tenho certeza de que o que viveu com ela foi intenso, único, mágico, inesquecível... mas ela não era a sua luz, se fosse estaria aqui com você...

— Nós nos separamos... A senhora nunca entenderia...

— A separação acontece quando as histórias terminam, se ela fosse a sua luz ainda estaria com ela...

— Eu não acredito nisso...

— Mas vai acreditar... — A velha sorriu amigavelmente e se afastou. A longa saia varria a areia e apagava os passos dela como se nunca tivesse existido.

Depois de um longo momento de hesitação, Virgílio se abaixou, pegou a caixa, tocou a pedra que estava lá dentro, a guardou no bolso e saiu da praia com um leve sorriso muito parecido com o que uma senhora idosa mostrava nesse exato momento enquanto cruzava com o barulhento vendedor de picolés.

Capítulo 72

Hotel Gêmeas em Flor

As rolhas das garrafas de champanhe explodiram ao mesmo tempo que os fogos de artifício criaram formas e desenhos em cores vibrantes que refletiam o vermelho-sangue do rastro deixado pelo sol atrás das colinas.

Os convidados excitados brindavam e levantavam as taças em homenagem ao terceiro ano de sucesso do hotel "Gêmeas em Flor". Os acordes de Villas-Lobos e vasos longos com flores da cor da fazenda criavam um ambiente elegante e eram admirados pelos hóspedes e a imprensa. Os garçons circulavam com bandejas repletas de aperitivos delicados e em alguns pontos estratégicos do jardim e do salão principal, foram montados bares e pequenas "ilhas" onde conversas animadas e outras mais reservadas aconteciam.

Virgílio observou o movimento como se estivesse diante de um filme mudo. O olhar indiferente foi de um lugar a outro, de um homem a uma mulher, das rosas a piscina, de uma moça a uma criança, repetindo sistematicamente o mesmo "não" para cada bandeja que lhe era oferecida. O seu rosto poderia ser confundido com um dos anjos que decoravam a escadaria da Inocência, nenhuma expressão, nenhuma vida. Um homem em pedra, frio e vazio.

 A brisa do fim da tarde movimentou as palmeiras e levou até ele um perfume doce, com notas de canela. Virgílio inspirou profundamente e lembrou de 1873.

 Fechou os olhos por um breve instante. Sentiu a saudade tomar conta do peito, apertar a garganta e se cristalizar em lágrimas que controlou com certa dificuldade.

 — A festa está maravilhosa, não? — perguntou uma voz madura.
 — Sim, Helena. — Virgílio olhou com ternura para a historiadora.
 — Você vai ficar?
 — Não...
 — Aqui estão vocês dois!

 O sorriso de Rubens fez o bigode tremular.

 O prefeito deu um tapinha nas costas de Virgílio e se abaixou para beijar a esposa.

 — Meus parabéns, Rubens...
 — Muito obrigado, meu caro, se não fosse você nada disso seria possível. — Olhou com veneração para Helena. — Eu ainda me pergunto se não decidiu vender a fazenda apenas para nos fazer feliz, mesmo que você tenha me explicado que iria tirar um ano sabático para viajar pela Europa... que se transformaram em três longos anos de uma ausência muito sentida.
 — Ele abraçou Helena. — Quantos cruzeiros de travessia do Atlântico você fez mesmo?
 — Onze, quinze, perdi a conta.
 — Isso deve ser mesmo muito bom, não é, Helena? Temos que programar um. — Rubens olhou para Virgílio com a desconfiança de um pai que sabe que o filho esconde alguma coisa.

 No rosto de Helena surgiu uma pergunta que Virgílio entendeu sem que ela pronunciasse uma única palavra. Ele apenas negou com a cabeça. Desde que acordou do coma, o empresário passou a se vestir de preto. Inteiramente. E diante da negação de Virgílio, Helena entendeu que o luto iria continuar. Ele ainda pensava em Olympia, na aventura surreal que viveu e em todas as tentativas frustradas de voltar ao passado. Como Helena, ele finalmente concluiu que isso não seria possível, não uma segunda vez.

 — Se não se importam, eu vou pegar a estrada.

— Não pode esperar um pouco mais? Você acabou de chegar e eu gostaria de lhe apresentar alguém... — Helena esticou o pescoço e virou o rosto de um lado para o outro.

Virgílio encarou a historiadora com um olhar duro.

— Eu preciso ir, Helena...

— Você tem certeza? Gostaríamos que ficasse conosco mais um pouco, seria um prazer...

— Eu sei, Rubens, mas amanhã eu vou ao casamento da Clara.

— Nos encontramos amanhã, então. Vamos sair daqui bem cedo. — Ele pegou uma taça de champanhe oferta por um jovem garçon. — Não foi incrível ela se apaixonar pelo advogado que indiquei e que a convenceu a abandonar a ideia de um processo contra você?

— O seu sobrinho é um bom homem, Rubens, ele vai fazer muito bem a Clara. Fiquei muito feliz por eles.

Virgílio deu um sorriso tão leve e tão triste que Helena levantou a mão no peito como se ela pudesse sentir a dor que ele levava com ele em qualquer lugar.

— Obrigado por tudo e deixem o meu abraço à Lúcia, espero que ela esteja aproveitando a lua de mel... — O empresário abaixou levemente a cabeça.

— Ela deve estar adorando o cruzeiro que você lhe deu de presente. — Rubens colocou o braço sobre os ombros de Helena.

O empresário se esforçou para mostrar um rápido sorriso e se afastou.

— Virgílio, espere — pediu Helena. — Você ainda não me prometeu.

Virgílio olhou para a amiga, se abaixou e lhe deu um beijo na bochecha.

— Isso não vai adiantar nada, Helena...

— Por favor, Virgílio...

— Helena...

— Eu lhe imploro, faça isso, ainda hoje ou amanhã, não importa... — Ela mergulhou o olhar atormentado nos olhos vazios e sem brilho de Virgílio. — Nem que seja por mim... — Helena pegou na mão do rapaz e beijou com carinho.

Virgílio não teve forças para resistir.

— Eu prometo.

Ela respirou aliviada e sorriu ao encontrar com o olhar uma jovem que se aproximava do grupo com um longo e diáfano vestido branco.

— Tem certeza de que não pode esperar mais um pouco? A psicóloga que lhe recomendei chegou...

Ele negou com a cebeça, deu as costas e foi para o carro com passos lentos de quem não tinha a menor vontade de voltar para casa.

Capítulo 73

Adeus

Virgilio retornou ao Rio de Janeiro como saiu da cidade: em transe. Entrou no apartamento, lançou as chaves do carro em cima de uma bandeja redonda de prata sobre um móvel austero ao lado da porta e se jogou no longo sofá em "L". No lugar do aparelho de TV, as "Gêmeas em Flor". Essa foi a única exigência que ele fez quando vendeu o imóvel, Helena não achou que era uma boa ideia, mas não discutiu, apenas fez com que ele prometesse que iria dar um fim a essa história: ele precisava dar um ponto-final ao romance com Olympia.

Tudo e todos encontraram o seu fim: Rubens e Helena se casaram; Lúcia embarcou em uma lua de mel pelo Triângulo das Bermudas com o seu físico; George foi condenado a trinta anos de prisão e Sílvia recuperou o seu emprego na Inocência como assistente de cozinha quando saiu da cadeia; Augusto encontrou uma jovem por quem se apaixonou e se tornou pai; Tito fechou o antiquário e se mudou para a França onde se casou com Marie e até Clara encontrou o amor, e com ele, a paz.

Apenas Virgílio permanecia no limbo. Esse lugar estranho, vazio, solitário e sem sons limitado por uma moldura dourada que mantinha Olympia e a irmã presas em uma pose e juventude eternas.

Ele foi até o quadro, voltou a se perder entre os traços do rosto da jovem que amou e que ainda amava e se lembrou do pedido de Helena.

— *Você precisa terminar com essa história ou ela vai matá-lo, Virgílio!*
— *Eu não posso...*
— *Pode! Você pode acabar com esse luto ridículo, você precisa seguir em frente.*
— *Eu não quero seguir em frente, eu tenho que voltar atrás, é no passado que eu deveria estar e não aqui, agora.* — Ele colocou o rosto entre as mãos. — *Eu tenho que voltar, Helena! Ela ficou sozinha, com um filho, Helena, eu a abandonei...*
— *Você não a abandonou, a história de vocês foi essa, não foi culpa de ninguém... Por favor, aceite...*
— *Como pode afirmar isso? Como eu posso aceitar? Se Olívia não tivesse orquestrado tudo, eu teria ficado com a mulher que amo...*
— *Não, quem orquestrou tudo foi Matheus e você sabe muito bem que se não tivesse voltado para o presente estaria morto.*
— *Eu nunca vou desistir de tentar retornar, Helena. Nunca!*
— *Mas você não pode retornar, meu filho! Você tentou durante anos, fez mais de dez cruzeiros, DEZ! Você sabe que o que aconteceu não vai mais se reproduzir...*
— *Por quê? Você, eu, ninguém tem essa certeza...*
— *Virgílio...* — Helena baixou o tom. — *Você não pode voltar ao passado... Ninguém pode e se isso aconteceu com você, eu tenho certeza de que o único motivo para isso é que o seu futuro está ligado a esse passado.*
— *O que quer dizer?* — O olhar de Virgílio oscilou entre o desespero absoluto e a necessidade de continuar tendo esperança.
— *Tudo está conectado, Virgílio, não conhecemos ninguém por acaso, não vivemos uma emoção à toa. Se você conheceu Olympia, e apesar de amá-la como nunca amou ninguém, não pôde ficar com ela, talvez ela não tenha sido a mulher da sua vida. Quem sabe ainda não vai encontrar essa mulher?*

Virgílio olhou para Helena incrédulo. A sua expressão se contraiu com tanta força que os dentes trincaram. O suor desceu pela têmpora e ele fechou os punhos antes de esmurrar uma parede.

— Não! Eu me recuso a acreditar nisso!
Helena pegou a mão avermelhada.
— Eu sinto muito mesmo, meu filho, mas você precisa realmente dar um ponto-final no que viveu com Olympia.
— Eu não sei o que fazer para isso, Helena, eu não sei...
— Vá até o cemitério. Procure pela tumba de Olympia, fale com ela, se despeça... Por favor, me prometa...e se não for suficiente, entre em contato com aquela psicóloga que lhe indiquei...

Virgílio olhou fixamente para a velha caixa estreita feita em marchetaria onde Bilga guardou a carta de Olívia. Abaixou-se para pegar o objeto que fazia companhia a um sóbrio e solitário vaso de cristal sobre o móvel baixo e longo em uma madeira avermelhada e abriu a tampa. Retirou uma folha com um endereço e um mapa. Embaixo dele estava o cartão com o contato da psicóloga que Helena lhe deu e para o qual nunca ligou.

Virgílio deixou os olhos se impregnarem mais uma vez da imagem de Olympia, foi até a bandeja de prata pegou as chaves e saiu de casa.

Dirigiu como um sonâmbulo e chegou ao cemitério meia hora depois para encontrá-lo fechado. A situação se repetiu nos dias seguintes, até uma tarde onde a secretária anunciou que as duas reuniões previstas foram desmarcadas.

Virgílio tocou o mapa do cemitério que começou a levar com ele em um bolso interno do paletó e em um impulso pegou as chaves do carro.

Com o mapa na mão e uma miríade de pensamentos conflituosos, ele se aventurou pelos caminhos ladeados de tumbas. A noite iria chegar dentro de algumas horas e ele queria evitar o crepúsculo que tornava o local ainda mais macabro com sombras deslizando pelas flores mortas. Avançou sem pressa lembrando um pirata que relutava em subir em uma prancha. De olho no mapa, mudou de rumo várias vezes. O barulho da cidade pareceu ficar do lado de fora dos muros e até o vento deixou as árvores e arbustos em paz. Pensou em desistir, mas refez o caminho ao se lembrar das palavras de Helena, da mãe e do irmão, que mesmo sem saber a verdade sobre o que levou Virgílio para esse pântano onde estava entalado até o pescoço, tentaram tirá-lo de lá todas as maneiras.

Em vão.

Virgílio voltou a girar a cabeça à direita e à esquerda, mas a demora em encontrar a tumba o fez começar a se arrepender. Novamente agiu por impulso como fez desde que retornou do coma em uma busca estúpida e improvável. Mais uma vez, queria se persuadir de que, se continuasse procurando o impossível, como o tolo Dom Quixote, iria encontrá-lo.

Um ramo balançou com mais vigor e chamou a atenção de Virgílio. Ele aguardou por um momento, se certificou de que estava sozinho e seguiu o caminho por mais alguns metros. Perdeu-se por duas vezes até reencontrar a trilha. Um barulho e o medo de ver a tumba de Olympia o fizeram parar. Escondeu-se atrás de uma árvore e observou.

Uma moça se aproximou do túmulo que ele procurava. Com um jeans claro, uma blusa azul e tênis, carregava uma cesta de onde saíam flores amarelas. Ela passou a mão sobre a égide e disse algumas palavras. Retirou o buquê e o colocou em um vaso. Ajeitou as flores algumas vezes e voltou a atenção para a cesta. Retirou uma toalha quadriculada, a estendeu no chão e colocou uma caixa, um leque e um notebook sobre ela.

Em um primeiro momento, Virgílio se sentiu mal ao observar a jovem de uma maneira tão indiscreta, mas ele não conseguiu deixar de sentir um certo magnetismo naquela cena.

O que ela estava fazendo ali? Quem é ela? Não seria perigoso estar sozinha?

Virgílio achou melhor permanecer de guarda. Ele não conseguiu ver direito o rosto da moça, mas acompanhou ela abrir o computador enquanto falava baixinho.

Ela está conversando... com Olympia? Por quê?

O empresário continuou olhando para a jovem que entre uma frase e outra riu, chorou e riu de novo para chorar novamente em seguida. Ela fez uma pausa e alongou as pernas cruzando-as uma sobre a outra enquanto comia um sanduíche. Abriu um potinho de iogurte e gesticulou como se estivesse diante de um amigo imaginário. Terminou de comer e guardou tudo na cestinha. Levantou-se em seguida e continuou o monólogo enquanto dava voltas em torno do túmulo e se abanava com o leque. Um perfume com notas de canela e jasmim se espalhou pelo ar quente e chegou até Virgílio.

Surpreso ao reconhecer o perfume de Olympia, Virgílio se aproximou ainda mais. Percebeu o aro de um par de óculos e os cabelos escuros presos em um coque displicente que pendia para um lado e dava a impressão de que iria desmoronar a qualquer momento.

Ele quis se aproximar ainda mais, mas no ímpeto fez um graveto estalar.

Ela virou o rosto na direção do barulho e depois de olhar para todos os lados, deu de ombros e se sentou novamente. Concentrada na tela, começou a teclar com velocidade. Os dedos ágeis procuravam as letras com a ânsia de um amante apaixonado longe do seu objeto de desejo por muito tempo. Ela voltou a chorar e a rir enquanto um leve sorriso surgiu nos lábios de Virgílio. A moça olhou para o relógio, guardou o computador, o leque, a caixa com o que sobrou do lanche e a toalha na cesta. Levantou-se, limpou os gravetos e folhas sobre a calça justa que moldava os quadris largos, baixou a cabeça e permaneceu em silêncio por um momento. Depois, disse algumas palavras que Virgílio não identificou e deixou o cemitério levando os últimos raios de sol com ela.

Paralisado, Virgílio acompanhou a sombra da jovem ir embora. Ele foi engolido pelo crepúsculo e se tornou parte da noite enquanto se perguntava quem era aquela garota e porquê não teve coragem para falar com ela.

A curiosidade deu lugar à hesitação quando se lembrou do que foi fazer no cemitério. Finalmente, os olhos chegaram lentamente até o túmulo. Aproximou-se com alguns passos arrastados e depois de um longo suspiro olhou para as flores que contrastavam com a lápide. No mármore amarelado pelo tempo, os anjos rechonchudos que Virgílio viu na capela da Inocência e levava no peito estavam reproduzidos nos mínimos detalhes da pedra.

OLYMPIA ANTUNES
"NEM O TEMPO PODE NOS SEPARAR"
1855 - 1887

Virgílio caiu de joelhos. A dor que ulcerava o seu peito e contraía o rosto bonito em uma máscara torturada se esvaiu pouco a pouco. Primeiro, em lágrimas que deixavam rastros brilhantes em seu rosto. Segundo, em uma paz que começou a ocupar o espaço aberto pela aceitação. Não havia nada a dizer, não havia nada a fazer e sem palavras ou gestos, Virgílio permaneceu imóvel até que todas as células do seu corpo se despediram de Olympia.

Epílogo

Virgílio tomou banho, se vestiu com um jeans e um pulôver verde-escuro sobre uma camiseta branca, ajeitou os cabelos cortados recentemente e pegou as chaves do carro.

Há dois meses, ele retornava todos os fins de tarde ao cemitério. O silêncio o acalmava, mas não era só isso o que o empresário buscava na nova rotina. O crepúsculo pintava de dourado as árvores frondosas e fazia brilhar as pedras dos túmulos. Um cheiro de canela e jasmim se misturou ao perfume de incenso que aquecia ainda mais o ar abafado. Ele retirou o pulôver e os passos indolentes no mesmo ritmo do fim de tarde, se aceleraram. Em breve, a noite que se aproximava iria iluminar com milhares de estrelas as favelas vizinhas.

"E se ela não vier... de novo...?", a ponta de decepção o surpreendeu.

Ofegante, Virgílio ouviu um barulho de borracha sobre pedras. Respirou profundamente e o perfume de canela o fez virar o rosto. Ela estava parada a poucos metros, o olhar indeciso e curioso lembrava um gato que surpreende um intruso no seu território.

— Boa tarde... — Ela levou os olhos de Virgílio para a tumba e da tumba para Virgílio. — Eu não quero atrapalhar...

— Boa tarde... — cumprimentou com um leve movimento de cabeça. — Não está atrapalhando... Eu também posso ir embora se assim o desejar...

— Não... não é necessário... — Ela girou o rosto. — Acho que tem bastante espaço para nós dois aqui... — Colocou a cesta no chão.

Ela sorriu, levantou, abaixou o rosto e balançou a bolsa enquanto os dois disseram ao mesmo tempo:

— Está uma tarde quente...

Ela se aproximou e estendeu a mão.

— Oi, eu sou a Agda, e sim esse é um nome bem estranho...

— Sim, é verdade, eu não iria comentar nada, mas agora estou curioso para saber a origem desse nome nada ordinário...

— Era o nome da minha avó... significa "bondade"...

Virgílio não saberia dizer se foi o perfume, o som da voz ou o gesto para ajeitar os óculos grandes no nariz pequeno, mas ele sentiu um calafrio subir pela coluna e eriçar os pelos da sua nuca como se recebesse uma chicotada de energia.

— Virgílio.

— Prazer. — Ela olhou para o túmulo. — Você é um dos descendentes?

Ele acompanhou o movimento do dedo da jovem e voltou a olhar para o rosto redondo que lembrava uma antiga boneca de porcelana.

— Não, eu não sou parente... E você?

Ela largou a bolsa molenga lentamente sobre a tumba e riu.

— Nãooo, eu sou apenas uma amiga da Olympia. — Ela sorriu ao mesmo tempo que se agachou, abriu a toalha e retirou o leque, o lanche e o computador da cesta de vime. — Não vai se sentar?

Virgílio não hesitou e se colocou ao lado da jovem, como se estivessem em um parque e não na tumba de Olympia.

— Amiga?! Parece-me meio estranho ser amiga de alguém que morreu há tanto tempo...

— Não é estranho?! Eu também acho, mas o que posso fazer, conto com essa amizade para terminar o meu livro... — Ela abriu o computador.

Virgílio observava com curiosidade a jovem que começava a teclar.

— Você ainda não me disse o que veio fazer aqui? — ela perguntou sem tirar os olhos da tela.

— Eu vim me despedir de uma história — foi o que conseguiu responder enquanto os seus olhos tentavam descobrir os detalhes por trás dos óculos enormes que quase escondiam o nariz arrebitado.

Ela tinha olhos escuros como ele, nenhum traço marcante em especial, mas algo nela o atraiu como se aquele olhar enviesado de gato desconfiado escondesse algum segredo que apenas eles dois conheciam.

— Hummm... uma história? Que interessante, por que não me conta? Eu também estou aqui para ver se Olympia me ajuda a terminar uma história.

Virgílio inclinou o corpo em direção de Agda.

— Por que não começamos com a sua primeiro? Sobre o quê está escrevendo?

— Então, há um ano — ela virou o rosto para a esquerda olhou para o vazio por um momento em silêncio e continuou: —, quando estive aqui para enterrar o meu pai... ele está descansando a algumas quadras daqui. — Ela apontou o queixo na direção. — Eu perambulei por algumas horas, passei por essa tumba e a inscrição me chamou a atenção. Fiquei curiosa para saber quem era essa moça que amou tanto alguém que "nem o tempo poderia separar". Comecei a pesquisa e achei a situação que procurava para o romance quando cruzei dois artigos que li na internet.

A moça tirou um pacotinho em forma de triângulo e o entregou a Virgílio.

— Quer comer alguma coisa?

Virgílio pegou o sanduíche, os seus dedos tocaram ligeiramente a pele da moça e, por um breve momento, ele teve a estranha impressão de que aquele toque despertou nele algo adormecido há muito tempo.

— Obrigado, você dizia...

— Sim, os artigos: um foi sobre o Triângulo das Bermudas e os misteriosos desaparecimentos que aconteceram por lá e o outro sobre uma jovem que viveu no século XIX e que se apaixonou por um abolicionista em um cruzeiro para a França.

Virgílio tremeu, engoliu em seco e os seus olhos se dilataram.

— Eufrásia Teixeira Leite?

Ela bateu a mão sobre a coxa e riu.

— Uau! Você é a primeira pessoa com quem converso que ouviu falar dela. — Ela bebeu um gole de água. — Então, durante a pesquisa eu descobri que ela foi para a Europa para escapar dos tios que queriam gerenciar a fortuna dela. Ela era riquíssima! Eufrásia se tornou uma empresária de sucesso, mas nunca se casou, aparentemente fiel ao tal Nabuco. — Ela ajeitou os óculos e encontrou com o olhar de Virgílio. — Estou lhe aborrecendo, não? Vício de profissão: não consigo parar de falar das minhas histórias.

— De forma alguma, estou cada vez mais interessado. Então você é escritora?

— Não. Sou psicóloga. — Ela abriu a bolsa, pegou um cartão e o entregou.

Ele olhou de maneira automática para o retângulo e franziu a testa ao reconhecer o nome.

— Você conhece a baronesa Helena Antunes?

Os olhos de Agda cresceram tanto quanto os aros dos óculos e ela sorriu.

— Mas é claro! Quando comecei a pesquisa, encontrei o livro da baronesa. Ela tem um hotel lindo, o "Gêmeas em Flor". Fica em Vassouras, justamente o local que precisava conhecer para saber um pouco mais sobre Eufrásia. Contei que estava com uma ideia para um romance, conversamos por um momento e ela me convidou para um fim de semana. — Agda levantou o punho, cheirou e o aproximou do rosto de Virgílio. — Jasmim, canela e algumas notas de bergamota. Espero que não seja muito doce... Apaixonei-me por ele quando visitei a baronesa.

— Helena lhe deu o perfume? — Virgílio abriu um sorriso tão largo que parecia que a alma dele brilhava.

— O perfume e um livro autografado com a história de Olympia e Olívia. — Fez uma pausa e ficou em silêncio por um momento mantendo o olhar perdido na direção da tumba do pai antes de voltar a encarar o rapaz com um sorriso. — Você conhece a baronesa?

Virgílio não sabia como reagir. Todo o seu corpo o mandava correr imediatamente para o mais longe dali. Mas ele permaneceu parado onde estava, tão imóvel quanto a lápide que cintilava com pequenos pontos coloridos iluminados pelo sol que se despedia e que também fazia Agda brilhar, sublimando a jovem como se ela estivesse mergulhada em um poço de luz. Ele piscou os olhos algumas vezes e esboçou um sorriso.

— A minha empresa restaurou a Inocência — respondeu finalmente.

— E o que Olympia tem a ver com o seu romance?

— Foi Helena que, sem querer, me deu a sugestão. — Ela mordeu o sanduíche e engoliu com um sorriso de prazer. — A baronesa tem uma imaginação impressionante, ela deveria escrever romances e não biografias. — Terminou o sanduíche e limpou os lábios em forma de coração. — Quando li sobre a promessa de Olympia que se casaria apenas quando os escravos fossem liberados – infelizmente ela não viu isso, pois a Princesa Isabel acabou com a escravidão em 1888 – decidi unir as duas inspirações (Eufrásia e Olympia) e dar à minha heroína um final diferente: ela vai ficar com o homem por quem se apaixonou durante o cruzeiro.

Virgílio apenas concordou com a cabeça e abriu o mesmo sorriso leve que viu no rosto de Agda.

— Como é a sua heroína? — Virgílio se aproximou e a coxa dele tocou levemente a perna dela.

— Uma mulher que sabe o que quer, que reconhece a importância do amor, mas que nunca deixaria de lutar pelos seus ideais e sonhos por causa dele. No meu romance, é ele que vai precisar abandonar tudo por ela. — Ela riu. — Bobo, né?

— Não, de forma nenhuma... Eu acho o seu final perfeito...

Virgílio se aproximou ainda mais.

Agda levantou os olhos e eles permaneceram imóveis enquanto algo mágico acontecia. Novamente Virgílio percebeu o mundo ao seu redor desaparecer, não havia mais tumbas, mais árvores, mais vento. Não havia mais Olympia, apenas Virgílio e Agda. Ela corou, pegou o leque e começou a se abanar.

Virgílio sorriu enquanto aproximou a mão de uma mecha de cabelos da jovem. Ela acompanhou o movimento e baixou os olhos para esconder as bochechas no mesmo tom do leque que usava endiabradamente.

— Trouxe de Sevilha, com o calor que faz aqui achei que seria útil. — Olhou sem graça para o acessório pitoresco e abriu um sorriso tímido.

Ele riu ao sentir que as suas velhas e instransponíveis barreiras se desfizeram apenas com a força daquele sorriso meio escondido atrás do leque.

Agda bebeu um gole e mudou de assunto:

— Ah! Papai teria adorado a Inocência, ele era fascinado pelas fazendas de café.

— O seu pai?

— Hum-hum... era um homem formidável. Ele amou a minha mãe com uma entrega total, nunca conheci um casal tão apaixonado. — Fez uma nova pausa. — Espero viver isso um dia — comentou em um fio de voz ao se encontrar com o olhar de Virgílio.

Nesse exato momento, enquanto uma magia poderosa envolvia os jovens e os deixava na mesma sintonia, os olhos de Virgílio começaram a descobrir o sorriso maroto, o arco marcante no nariz, o olhar escuro e a expressão confiante que viu em uma foto amarelada ainda no quarto do hospital. Balançou a cabeça para afastar a ideia estapafúrdia que fez o chão tremer aos seus pés.

— Então, o seu pai gostava das velhas fazendas de café?

Agda levantou os olhos e sorriu abertamente.

— Você acredita que ele trabalhou a vida toda para comprar uma ruína?

— Uma ruína?!

— Fica em São Paulo e eu não faço a menor ideia do que fazer com ela...

— Talvez um engenheiro possa cuidar disso...

— Hum-hum... A sugestão da baronesa foi mesmo eficiente, ela me garantiu que uma visita ao cemitério poderia me ajudar a encontrar novos caminhos... Então, Virgílio, vai me ajudar com a minha fazenda?

— Podemos começar amanhã...

Ela se abanou.

— Ufa! Está quente, não... Espero mesmo que não ache o meu perfume muito enjoativo...

— Sim, está quente... — Ele tocou os dedos de Agda levemente. — E fique tranquila, nunca me enjoarei dele.

A brisa, ainda envolvida pelas notas de jasmim e canela, levantou algumas folhas e seguiu o seu caminho por ruas e quadras. Afastou-se sem pressa de onde Virgílio e Agda davam início a uma nova história, balançou galhos e derrubou vasos até passar pelo lugar onde descansava o pai da moça. O comerciante extremamente elegante e culto, encontrado no mar em uma noite de tempestade, era chamado carinhosamente de "marquês" por causa do jeito de falar refinado, das maneiras requintadas, do olhar nostálgico como se estivesse preso em alguns dos romances históricos que lia sem descanso e da paixão por uma antiga fazenda de café que comprou com a esperança de um dia voltar a chamá-la de "Belavista".